Lemony Snickets Werdegang verlief nicht immer erfreulich. Er wurde als brillanter Schüler und Student bejubelt, später als noch brillanterer Betrüger entlarvt und zu verschiedenen Anlässen fälschlicherweise für einen viel besseren und größeren Mann gehalten, als er tatsächlich ist. Seine Forschung widmet er zurzeit ganz und gar der Notlage der Baudelaire-Waisen.

Weitere Informationen zum Kinder- und Jugendbuchprogramm der S. Fischer Verlage finden sich auf www.blubberfisch.de und www.fischerverlage.de

Lemony Snicket

Eine Reihe betrüblicher Ereignisse

DER SCHRECKLICHE ANFANG
&
DAS HAUS DER SCHLANGEN

Aus dem Amerikanischen
von Klaus Weimann und Birgitt Kollmann

FISCHER Taschenbuch

MIX
Papier aus verantwortungsvollen Quellen
FSC® C083411
FSC
www.fsc.org

Erschienen bei FISCHER Kinder- und Jugendtaschenbuch
Frankfurt am Main, August 2017

Satz: Dörlemann Satz, Lemförde
Druck und Bindung: CPI books GmbH, Leck
Printed in Germany
ISBN 978-3-7335-0426-7

Inhalt

Der schreckliche Anfang

Für Beatrice –

geliebte, teure Tote

Kapitel Eins

Wenn du gern Geschichten mit einem Happy End liest, solltest du lieber zu einem anderen Buch greifen. In diesem gibt es kein Happy End, auch keinen glücklichen Anfang und nur wenig Erfreuliches mittendrin. Das liegt einfach daran, dass sich im Leben der drei Baudelaire-Kinder wenig Erfreuliches zugetragen hat. Violet, Klaus und Sunny waren klug, charmant und einfallsreich, sie sahen reizend aus, aber sie hatten äußerst wenig Glück. Im Gegenteil: Fast alles, was ihnen zustieß, strotzte nur so vor Unheil, Elend und Verzweiflung. Es tut mir leid, das sagen zu müssen, aber so war es nun einmal.

Ihr Unglück begann eines Tages an der Kahlen Küste. Die drei Baudelaire-Kinder lebten mit ihren Eltern in einer riesigen Villa mitten in einer dreckigen und geschäftigen Stadt, und gelegentlich erlaubten ihnen die Eltern, ganz allein mit einer rachitischen Straßenbahn – das Wort »rachitisch« bedeutet hier, wie du wahrscheinlich weißt, »wackelig« oder »kurz davor, zusammenzubrechen« – ans Meer zu fahren, wo sie eine Art Ferientag verbringen durften, wenn sie nur rechtzeitig zum Abendessen nach Hause kämen. Der Vormittag, von dem hier die Rede sein soll, war grau und wolkenverhangen, was die Baudelaire-Kinder aber kein bisschen störte. An heißen und sonnigen Tagen war die Kahle Küste von Touristen übervölkert, und es war unmöglich, einen guten Platz zu finden, wo man seine Decke ausbreiten konnte. An grauen und wolkenbedeckten Tagen hatten die Baudelaire-Kinder dagegen den Strand ganz für sich und konnten tun, was sie wollten.

Violet Baudelaire, die Älteste, ließ gern Steine übers Wasser hüpfen. Wie die meisten Vierzehnjährigen war sie Rechtshänderin. Daher hüpften die Steine viel weiter über das trübe Wasser, wenn Violet die rechte, als wenn sie die linke Hand nahm. Während sie Steine hüpfen ließ, blickte sie zum Horizont hinaus und dachte über eine Erfindung nach, die sie machen wollte. Jeder, der Violet gut kannte, konnte sehen, dass sie angestrengt nachdachte, denn sie hatte ihr langes Haar mit einem Band zusammengebunden, um es aus den Augen zu halten. Violet war genial darin, merkwürdige Geräte zu erfinden und zu bauen. Darum gingen ihr häufig Bilder von Flaschenzügen, Hebeln und Zahnrädern durch den Kopf, und sie wollte davon nicht durch so etwas Nebensächliches wie ihre Haare abgelenkt werden. An diesem Vormittag grübelte sie darüber nach, wie sie eine Maschine konstruieren könnte, die einen Stein wieder zurückholte, den man ins Meer hatte hüpfen lassen.

Klaus Baudelaire, das mittlere der Kinder und der einzige Junge, hatte Spaß daran, Tiere in den Wassertümpeln zu untersuchen, die bei Ebbe zurückgeblieben waren. Er war etwas über zwölf Jahre alt und trug eine Brille, was ihn intelligent aussehen ließ. Er war aber auch intelligent. Die Baudelaire-Eltern hatten eine eindrucksvolle Bibliothek in ihrer Villa, einen Raum, angefüllt mit Tausenden von Büchern zu fast jedem Thema. Da Klaus erst zwölf war, hatte er natürlich noch nicht alle Bücher in dieser Bibliothek gelesen, aber doch eine ganze Reihe, und er hatte aus seiner Lektüre eine Fülle von Informationen behalten. Er wusste, wie man einen Alligator von einem Krokodil unterscheidet. Er wusste, wer Julius Caesar umgebracht hat. Und er wusste eine Menge über die winzigen, schleimigen Tiere, die an der

Kahlen Küste zu finden waren und die er jetzt gerade beobachtete.

Sunny Baudelaire, die Jüngste, hatte die Angewohnheit, in Sachen zu beißen. Sie war noch ein Kleinkind und winzig für ihr Alter, kaum größer als ein Stiefel. Was ihr an Körpergröße fehlte, machte sie jedoch wett durch die Größe und Schärfe ihrer vier Zähne. Sunny war in dem Alter, in dem man überwiegend in einer Folge unverständlicher Kreischlaute spricht. Wenn sie nicht gerade die wenigen richtigen Wörter in ihrem Wortschatz wie »Flasche«, »Mami« und »beißen« benutzte, hatten die meisten Menschen Schwierigkeiten, zu verstehen, was sie sagen wollte. An diesem Vormittag wiederholte sie zum Beispiel immer wieder »Gack«, was vermutlich bedeutete: »Seht nur, die geheimnisvolle Gestalt, die aus dem Nebel auftaucht!«

Ganz richtig, in der Ferne konnte man auf dem dunstigen Strand der Kahlen Küste eine große Gestalt ausmachen, die auf die Baudelaire-Kinder zustrebte. Sunny hatte sie schon eine Zeitlang kreischend angestarrt, als Klaus von der stachligen Krabbe, die er beobachtete, aufblickte und sie ebenfalls sah. Er langte zu Violet hinüber, berührte sie am Arm und riss sie aus ihren Erfinderüberlegungen heraus.

»Schau dir das an«, sagte Klaus und zeigte auf die Gestalt. Sie kam näher, und die Kinder konnten schon ein paar Einzelheiten erkennen. Sie hatte in etwa die Größe eines Erwachsenen, nur der Kopf war unförmig und ziemlich eckig.

»Wofür hältst du das?«, fragte Violet.

»Ich weiß nicht«, sagte Klaus und kniff die Augen zusammen, »aber es scheint sich geradewegs auf uns zuzubewegen.«

»Wir sind allein am Strand«, sagte Violet ein wenig ängstlich. »Es gibt sonst niemanden, auf den es sich zubewegen könnte.« Sie fühlte den flachen, glatten Stein in der linken Hand, den sie gerade so weit wie möglich hüpfen lassen wollte. Sie hatte den plötzlichen Einfall, ihn auf die Gestalt zu werfen, weil sie so furchterregend wirkte.

»Sie scheint nur so schrecklich«, sagte Klaus, als könnte er die Gedanken seiner Schwester lesen, »weil es so neblig ist.«

So war es. Als die Gestalt bei ihnen war, stellten sie zu ihrer Erleichterung fest, dass es ganz und gar nichts Fürchterliches war, sondern jemand, den sie kannten: Mr Poe. Er war ein Freund von Mr und Mrs Baudelaire, den die Kinder häufig bei Einladungen zum Abendessen getroffen hatten. Was die Kinder an ihren Eltern wirklich schätzten, war, dass sie ihre Kinder nicht wegschickten, wenn sie Besuch hatten, sondern ihnen gestatteten, bei den Erwachsenen am Tisch zu bleiben und sich an den Gesprächen zu beteiligen, solange sie nur beim Abräumen halfen. Die Kinder erinnerten sich an Mr Poe, weil er immer erkältet war und sich bei Tisch ständig entschuldigte, um ins Nebenzimmer zu gehen und sich auszuhusten.

Mr Poe nahm seinen Zylinder ab, der im Nebel seinen Kopf groß und eckig hatte erscheinen lassen, stand eine Weile da und hustete in ein weißes Taschentuch. Violet und Klaus traten vor, um ihm die Hand zu schütteln und guten Tag zu sagen.

»Guten Tag, wie geht es Ihnen?«, sagte Violet.

»Guten Tag, wie geht es Ihnen?«, sagte Klaus.

»Guda ge?«, sagte Sunny.

»Guten Tag, danke gut«, sagte Mr Poe, sah dabei aber sehr traurig aus. Ein paar Sekunden lang sprach niemand, und die Kinder fragten sich, was Mr Poe wohl an der Kahlen Küste zu suchen hatte. Eigentlich hätte er in der Stadt in der Bank sein sollen, wo er arbeitete. Er war auch nicht für den Strand gekleidet.

»Es ist ein schöner Tag«, sagte Violet schließlich, nur

um Konversation zu machen. Sunny gab ein Geräusch wie ein ärgerlicher Vogel von sich, und Klaus hob sie hoch und hielt sie auf dem Arm.

»Ja, es ist ein schöner Tag«, sagte Mr Poe geistesabwesend und starrte über den einsamen Strand. »Ich fürchte, ich habe eine sehr schlechte Nachricht für euch, Kinder.«

Die drei Geschwister Baudelaire schauten ihn an. Violet spürte mit einem Gefühl der Verlegenheit den Stein in ihrer linken Hand und war froh, dass sie ihn nicht auf Mr Poe geworfen hatte.

»Eure Eltern«, sagte Mr Poe, »sind in einem schrecklichen Feuer verschieden.«

Die Kinder sagten nichts.

»Sie sind verschieden«, sagte Mr Poe, »in einem Feuer, das das ganze Haus zerstört hat. Es tut mir furchtbar leid, meine Lieben, dass ich euch das mitteilen muss.«

Violet wandte die Augen von Mr Poe ab und starrte auf das Meer hinaus. Mr Poe hatte die Baudelaire-Kinder nie vorher »meine Lieben« genannt. Sie verstand zwar seine Worte, glaubte aber, dass er scherzte, dass er sie und ihre Geschwister auf fürchterliche Weise zum Narren hielt.

»›Verschieden‹«, sagte Mr Poe, »bedeutet ›umgekommen‹.«

»Wir wissen, was das Wort ›verschieden‹ bedeutet«, sagte Klaus ärgerlich. Das wusste er tatsächlich, er hatte allerdings noch Probleme damit, genau zu verstehen, was Mr Poe gesagt hatte. Er hatte den Eindruck, dass sich Mr Poe irgendwie versprochen haben müsste.

»Natürlich ist die Feuerwehr angerückt«, sagte Mr Poe, »aber sie kam zu spät. Das ganze Haus brannte lichterloh. Es ist bis auf die Grundmauern abgebrannt.«

Klaus stellte sich vor, wie all die Bücher in der Bibliothek in Flammen aufgingen. Nun würde er nie alle lesen können.

Mr Poe hustete mehrmals in sein Taschentuch, bevor er fortfuhr: »Man hat mich hergeschickt, um euch von hier zurückzuholen und in meine Wohnung zu bringen. Dort werdet ihr eine Weile bleiben, bis wir uns eine Lösung überlegt haben. Ich bin der Testamentsvollstrecker eurer Eltern. Das heißt, ich werde ihr gewaltiges Vermögen verwalten und entscheiden, wohin ihr Kinder kommt. Wenn Violet volljährig ist, gehört das Vermögen euch, aber bis ihr alt genug seid, wird die Bank sich darum kümmern.«

Obwohl er gesagt hatte, dass er der Vollstrecker des

Testaments sei, hatte Violet ein Gefühl, als ob Mr Poe der Vollstrecker eines Urteils wäre. Er war einfach den Strand entlang zu ihnen gekommen und hatte ihr Leben für immer verändert.

»Kommt mit«, sagte Mr Poe und reichte ihnen die Hand. Um sie ergreifen zu können, musste Violet den Stein fallen lassen, den sie darin hielt. Klaus nahm ihre andere Hand, und Sunny nahm Klaus' andere; so wurden die Baudelaire-Kinder – nun die Baudelaire-Waisenkinder – vom Strand und aus ihrem bisherigen Leben weggeführt.

Kapitel Zwei

Es hat keinen Sinn, dir zu schildern, wie furchtbar sich Violet, Klaus und sogar Sunny in der folgenden Zeit fühlten. Wenn du jemals einen Menschen verloren hast, der dir sehr wichtig war, dann weißt du, wie sich das anfühlte, und wenn nicht, dann kannst du es dir auch nicht vorstellen. Für die Baudelaire-Kinder war es natürlich besonders furchtbar, weil sie zur selben Zeit beide Eltern verloren hatten, und ein paar Tage lang fühlten sie sich so elend, dass sie kaum das Bett verlassen konnten. Klaus stellte fest, dass er sich nur noch wenig für Bücher interessierte. Die Zahnräder in Violets erfindungsreichem Gehirn schienen stillzustehen. Und sogar Sunny, die natürlich zu klein war, um ganz zu verstehen, was vor sich ging, war mit weniger Begeisterung dabei, Sachen zu zerbeißen.

Selbstverständlich wurde alles auch dadurch nicht leichter, dass sie mit ihren Eltern zugleich ihr Heim und ihre ganze Habe verloren hatten. Wie du sicherlich weißt, kann eine traurige Lage oft dadurch ein wenig besser werden, dass man sich im eigenen Zimmer befindet, im eigenen Bett. Aber die Betten der Baudelaire-Waisenkinder waren nur noch ein Haufen verkohlter Asche. Mr Poe hatte die Kinder zu den Überresten der Baudelaire-Villa mitgenommen, um nachzuschauen, ob irgendetwas verschont geblieben war, und es war einfach fürchterlich: Violets Mikroskop war in der Hitze des Feuers zusammengeschmolzen, Klaus' Lieblingsfüller war zu Asche geworden, und Sunnys Beißringe waren ein einziger hässlicher Klumpen. Hier und dort konnten die Kinder noch Spuren der riesigen Wohnung erkennen, die sie so geliebt hatten: Bruchstücke ihres Flügels, eine formschöne Flasche, in der Mr Baudelaire seinen Kognak aufbewahrt hatte, das versengte Kissen von der Bank am Fenster, auf der ihre Mutter so gerne gesessen und gelesen hatte.

Nachdem ihr Heim also zerstört war, sollten sich die Baudelaire-Kinder von ihrem furchtbaren Verlust bei den Poes erholen, dort aber konnte man sich überhaupt nicht wohl fühlen.

Mr Poe war kaum zu Hause, denn er war sehr damit beschäftigt, sich um die Baudelaire-Angelegenheiten zu kümmern, und wenn er zu Hause war, hustete er oft so stark, dass man sich kaum mit ihm unterhalten konnte. Mrs Poe kaufte für die Waisen groteske bunte Kleidungsstücke, die zudem kratzten. Und die zwei Poe-Kinder – Edgar und Albert – waren laute und abscheuliche Jungen, mit denen sich Violet, Klaus und Sunny ein winziges Zimmer teilen mussten, in dem es nach irgendeiner grässlichen Blume roch.

Dennoch hatten die Kinder gemischte Gefühle, als Mr Poe bei einem langweiligen Essen mit gekochtem Hühnchen, gekochten Kartoffeln und blanchierten grünen Bohnen – das Wort »blanchiert« bedeutet hier ebenfalls »gekocht« – ankündigte, dass sie das Haus am nächsten Morgen verlassen sollten.

»Gut«, sagte Albert, dem ein Stück Kartoffel zwischen den Zähnen klebte. »Dann kriegen wir endlich unser Zimmer zurück. Ich hab die Nase voll davon, es teilen zu müssen. Violet und Klaus blasen die ganze Zeit nur Trübsal und sind überhaupt nicht lustig.«

»Und die Kleine beißt«, ergänzte Edgar und warf einen Hühnerknochen auf den Boden, als wäre er ein Tier im Zoo und nicht der Sohn eines angesehenen Mitglieds der Bankenwelt.

»Wohin kommen wir?«, fragte Violet ängstlich.

Mr Poe machte den Mund auf, um etwas zu sagen, wurde aber erst einmal von einem kurzen Hustenanfall geschüttelt. »Ich habe alles in die Wege geleitet«, sagte er schließlich. »Ihr werdet von einem eurer entfernten Verwandten aufgezogen. Er lebt ganz am anderen Ende der Stadt und heißt Graf Olaf.«

Violet, Klaus und Sunny schauten sich an und waren nicht sicher, was sie davon halten sollten. Einerseits wollten sie nicht länger bei den Poes leben. Andererseits hatten sie noch nie von Graf Olaf gehört und konnten demnach auch nicht wissen, was für ein Mensch er war.

»Der letzte Wille eurer Eltern«, sagte Mr Poe, »bestimmt, dass ihr auf eine möglichst angemessene Art und Weise aufgezogen werden sollt. Hier in der Stadt werdet ihr eine vertraute Umgebung haben, und dieser Graf Olaf ist der einzige Verwandte, der innerhalb der Stadtgrenzen lebt.«

Klaus überlegte, während er ein zähes Stück Bohne hinunterschluckte. »Aber unsere Eltern haben uns gegenüber nie einen Graf Olaf erwähnt. Wie ist er denn genau mit uns verwandt?«

Mr Poe seufzte und blickte auf Sunny hinab, die auf einer Gabel herumbiss und aufmerksam zuhörte.

»Er ist entweder ein Cousin dritten Grades um vier

Ecken herum oder ein Cousin vierten Grades um drei Ecken herum. Er ist nicht euer nächster Verwandter nach dem Stammbaum, aber der nächste geographisch gesehen. Deshalb …«

»Wenn er in der Stadt wohnt«, sagte Violet, »warum haben unsere Eltern ihn dann nie zu uns eingeladen?«

»Vielleicht, weil er sehr beschäftigt ist«, sagte Mr Poe. »Er ist Schauspieler von Beruf und reist oft mit Theatertruppen um die Welt.«

»Ich dachte, er ist ein Graf«, sagte Klaus.

»Er ist beides, ein Graf und ein Schauspieler«, sagte Mr Poe. »Also, ich will unsere Mahlzeit nicht vorzeitig beenden, aber ihr Kinder müsst noch eure Sachen packen, und ich muss zurück in die Bank, um zu arbeiten. Wie euer neuer gesetzlicher Vormund bin auch ich sehr beschäftigt.«

Die drei Baudelaire-Kinder hatten noch viele Fragen an Mr Poe, aber er war schon vom Tisch aufgestanden, winkte ihnen flüchtig zu und verließ den Raum. Sie hörten, wie er in sein Taschentuch hustete, dann fiel die Haustür hinter ihm knarrend ins Schloss.

»Also«, sagte Mrs Poe, »ihr drei solltet besser mit dem Packen beginnen. Edgar, Albert, helft mir bitte, den Tisch abzuräumen.«

Die Baudelaire-Waisen gingen ins Kinderzimmer und packten verdrossen ihre wenigen Habseligkeiten zusammen. Klaus betrachtete angewidert jedes einzelne der hässlichen Hemden, die Mrs Poe für ihn gekauft hatte, faltete sie zusammen und legte sie in einen kleinen Koffer. Violet blickte sich in dem beengten, muffigen Zimmer um. Und Sunny kroch über den Fußboden, biss feierlich in jeden von Edgars und Alberts Schuhen und hinterließ darin kleine Zahnspuren, damit man sie nicht vergessen würde. Von Zeit zu Zeit blickten sich die Baudelaire-Kinder an, aber da ihre Zukunft so sehr in Nebel gehüllt war, wussten sie nicht, was sie sagen sollten.

Die ganze Nacht warfen sie sich in den Betten hin und her und fanden kaum Schlaf zwischen dem lauten Schnarchen von Edgar und Albert und ihren eigenen sorgenvollen Gedanken. Schließlich klopfte Mr Poe an die Tür und streckte den Kopf ins Zimmer.

»Aufstehen, die Sonne lacht, ihr Baudelaires«, rief er. »Es ist Zeit für euch, zu Graf Olaf zu gehen.«

Violet blickte sich um, und obwohl es ihr hier überhaupt nicht gefiel, hatte sie doch Angst davor, zu gehen. »Müssen wir jetzt sofort los?«, fragte sie.

Mr Poe öffnete den Mund, um zu sprechen, musste

aber erst ein paar Mal husten, bevor er begann: »Ja, das müsst ihr. Ich setze euch auf dem Weg zur Bank ab, deshalb müssen wir so bald wie möglich aufbrechen. – Steht bitte auf und zieht euch an«, sagte er energisch. Und das Wort »energisch« bedeutet hier »schnell, damit die Baudelaire-Kinder endlich aus dem Haus sind«.

Die Kinder verließen das Haus. Mr Poes Automobil rumpelte über das Kopfsteinpflaster in der Innenstadt zu dem Viertel, in dem Graf Olaf wohnte. Sie fuhren auf dem Dödeldamm an Pferdekutschen und Motorrädern vorbei und passierten den Bizarren Brunnen, eine kunstvoll geformte Anlage, die gelegentlich Wasser versprühte, in dem kleine Kinder spielten. Sie kamen an dem gigantischen Dreckhaufen vorbei, wo früher die Königlichen Gärten gewesen waren, und bald darauf bog Mr Poe in eine schmale Allee ein, die von Häusern aus hellen Ziegeln gesäumt war. Er fuhr ein Stück die Allee hinunter, dann hielt er an.

»Da wären wir«, sagte Mr Poe mit einer Stimme, die zweifellos heiter klingen sollte. »Euer neues Zuhause.«

Die Baudelaire-Kinder schauten aus dem Wagenfenster und erblickten das hübscheste Haus in der ganzen Straße. Die Ziegel waren blitzblank, und durch die weit geöffneten Fenster konnte man eine Menge gepflegter Pflanzen erkennen. Im Eingang stand eine ältere, schick gekleidete Frau und lächelte den Kindern zu. Eine Hand hatte sie auf dem Messing-Türgriff, in der anderen hielt sie einen Blumentopf.

»Hallo!«, rief sie. »Ihr müsst die Kinder sein, die Graf Olaf adoptiert.«

Violet öffnete die Autotür und stieg aus, um der Frau die Hand zu schütteln. Sie fühlte sich fest und warm an, und zum ersten Mal seit Monaten hatte Violet das Gefühl, dass ihr Leben und das ihrer Geschwister trotz allem wieder gut werden könnte. »Ja«, sagte sie, »die sind wir. Ich bin Violet Baudelaire, und das sind mein Bruder Klaus und meine Schwester Sunny. Und das ist Mr Poe, der alles für uns geregelt hat seit dem Tod unserer Eltern.«

»Ja, ich habe von dem Unglück gehört«, sagte die Frau, während sich alle begrüßten. »Ich bin Richterin Strauss.«

»Sie sind eine richtige Richterin?«, fragte Klaus.

»Am Obergericht«, sagte sie.

»Wie interessant«, sagte Violet. »Und sind Sie mit Graf Olaf verheiratet?«

»Um Gottes willen, nein«, sagte Richterin Strauss.

»Ich kenne ihn eigentlich gar nicht so gut. Er ist nur mein direkter Nachbar.«

Die Kinder schauten vom blitzblank geputzten Haus von Richterin Strauss auf das verwahrloste Gemäuer daneben. Die Steine waren mit Ruß und Dreck verschmiert. Es gab nur zwei kleine Fenster, deren Läden trotz des schönen Wetters geschlossen waren. Über den Fenstern erhob sich ein hoher, schmutziger Turm, der leicht nach links geneigt war. Die Haustür brauchte dringend einen neuen Anstrich. In ihrer Mitte befand sich das geschnitzte Bild eines Auges. Das ganze Gebäude lehnte sich wie ein schiefer Zahn nach einer Seite.

»Oh!«, sagte Sunny, und alle verstanden, was sie meinte. Sie meinte: »Was für ein fürchterlicher Ort! Hier will ich auf keinen Fall wohnen!«

»Nun, es war nett, Sie kennenzulernen«, sagte Violet zu Richterin Strauss.

»Ja«, entgegnete die Richterin und zeigte auf ihren Blumentopf. »Vielleicht könntet ihr irgendwann herüberkommen und mir bei der Gartenarbeit helfen.«

»Das wäre sehr schön«, erwiderte Violet ganz traurig. Natürlich wäre es sehr schön, Richterin Strauss bei der Gartenarbeit zu helfen, aber Violet musste daran denken, dass es noch viel schöner wäre, in ihrem Haus zu wohnen statt bei Graf Olaf. Was für ein Mensch, fragte sich Violet, schnitzt ein Auge in seine Haustür?

Mr Poe lüftete seinen Hut vor Richterin Strauss, die den Kindern zulächelte und in ihrem wunderschönen Haus verschwand. Klaus trat vor und klopfte an Graf Olafs Tür, wobei seine Knöchel genau in der Mitte des geschnitzten Auges pochten. Es folgte eine Pause, dann öffnete sich knarrend die Tür, und die Kinder warfen einen ersten Blick auf Graf Olaf.

»Hallo, hallo, hallo«, keuchte Graf Olaf leise. Er war sehr groß und sehr dünn und trug einen grauen Anzug mit vielen dunklen Flecken. Er war unrasiert, und anstelle zweier Augenbrauen, wie die meisten Menschen sie haben, hatte er nur eine einzige, die sehr lang war. Seine Augen funkelten hell, wodurch er hungrig und zornig wirkte. »Hallo, meine Kinder! Bitte, kommt herein in euer neues Heim und streift euch gut die Füße ab, damit kein Dreck ins Haus kommt.«

Als sie gefolgt von Mr Poe das Haus betraten, wurde den Baudelaire-Kindern klar, wie absurd Graf Olafs Bemerkung war. Der Raum, in dem sie sich befanden, war der dreckigste, den sie je gesehen hatten, und ein bisschen Schmutz von draußen hätte überhaupt nichts mehr ausgemacht. Schon bei dem trüben Licht der einen nackten Glühbirne, die von der Decke hing, konnten die drei Kinder erkennen, dass alles in diesem Raum dreckig war, von dem ausgestopften Löwenkopf, der an eine Wand genagelt war, bis zu der Schale mit Apfelgriebsen auf einem kleinen Holztisch. Klaus musste sich zwingen, nicht in Tränen auszubrechen.

»Dieser Raum sieht aus, als gäbe es hier ein bisschen was zu tun«, sagte Mr Poe, während er sich in dem Dämmerlicht umsah.

»Ich bin mir bewusst, dass mein schlichtes Heim nicht so luxuriös ist wie die Baudelaire-Villa«, entgegnete Graf Olaf, »aber mit ein wenig vom Baudelaire-Geld könnten wir es vielleicht etwas netter herrichten.«

Mr Poe riss überrascht die Augen auf. Sein Husten hallte in dem dunklen Raum, bevor er sprach. »Das Baudelaire-Vermögen«, sagte er streng, »wird für solche Zwecke nicht verwendet werden. Genau genommen wird es überhaupt nicht verwendet werden, bis Violet volljährig ist.«

Graf Olaf wandte sich zu Mr Poe und funkelte ihn an wie ein wütender Hund. Einen Augenblick lang dachte Violet, er würde Mr Poe ins Gesicht schlagen. Aber dann schluckte er – die Kinder konnten sehen, wie sein Adamsapfel in dem mageren Hals hüpfte – und zuckte die fleckigen Achseln. »In Ordnung«, sagte er. »Mir ist das egal. Vielen Dank, Mr Poe, dass Sie die Kinder hergebracht haben. Kinder, ich werde euch nun in euer Zimmer bringen.«

»Auf Wiedersehen, Violet, Klaus und Sunny«, sagte Mr Poe und trat aus dem Haus. »Ich hoffe, ihr werdet hier sehr glücklich sein. Ich werde ab und zu nach euch sehen, und ihr könnt mich immer in der Bank aufsuchen, wenn ihr irgendwelche Fragen habt.«

»Aber wir wissen nicht einmal, wo die Bank ist«, sagte Klaus.

»Ich habe einen Stadtplan«, sagte Graf Olaf. »Auf Wiedersehen, Mr Poe.«

Er beugte sich vor, um die Tür zuzumachen. Die Baudelaire-Kinder waren zu verzweifelt, um noch einen letzten Blick auf Mr Poe zu werfen. Jetzt wären sie alle lieber im Haushalt der Familie Poe geblieben, auch wenn es dort so muffig roch. Statt auf die Tür zu blicken, schauten die Waisenkinder nach unten und bemerkten, dass Graf Olaf zwar Schuhe trug, aber keine Socken. Sie bemerkten außerdem, dass er auf dem Stück bleicher Haut zwischen dem ausgefransten Hosenbein und seinem schwarzen Schuh ein Auge auf den Knöchel tätowiert hatte – es sah genauso aus wie das auf der Haustür.

Sie fragten sich, wie viele Augen sich wohl noch in Graf Olafs Haus befanden und ob sie für den Rest ihres Lebens immer das Gefühl haben würden, dass Graf Olaf sie beobachtete, selbst wenn er nicht in der Nähe war.

Kapitel Drei

Ich weiß nicht, ob dir das schon einmal aufgefallen ist, aber erste Eindrücke sind oft völlig falsch. Man kann beispielsweise ein Gemälde zum ersten Mal betrachten und es überhaupt nicht mögen; aber nachdem man es ein wenig länger angeschaut hat, findet man es womöglich sehr schön. Wenn man zum ersten Mal Gorgonzola-Käse probiert, findet man ihn eventuell zu scharf; aber wenn man älter ist, möchte man vielleicht nichts anderes mehr essen als Gorgonzola. Als Sunny zur Welt kam, mochte Klaus sie überhaupt nicht; aber seit sie sechs Wochen alt war, hielten die beiden zusammen wie Pech und Schwefel. Bei fast allem kann sich deine anfängliche Meinung mit der Zeit ändern. – Und ich wünschte, ich könnte dir berichten, dass auch der erste Eindruck, den die Baudelaire-Kinder von Graf Olaf und seinem Haus hatten, falsch war. Aber dieser Eindruck – dass Graf Olaf eine widerliche Person war und sein Haus ein deprimierender Schweinestall – war vollkommen richtig.

Während der ersten Tage nach ihrer Ankunft bei Graf Olaf gaben sich Violet, Klaus und Sunny noch große Mühe, sich heimisch zu fühlen, aber das nützte überhaupt nichts. Obwohl Graf Olafs Haus doch recht groß war, wurden die drei Kinder zusammen in ein dreckiges Zimmer gepfercht, in dem es nur ein schmales Bett gab. Violet und Klaus schliefen abwechselnd darin, so dass einer von ihnen jede zweite Nacht in dem Bett lag, während der andere auf dem harten Holzboden schlief. Die Matratze in dem Bett hatte so viele Kuhlen, dass sich kaum sagen ließ, wer es unbequemer hatte. Um für Sunny ein Bett zu machen, hatte Violet die staubigen Vorhänge von der Stange genommen, die sich über dem einzigen Fenster befand, und hatte sie zu einer Art Polster zusammengelegt, das gerade groß genug für ihre Schwester war. Ohne Vorhänge vor dem gesprungenen Fensterglas strömte allerdings jeden Morgen das Sonnenlicht herein, so dass die Kinder täglich früh und mit schmerzenden Gliedern aufwachten. Statt eines Schrankes gab es nur einen großen Pappkarton, in dem sich einst ein Kühlschrank befunden hatte und in dem nun alle Kleider der drei Kinder in einem Haufen gestapelt waren. Anstelle von Spielsachen, Büchern oder anderen Dingen, mit denen sich die Kinder beschäftigen konnten, hatte Graf Olaf einen kleinen Haufen Steine zur Verfügung gestellt. Und der einzige Schmuck an den Wänden mit der abblätternden Farbe war ein großes, hässliches Bild eines Auges, ganz wie das auf Graf Olafs Knöchel und an vielen anderen Stellen überall im Haus.

Aber die Kinder wussten, wie du das sicher auch weißt, dass man selbst die allerschlimmste Umgebung ertragen kann, wenn die Menschen darin interessant und freundlich sind. Graf Olaf aber war weder interessant noch freundlich; er war anspruchsvoll, kurz angebunden und roch schlecht. Das einzig Gute, das man von Graf Olaf sagen konnte, war, dass er nicht oft da war. Wenn sich die Kinder nach dem Aufwachen ihre Kleidung aus dem Kühlschrankkarton ausgesucht hatten, gingen sie in die Küche und fanden eine Liste mit Anweisungen, die Graf Olaf ihnen dagelassen hatte. Oft tauchte er nicht vor dem Abend auf. Die meiste Zeit des Tages verbrachte er außer Haus oder oben in dem hohen Turm. Den Kindern war es verboten, dort hinaufzugehen. Die Anweisungen, die er für sie zurückließ, betrafen meist schwierige Hausarbeiten wie zum Beispiel die Hintertür zu streichen oder die Fenster zu reparieren. Statt einer Unterschrift zeichnete Graf Olaf immer ein Auge unten auf den Zettel.

Eines Morgens lautete seine Anweisung: »Meine Schauspieltruppe wird vor der Aufführung heute Abend zum Essen kommen. Sorgt dafür, dass für alle zehn Personen eine Mahlzeit fertig ist, wenn sie um sieben Uhr kommen. Kauft die Lebensmittel ein, bereitet sie zu, deckt den Tisch, tragt das Essen auf, räumt hinterher ab und geht uns aus dem Weg.« Darunter befand sich das übliche Auge, und unter dem Zettel lag eine kleine Summe Geld für die Lebensmittel.

Violet und Klaus lasen die Notiz, während sie ihr Frühstück aßen. Das bestand aus dem grauen, klumpigen Haferbrei, den Graf Olaf jeden Morgen für sie in einem großen Topf auf dem Ofen stehen ließ. Dann blickten sie sich bekümmert an.

»Keiner von uns kann kochen«, sagte Klaus.

»Das stimmt«, sagte Violet. »Ich weiß, wie man kaputte Fenster repariert und wie man den Kamin sauber macht, weil mich solche Sachen interessieren. Aber ich weiß nicht, wie man irgendein Essen zubereitet außer Toast.«

»Und den hast du manchmal noch verbrennen lassen«, sagte Klaus, und beide lächelten. Sie erinnerten sich an eine Gelegenheit, als sie früh aufgestanden waren, um für die Eltern ein besonderes Frühstück zu machen. Violet hatte den Toast verbrannt, und als die Eltern den Rauch gerochen hatten, waren sie heruntergerannt gekommen, um zu sehen, was los war. Als die Eltern Violet und Klaus erblickten, wie diese hilflos die pechschwarzen Toaststücke betrachteten, hatten sie herzlich gelacht und dann für die ganze Familie Pfannkuchen gebacken.

»Ich wünschte, sie wären hier«, sagte Violet und brauchte nicht zu erklären, dass sie von ihren Eltern sprach. »Sie würden nie zulassen, dass wir an diesem schrecklichen Ort bleiben.«

»Wenn sie hier wären«, sagte Klaus, und seine Stimme wurde umso lauter, je zorniger er wurde, »wären wir gar nicht erst bei Graf Olaf. Ich *hasse* diesen Ort, Violet! Ich *hasse* dieses Haus! Ich *hasse* unser Zimmer! Ich *hasse* es, all diese Hausarbeiten tun zu müssen, und ich *hasse* Graf Olaf!

»Ich auch«, sagte Violet, und Klaus blickte seine Schwester erleichtert an. Manchmal können schon der Umstand, dass man etwas Verhasstes ausspricht, und die Tatsache, dass einem jemand darin zustimmt, bewirken, dass man sich in einer schrecklichen Situation etwas besser fühlt. »Ich hasse unser ganzes Leben im Augenblick, Klaus«, sagte Violet, »aber wir müssen die Ohren steifhalten.« Das war ein Ausdruck, den der Vater der Kinder oft gebraucht hatte, und er bedeutete »versuchen, gute Laune zu behalten«.

»Du hast recht«, sagte Klaus. »Aber es ist sehr schwer, die Ohren steifzuhalten, wenn Graf Olaf sie dir dauernd langzieht.«

»Iiiiii!«, kreischte Sunny und trommelte mit ihrem Haferbreilöffel auf den Tisch. Violet und Klaus wurden aus ihrem Gespräch gerissen und schauten wieder auf Graf Olafs Notiz.

»Vielleicht könnten wir ein Kochbuch suchen und nachlesen, wie man kocht«, sagte Klaus. »Es sollte nicht allzu schwierig sein, eine einfache Mahlzeit zuzubereiten.«

Violet und Klaus verbrachten ein paar Minuten damit, Graf Olafs Küchenschränke auf- und zuzumachen, aber es fanden sich keine Kochbücher.

»Ich kann nicht sagen, dass mich das überrascht«, sagte Violet. »Wir haben in diesem Haus überhaupt noch keine Bücher gefunden.«

»Ich weiß«, jammerte Klaus. »Ich vermisse das Lesen sehr. Wir müssen bald mal losgehen und nach einer Bücherei schauen.«

»Aber nicht heute«, sagte Violet. »Heute müssen wir für zehn Personen kochen.«

Im selben Augenblick klopfte es an die Haustür. Violet und Klaus sahen sich ängstlich an.

»Wer in aller Welt könnte den Wunsch haben, Graf Olaf zu besuchen?«, fragte sich Violet laut.

»Vielleicht will jemand uns besuchen«, sagte Klaus ohne allzu große Hoffnung. Seit dem Tod der Baudelaire-Eltern hatten sich die meisten Freunde der Baudelaire-Kinder in Luft aufgelöst – ein Ausdruck, der hier bedeutet: »Sie hatten aufgehört, anzurufen, zu schreiben oder vorbeizukommen, um jemanden von den Baudelaires zu besuchen, und hatten sie so sehr einsam gemacht.« Du und ich, wir würden so etwas natürlich niemals einem trauernden Freund oder Bekannten antun. Aber es ist eine bedauerliche Tatsache, dass viele, die einen geliebten Menschen verloren haben, von ihren Freunden gemieden werden – dabei wäre die Gesellschaft von Freunden dann am nötigsten.

Violet, Klaus und Sunny gingen langsam zur Haustür

und spähten durch das Guckloch, das die Form eines Auges hatte. Zu ihrer Freude erblickten sie Richterin Strauss, die ihrerseits zu ihnen hineinspähte. Sie öffneten die Tür.

»Richterin Strauss!«, rief Violet. »Wie schön, Sie zu sehen!« Sie wollte gerade hinzufügen: »Treten Sie bitte ein«, aber dann wurde ihr klar, dass die Richterin sich wahrscheinlich nicht in den dämmrigen und dreckigen Raum hineinwagen würde.

»Bitte entschuldigt, dass ich nicht früher vorbeigekommen bin«, sagte sie, als die Kinder verlegen in der Tür standen. »Ich wollte schon seit Tagen nachsehen, wie ihr euch hier einlebt, aber ich hatte einen besonders schwierigen Fall, der hat viel von meiner Zeit beansprucht.«

»Was war das für ein Fall?«, fragte Klaus. Da er keine Möglichkeit hatte, zu lesen, war er ganz wild auf neue Informationen.

»Ich darf darüber nicht viel sagen«, sagte Richterin Strauss, »weil es eine offizielle Angelegenheit ist. Aber so viel kann ich dir verraten, dass es um eine giftige Pflanze und um den illegalen Gebrauch einer Kreditkarte geht.«

»Jiika!«, kreischte Sunny, was anscheinend bedeutete:

»Wie interessant!«, obwohl Sunny natürlich noch nicht richtig verstehen konnte, wovon die Rede war.

Die Richterin blickte auf Sunny hinab und lachte. »Ganz richtig, jiika«, sagte sie, beugte sich vor und tätschelte ihr den Kopf. Sunny ergriff die Hand der Richterin und biss ganz vorsichtig hinein.

»Das bedeutet, sie mag Sie«, erklärte Violet. »Sie beißt sehr, sehr fest zu, wenn sie jemanden nicht mag oder jemand sie baden will.«

»Ich verstehe«, sagte die Richterin. »Also, wie geht's euch Kindern? Habt ihr irgendeinen Wunsch?«

Die Kinder blickten sich an und dachten an all die Dinge, die sie sich wünschten. Ein zweites Bett zum Beispiel. Ein richtiges Kinderbettchen für Sunny. Vorhänge für das Fenster in ihrem Zimmer. Einen Schrank statt eines Pappkartons. Aber ihr größter Wunsch war es natürlich, überhaupt nichts mehr mit Graf Olaf zu tun zu haben. Was sie sich am meisten wünschten, war, wieder bei ihren Eltern zu sein, in ihrem eigenen Heim, aber das war natürlich nicht möglich. Violet, Klaus und Sunny blickten unglücklich zu Boden, während sie über die Frage nachdachten. Endlich sprach Klaus.

»Könnten wir vielleicht ein Kochbuch ausleihen?«,

sagte er. »Graf Olaf hat uns den Auftrag gegeben, für seine Theatertruppe heute Abend ein Essen zu kochen, und wir können im ganzen Haus kein Kochbuch finden.«

»Ach du meine Güte!«, sagte Richterin Strauss. »Ein Abendessen für eine ganze Theatertruppe zu kochen scheint mir etwas viel verlangt von Kindern.«

»Graf Olaf schiebt uns eine Menge Verantwortung zu«, sagte Violet. Was sie eigentlich sagen wollte, war: »Graf Olaf ist ein böser Mensch«, aber sie war gut erzogen.

»Nun, warum kommt ihr nicht nach nebenan zu mir«, sagte die Richterin, »und sucht euch ein Kochbuch aus, das euch gefällt?«

Die Kinder freuten sich über den Vorschlag und folgten ihr hinüber in ihr ordentliches Haus. Sie führte sie durch eine stilvolle Diele, in der es nach Blumen duftete, in einen riesigen Raum, und als sie sahen, was sich darin befand, fielen sie vor Freude fast in Ohnmacht, besonders Klaus.

Bei dem Raum handelte es sich um eine Bibliothek, keine öffentliche Bibliothek, sondern eine private: eine große Sammlung von Büchern, die Richterin Strauss gehörten. Da standen Regale über Regale, an jeder

Wand vom Boden bis zur Decke, und weitere Regale in der Mitte des Raumes. Der einzige Platz, wo sich keine Bücher befanden, war eine Ecke, in der ein paar große, bequem wirkende Stühle standen und ein Holztisch mit Lampen darüber, ideal zum Lesen. Obwohl diese Bibliothek nicht so groß war wie die ihrer Eltern, war sie genauso behaglich, und die Baudelaire-Kinder waren begeistert.

»Wahrhaftig!«, sagte Violet. »Das ist ja eine wunderschöne Bibliothek!«

»Vielen Dank«, sagte die Richterin. »Ich sammle seit Jahren Bücher und bin sehr stolz auf das Ergebnis. Solange ihr sie gut behandelt, dürft ihr gerne jedes meiner Bücher benutzen, jederzeit. Also, die Kochbücher sind dort drüben an der Ostwand. Sollen wir sie uns mal anschauen?«

»Ja«, sagte Violet, »und danach würde ich mir gerne, wenn es Ihnen nichts ausmacht, ein paar von Ihren Büchern über technische Mechanik ansehen. Dinge zu erfinden ist eine Leidenschaft von mir.«

»Und ich würde mir gerne Bücher über Wölfe anschauen«, sagte Klaus. »In letzter Zeit bin ich von dem Thema Wildtiere Nordamerikas fasziniert.«

»Buch!«, kreischte Sunny. Das bedeutete: »Bitte vergesst nicht, auch ein Bilderbuch für mich herauszusuchen.«

Richterin Strauss schmunzelte. »Es ist schön, junge Leute zu sehen, die sich für Bücher interessieren. Aber erst, denke ich, sollten wir ein gutes Rezept suchen, nicht wahr?«

Die Kinder waren einverstanden, und während der nächsten halben Stunde gingen sie verschiedene Kochbücher durch, die Richterin Strauss empfahl. Um die Wahrheit zu sagen, waren die drei Waisenkinder so froh darüber, aus dem Haus von Graf Olaf und in dieser schönen Bibliothek zu sein, dass sie ein wenig abgelenkt waren und sich nicht auf das Kochen konzentrieren konnten. Aber schließlich fand Klaus ein Rezept, das sich köstlich anhörte und nicht zu schwer nachzukochen war.

»Hört euch das an«, sagte er. »›Puttanesca‹. Es ist eine italienische Nudelsauce. Wir brauchen nur Oliven, Kapern, Anchovis, Knoblauch, gehackte Petersilie und Tomaten. Alles kommt zusammen in einen Topf, dann kocht man Spaghetti dazu.«

»Das hört sich einfach an«, stimmte Violet zu. Die Baudelaire-Kinder schauten sich an. Mit der netten Richterin Strauss und ihrer Bibliothek gleich nebenan konnten sie womöglich ebenso leicht ein angenehmes Leben für sich selbst einrichten wie Puttanesca-Spaghetti für Graf Olaf kochen.

Kapitel Vier

Die Baudelaire-Kinder schrieben das Puttanesca-Rezept aus dem Kochbuch auf einen Zettel, und Richterin Strauss war so nett und begleitete sie auf den Markt, wo sie die nötigen Zutaten besorgen wollten. Graf Olaf hatte den Kindern nur wenig Geld dagelassen, aber es reichte doch für alles, was sie brauchten. Von einem Straßenhändler erstanden sie Oliven, nachdem sie verschiedene Sorten gekostet und sich für die entschieden hatten, die ihnen am besten schmeckte. In einem Pasta-Laden entdeckten sie extralange Spaghetti und fragten die Frau, die das Geschäft führte, nach der richtigen Menge für dreizehn Personen – die zehn von Graf Olaf erwähnten und die drei Kinder. Dann kauften sie im Supermarkt Knoblauch (ein scharfes Zwiebelgewächs), Anchovis (winzige salzige Fischlein), Kapern (die wohlschmeckenden Blütenknospen eines kleinen Strauches) und Tomaten (in Wirklichkeit Obst und nicht Gemüse, wie die meisten Menschen fälschlicherweise glauben). Ein Nachtisch, so fanden sie, gehörte zu solch einem Essen einfach dazu, und so kauften sie ein paar Tüten Puddingpulver. Sie glaubten, dass Graf Olaf vielleicht ein bisschen freundlicher zu ihnen wäre, wenn sie ihm eine besonders köstliche Mahlzeit zubereiteten.

»Vielen Dank für Ihre Hilfe«, sagte Violet, als sie und ihre Geschwister mit der Richterin nach Hause gingen. »Ich weiß gar nicht, was wir ohne Sie gemacht hätten.«

»Ihr macht mir eigentlich einen sehr intelligenten Eindruck«, sagte Richterin Strauss. »Ich bin sicher, es wäre euch auch ohne mich etwas eingefallen. Aber ich finde es immer noch merkwürdig, dass ihr so eine große Mahlzeit kochen sollt. Nun, da wären wir ja. Ich muss hinein und meine Einkäufe verstauen. Ich hoffe, ihr kommt bald mal vorbei, Kinder, und leiht euch Bücher aus meiner Bibliothek.«

»Morgen?«, fragte Klaus schnell. »Könnten wir morgen vorbeischauen?

»Ich wüsste nicht, was dagegen spricht«, sagte die Richterin lächelnd.

»Ich kann Ihnen gar nicht sagen, wie dankbar wir

Ihnen sind«, sagte Violet vorsichtig. Seit ihre liebevollen Eltern tot waren und Graf Olaf sie so abscheulich behandelte, waren die drei Kinder nicht mehr an Freundlichkeiten von Erwachsenen gewöhnt und nicht sicher, ob von ihnen irgendwelche Gegenleistungen erwartet wurden. »Bevor wir morgen wieder Ihre Bibliothek benutzen, würden Klaus und ich gerne irgendwelche Hausarbeiten für Sie erledigen. Sunny ist eigentlich noch nicht alt genug zum Arbeiten, aber ich bin sicher, wir können einen Weg finden, wie auch sie Ihnen behilflich sein kann.«

Die Richterin lächelte den Kindern zu, aber ihre Augen waren traurig. Sie streckte eine Hand aus und strich Violet leicht übers Haar, und für Violet war dies tröstlicher als alles andere in letzter Zeit. »Das ist nicht nötig«, sagte Richterin Strauss. »Ihr seid mir immer willkommen.« Dann drehte sie sich um und ging in ihr Haus. Nachdem die Baudelaire-Waisen einen Augenblick hinter ihr her gestarrt hatten, betraten sie das ihre.

Fast den ganzen Nachmittag verbrachten Violet, Klaus und Sunny damit, die Puttanesca-Sauce nach dem Rezept zu kochen. Violet briet den Knoblauch an und wusch und hackte die Petersilie. Klaus häutete die Tomaten und entkernte die Oliven. Sunny trommelte mit einem Holzlöffel auf einen Topf und sang dabei ein Lied mit vielen Wiederholungen, das sie selbst komponiert hatte. Alle drei Kinder fühlten sich weniger unglücklich als je zuvor seit ihrer Ankunft bei Graf Olaf. Der Geruch von kochendem Essen wirkt oft beruhigend, und die Küche wurde richtig gemütlich, als die Sauce köchelte. Die drei Waisenkinder tauschten angenehme Erinnerungen an ihre Eltern aus und unterhielten sich über Richterin Strauss; sie waren sich einig, dass sie eine wunderbare Nachbarin sei, und nahmen sich vor, viel Zeit in ihrer Bibliothek zu verbringen. Während ihrer Gespräche rührten sie den Schokoladenpudding an und kosteten davon.

Als sie gerade den Pudding in den Kühlschrank stellten, damit er kalt würde, hörten Violet, Klaus und Sunny ein lautes dröhnendes Geräusch. Die Haustür wurde aufgerissen, und ich brauche dir sicher nicht zu sagen, wer da nach Hause kam.

»Waisen?«, rief Graf Olaf mit seiner kratzigen Stimme. »Wo seid ihr, Waisen?«

»In der Küche, Graf Olaf«, antwortete Klaus. »Das Essen ist so gut wie fertig.«

»Das will ich doch hoffen«, sagte Graf Olaf und kam in die Küche gestakst. Er blickte alle drei Baudelaire-Kinder mit seinen teuflisch funkelnden Augen an. »Meine Truppe kommt sofort, und alle haben großen Hunger. Wo ist das Roastbeef?«

»Wir haben kein Roastbeef gemacht«, sagte Violet.

»Wir haben Puttanesca-Spaghetti gemacht.«

»Was?«, fragte Graf Olaf. »Kein Roastbeef!«

»Ihr habt uns nicht gesagt, dass Ihr Roastbeef haben wollt«, sagte Klaus.

Graf Olaf schob sich näher an die Kinder heran, so dass er noch größer aussah, als er sowieso schon war. Seine Augen funkelten noch bedrohlicher, und seine einzige Augenbraue ging wütend in die Höhe. »Als ich zugestimmt habe, euch zu adoptieren«, sagte er, »bin ich euer Vater geworden, und als euer Vater lasse ich nicht mit mir spaßen. Ich verlange, dass ihr mir und meinen Gästen Roastbeef serviert.«

»Wir haben keins!«, schrie Violet. »Wir haben Puttanesca-Spaghetti gemacht!«

»Nein! Nein! Nein!«, schrie Sunny.

Graf Olaf blickte auf Sunny hinab, die so plötzlich gesprochen hatte. Mit einem unmenschlichen Brüllen packte er sie und hob sie so hoch, dass sie ihm direkt in die Augen starrte. Unnötig zu sagen, dass Sunny sehr erschrocken war und sofort zu weinen anfing. Sie versuchte nicht einmal, in die knochige Hand zu beißen, die sie hielt.

»Lass sie sofort runter, du Scheusal!«, rief Klaus. Er sprang in die Höhe, um Sunny aus dem Griff des Grafen zu befreien, aber der hielt sie so hoch, dass Klaus sie nicht erreichen konnte. Graf Olaf blickte auf Klaus hinab, bleckte in einem furchtbaren Grinsen die Zähne und hob die jammernde Sunny nur noch höher. Es sah gerade so aus, als wollte er sie auf den Boden fallen lassen, da erhob sich im Nebenraum großes Gelächter.

»Olaf! Wo ist Olaf?«, riefen verschiedene Stimmen.

Graf Olaf stockte. Er hielt die jammernde Sunny immer noch in die Luft, als die Mitglieder seiner Theatertruppe in die Küche kamen. Bald füllten sie den ganzen Raum – eine Auswahl höchst merkwürdiger Typen in jeglicher Gestalt und Größe. Da war ein kahler Mann mit einer sehr langen Nase, gekleidet in ein langes schwarzes Gewand. Zwei Frauen hatten schlohweiß gepuderte Gesichter und sahen wie Gespenster aus. Hinter ihnen stand ein Mann mit endlos langen dünnen Armen, die statt in Händen in zwei eisernen Haken endeten. Dann war da noch eine äußerst fette Person, die weder wie ein Mann noch wie eine Frau aussah. Und dahinter standen in der Tür mehrere Leute, die die Kinder nicht sehen konnten, die aber mit Sicherheit genauso beängstigend waren.

»Hier bist du ja, Olaf«, sagte eine von den weißgesichtigen Frauen. »Was in aller Welt machst du?«

»Ich bringe nur diesen Waisenkindern etwas Disziplin bei«, sagte Graf Olaf. »Ich hatte ihnen aufgetragen, das Abendessen zu kochen, und alles, was sie gemacht haben, sind Spaghetti mit einer abscheulichen Sauce.«

»Mit Kindern darf man keine Nachsicht haben«, sagte der Mann mit den Hakenhänden. »Man muss ihnen beibringen, den Erwachsenen zu gehorchen.« Der große, kahlköpfige Mann schaute sich die Kinder an. »Sind das«, fragte er Graf Olaf, »diese reichen Kinder, von denen du uns erzählt hast?«

»Ja«, sagte Graf Olaf. »Sie sind so entsetzlich, dass ich sie kaum anfassen mag.« Damit ließ er Sunny, die immer noch jammerte, wieder auf den Boden hinab. Violet und Klaus seufzten erleichtert, weil er sie nicht aus der großen Höhe hatte fallen lassen.

»Das kann ich dir nicht verdenken«, sagte jemand in der Tür.

Graf Olaf rieb sich die Hände, als ob er darin etwas Abstoßendes gehalten hätte statt eines kleinen Kindes.

»Schluss mit dem Gerede«, sagte er. »Ich denke, wir essen jetzt, auch wenn sie alles ganz falsch gemacht haben. Folgt mir ins Esszimmer, alle Mann, ich will uns Wein einschenken. Vielleicht sind wir, wenn uns diese Bälger etwas auftischen, schon so betrunken, dass es uns nichts ausmacht, ob es Roastbeef ist oder nicht.«

»Hurra!«, schrien die Mitglieder der Truppe. Sie marschierten durch die Küche und folgten Graf Olaf ins Esszimmer. Keiner achtete weiter auf die Kinder – außer dem Kahlkopf. Er blieb stehen und starrte Violet direkt in die Augen.

»Du bist ein hübsches Ding«, sagte er und nahm ihr Gesicht in seine rauen Hände. »Ich an deiner Stelle würde mir Mühe geben, Graf Olaf nicht zu verärgern, er könnte dir sonst dein hübsches Gesichtchen demolieren.«

Violet schauderte. Der Kahlkopf kicherte schrill und verließ den Raum.

Die Baudelaire-Kinder blieben allein in der Küche zurück. Sie atmeten schwer, als ob sie gerade eine große Strecke gerannt wären. Sunny jammerte immer noch, und auch Klaus merkte, dass ihm Tränen in den Augen standen. Nur Violet weinte nicht, sondern zitterte lediglich vor Angst und Aversion – ein Wort, das man mit »eine unangenehme Mischung aus Entsetzen und Abscheu« übersetzen könnte. Eine ganze Weile konnte keiner von ihnen sprechen.

»Es ist einfach furchtbar«, sagte Klaus schließlich. »Violet, was können wir nur tun?«

»Ich weiß nicht«, sagte sie. »Ich habe Angst.«

»Ich auch«, sagte Klaus.

»Hax!«, sagte Sunny, als sie aufgehört hatte zu weinen.

»Bringt uns was zu essen!«, rief jemand aus dem Speisezimmer, und die Theatertruppe fing an, rhythmisch auf den Tisch zu klopfen, was, wie man weiß, ein höchst unhöfliches Benehmen ist.

»Wir sollten besser das Essen servieren«, sagte Klaus. »Wer weiß, was Graf Olaf uns sonst noch antut.«

Violet musste daran denken, was der Kahlköpfige über ihr Gesicht gesagt hatte und dass Graf Olaf es demolieren könnte, und nickte nur. Die beiden schauten den großen Topf mit der blubbernden Sauce an, der während des Kochens so viel Gemütlichkeit ausgestrahlt hatte; nun sah er aus wie ein Fass voller Blut. Dann ließen sie Sunny in der Küche und gingen ins Esszimmer. Klaus trug eine Schüssel mit den extralangen Spaghetti, Violet trug den Topf mit der Sauce und einen großen

Schöpflöffel zum Austeilen. Die Theatertruppe redete und schwatzte, und die Schauspieler tranken immer wieder aus ihren Weingläsern. Sie achteten gar nicht auf die Kinder, die um den Tisch gingen und servierten. Violet tat die rechte Hand weh, so schwer war die Schöpfkelle. Sie überlegte, ob sie sie in die linke Hand nehmen sollte, aber da sie Rechtshänderin war, hatte sie Angst, dass sie mit der linken Hand vielleicht etwas Sauce verschütten würde, was Graf Olaf wieder in Wut versetzen könnte. Sie starrte unglücklich auf Olafs Teller und wünschte, sie hätte auf dem Markt Gift gekauft und in die Puttanesca-Sauce getan.

Schließlich waren sie mit dem Servieren fertig, und Klaus und Violet zogen sich unauffällig in die Küche zurück. Sie hörten dem wilden, groben Gelächter von Graf Olaf und seiner Schauspieltruppe zu und stocherten in ihren eigenen Portionen herum, zu niedergeschlagen, um zu essen. Nach kurzer Zeit klopften Olafs Freunde wieder rhythmisch auf den Tisch, und die Waisen gingen hinüber ins Esszimmer, um abzuräumen und dann den Schokoladenpudding aufzutragen. Inzwischen war es überdeutlich, dass Graf Olaf und seine Kumpane eine ganze Menge Wein getrunken hatten. Sie lümmelten sich um den Tisch herum und sprachen viel weniger.

Schließlich rafften sie sich auf und marschierten auf demselben Weg zurück, den sie gekommen waren. Die Kinder in der Küche beachteten sie kaum. Nur Graf Olaf blickte sich in dem Raum um, der voll von schmutzigem Geschirr war.

»Da ihr den Abwasch noch nicht gemacht habt«, sagte er, »denke ich, dass ihr die Aufführung heute Abend nicht zu besuchen braucht. Aber nach dem Aufräumen legt ihr euch sofort in eure Betten.«

Klaus hatte grimmig zu Boden geblickt und sich bemüht, seine Wut zu verbergen. Jetzt aber konnte er nicht länger an sich halten: »Ihr meint wohl unser Bett!«, schrie er. »Ihr habt uns nur ein einziges Bett zur Verfügung gestellt!«

Bei diesem Ausbruch blieben einige Mitglieder der Theatertruppe abrupt stehen. Sie blickten von Klaus zu Graf Olaf und warteten, was nun passieren würde. Graf Olaf hob seine einzige Augenbraue, und seine Augen funkelten teuflisch, aber er sprach ganz ruhig.

»Wenn ihr ein zweites Bett haben wollt«, sagte er, »könnt ihr morgen in die Stadt gehen und eins kaufen.«

»Ihr wisst ganz genau, dass wir kein Geld haben«, sagte Klaus.

»Natürlich habt ihr welches«, sagte Graf Olaf, und

seine Stimme wurde ein wenig lauter. »Ihr seid die Erben eines gewaltigen Vermögens.«

»Dieses Geld«, sagte Klaus, weil er sich an die Worte von Mr Poe erinnerte, »darf nicht benutzt werden, bis Violet volljährig ist.«

Graf Olafs Gesicht wurde puterrot. Eine Weile sagte er gar nichts. Dann langte er in einer plötzlichen Bewegung nach unten und schlug Klaus ins Gesicht. Klaus stürzte zu Boden. Sein Gesicht war Zentimeter von dem Auge entfernt, das auf Graf Olafs Knöchel tätowiert war. Seine Brille flog ihm von der Nase und schlitterte in eine Ecke. Seine linke Backe brannte nach dem Schlag wie Feuer. Die Theatertruppe lachte, und einige von ihnen applaudierten, als hätte Graf Olaf etwas sehr Mutiges getan und nicht etwas Abscheuliches.

»Lasst uns gehen, Freunde«, sagte Olaf zu seinen Kumpanen. »Wir kommen sonst zu spät zu unserer eigenen Vorstellung.«

»Wie ich dich kenne, Olaf«, sagte der Mann mit den Hakenhänden, »wirst du schon Mittel und Wege finden, wie du an dieses Baudelaire-Geld kommst.«

»Wir werden sehen«, sagte Graf Olaf. Seine Augen funkelten so bedrohlich, als ob er schon eine Idee hätte.

Es gab wieder einen lauten Knall, als die Haustür

hinter Graf Olaf und seinen furchtbaren Freunden ins Schloss fiel. Die Baudelaire-Kinder waren allein in der Küche. Violet kniete sich neben Klaus und drückte ihn an sich, damit er sich etwas besser fühlte. Sunny kroch zu der Brille, hob sie auf und brachte sie ihm. Klaus begann zu schluchzen, nicht so sehr wegen der Schmerzen, sondern aus Wut über die schreckliche Lage, in der sie sich befanden. Violet und Sunny weinten mit ihm, und sie weinten noch immer, als sie das Geschirr abwuschen, die Kerzen im Esszimmer ausbliesen, sich auszogen und schlafen legten, Klaus im Bett, Violet auf dem Boden, Sunny auf ihrem kleinen Vorhangpolster. Das Mondlicht schien durchs Fenster, und hätte jemand in das Schlafzimmer der Baudelaire-Kinder geschaut, dann hätte er drei Kinder sehen können, die auch die ganze Nacht lang still vor sich hin weinten.

Kapitel Fünf

Wenn du in deinem Leben nicht besonders großes Glück gehabt hast, dann hat es sicherlich Erlebnisse gegeben, die dich zum Weinen gebracht haben. Daher weißt du auch, dass man sich besser fühlt, wenn man sich einmal richtig ausgeweint hat, selbst wenn sich die Umstände kein bisschen geändert haben. So ging es auch den Baudelaire-Kindern. Nachdem sie die ganze Nacht geweint hatten, standen sie am nächsten Morgen mit dem Gefühl auf, dass ihnen eine Last von den Schultern genommen war. Die drei Kinder wussten natürlich, dass sie sich noch immer in einer schrecklichen Lage befanden, aber sie glaubten, dass sie etwas tun könnten, um sie zu verbessern.

An diesem Morgen hatte ihnen Graf Olaf auf seinem Notizzettel aufgetragen, im Hof Feuerholz zu hacken. Als Violet und Klaus die Axt auf die Holzscheite niedersausen ließen, um sie zu zerkleinern, besprachen sie mögliche Vorgehensweisen, während Sunny gedankenverloren auf einem Holzstückchen herumkaute.

»Es ist klar«, sagte Klaus und betastete die hässliche Schwellung in seinem Gesicht, wo ihn Olaf geschlagen hatte, »dass wir hier nicht länger bleiben können. Ich würde lieber mein Glück auf der Straße versuchen, als an diesem schrecklichen Ort wohnen zu bleiben.«

»Aber wer weiß, welchen Missgeschicken wir auf der Straße ausgesetzt wären?«, erklärte Violet. »Hier haben wir wenigstens ein Dach über dem Kopf.«

»Ich wünschte, das Geld unserer Eltern könnte tatsächlich jetzt benutzt werden und nicht erst, wenn du volljährig bist«, sagte Klaus. »Dann könnten wir uns eine Burg kaufen und darin leben, und draußen könnten bewaffnete Wächter patrouillieren, um Graf Olaf und seine Truppe fernzuhalten.«

»Und ich könnte eine große Erfinderwerkstatt haben«, sagte Violet nachdenklich. Sie schwang die Axt und spaltete ein Holzscheit sauber in zwei Teile. »Voller Zahnräder und Flaschenzüge und Drähte und mit einem ausgebufften Computersystem.«

»Und ich könnte eine riesige Bücherei haben«, sagte Klaus, »so bequem wie die von Richterin Strauss, nur noch viel größer.«

»Gibbo!«, kreischte Sunny, was wohl bedeutete: »Und ich könnte jede Menge Sachen zum Beißen haben.«

»Aber in der Zwischenzeit«, sagte Violet, »müssen wir etwas gegen unsere missliche Lage unternehmen.«

»Vielleicht könnte uns Richterin Strauss adoptieren«, meinte Klaus. »Sie hat gesagt, wir wären in ihrem Haus immer willkommen.«

»Aber dabei hat sie an einen Besuch gedacht oder an die Benutzung ihrer Bibliothek«, erklärte Violet. »Sie hat nicht gemeint, dass wir dort richtig leben sollen.«

»Wenn wir ihr unsere Lage erklärten, vielleicht wäre sie dann einverstanden, uns zu adoptieren«, sagte Klaus hoffnungsvoll. Aber als Violet ihn anschaute, konnte sie sehen, dass er selbst wusste, wie unmöglich das war.

Jemanden zu adoptieren ist eine schwierige Entscheidung, die man wahrscheinlich nicht impulsiv trifft. Du hast in deinem Leben sicher auch schon manchmal den Wunsch gehabt, von anderen Menschen großgezogen zu werden als von denen, die dich tatsächlich großziehen, aber tief innen hast du immer gewusst, dass die Chancen dafür sehr gering sind.

»Ich denke, wir sollten Mr Poe aufsuchen«, sagte Violet. »Er hat doch, als er uns hier abgeliefert hat, gesagt, dass wir mit ihm in der Bank Verbindung aufnehmen könnten, wenn wir irgendwelche Fragen hätten.«

»Eigentlich haben wir keine Frage«, sagte Klaus, »sondern eine Beschwerde.« Er musste daran denken, wie Mr Poe an der Kahlen Küste mit seiner furchtbaren Nachricht zu ihnen gekommen war. Obwohl die Brandkatastrophe natürlich nicht Mr Poes Schuld war, zögerte Klaus doch, Mr Poe aufzusuchen, denn er fürchtete, nur weitere schlechte Nachrichten zu hören.

»Mir fällt sonst niemand ein, mit dem wir Verbindung aufnehmen könnten«, sagte Violet. »Mr Poe ist für unsere Angelegenheiten verantwortlich, und ich bin sicher, wenn er wüsste, wie entsetzlich Graf Olaf ist, würde er uns sofort von hier wegholen.«

Klaus stellte sich vor, wie Mr Poe in seinem Auto kommen und sie einladen würde, um sie irgendwo anders hinzufahren, und er fühlte eine schwache Hoffnung aufkeimen. Überall sonst wäre es besser als hier. »Okay«, sagte er. »Wir wollen das Feuerholz zu Ende hacken, dann gehen wir zur Bank.«

Durch ihren Entschluss angespornt, schwangen die Baudelaire-Kinder ihre Äxte mit erstaunlicher Schnelligkeit, und bald waren sie mit dem Hacken des Feuerholzes fertig und bereit, zur Bank zu gehen. Sie erinnerten sich, dass Graf Olaf gesagt hatte, er hätte einen Stadtplan. Sie suchten gründlich danach, aber sie konnten keine Spur davon finden. Sie nahmen an, dass er sich im Turm befand, zu dem ihnen der Zutritt verboten war. So machten sich die Baudelaire-Kinder ohne nähere Hinweise zum Bankenviertel auf in der Hoffnung, Mr Poe dort zu finden.

Nachdem sie durch das Metzgerviertel, das Blumenviertel und das Skulpturenviertel gelaufen waren, kamen die drei Kinder zum Bankenviertel. Am Brunnen des Siegreichen Kapitals hielten sie an und erfrischten sich mit einem Schluck Wasser. Das Bankenviertel bestand aus mehreren breiten Straßen mit großen Marmorgebäuden auf beiden Seiten – lauter Banken. Zuerst gingen sie zur *Bank Ihres Vertrauens*, dann zum *Treuhänderischen Spar- und Kreditinstitut* und dann zur *Dienstbaren Daseinsvorsorge*. Überall fragten sie nach Mr Poe. Endlich sagte eine Empfangsdame bei der *Dienstbaren*, sie wisse, Mr Poe arbeite bei der *Vereinigten Vermögensverwaltung* am Ende der Straße. Das war ein viereckiges und ziemlich schlichtes Gebäude; aber als die drei Waisenkinder einmal drinnen waren, wurden sie von dem Gedränge und Gehetze eingeschüchtert, mit dem die Leute in dem großen, widerhallenden

Raum hin und her eilten. Schließlich sagten sie einem Aufseher in Uniform, sie wollten mit Mr Poe sprechen und ob sie hier am richtigen Ort wären, und er führte sie in ein großes Büro mit vielen Aktenschränken und ohne Fenster.

»Ach, hallo«, sagte Mr Poe überrascht. Er saß an einem Schreibtisch, der mit maschinengeschriebenen Papieren bedeckt war, die ebenso eindrucksvoll wie langweilig aussahen. Ein gerahmtes Foto von seiner Frau und den beiden ekelhaften Söhnen war von drei Telefonen mit blinkenden Lämpchen umgeben. »Bitte, kommt herein.«

»Danke«, sagte Klaus und gab Mr Poe die Hand. Die Baudelaire-Kinder setzten sich in drei große bequeme Sessel.

Mr Poe machte den Mund auf, um zu sprechen, musste aber erst in sein Taschentuch husten, bevor er anfangen konnte. »Ich bin heute sehr beschäftigt«, sagte er schließlich. »Deshalb habe ich nicht allzu viel Zeit zum Plaudern. Das nächste Mal solltet ihr vorher anrufen, wenn ihr vorhabt, vorbeizukommen, dann werde ich mir etwas Zeit nehmen, um euch zum Mittagessen auszuführen.«

»Das wäre sehr nett«, sagte Violet. »Es tut uns leid,

dass wir uns nicht angemeldet haben, bevor wir vorbeigekommen sind, aber wir befinden uns in einer brenzligen Lage.«

»Graf Olaf ist verrückt«, sagte Klaus und kam so gleich zum wesentlichen Punkt. »Wir können nicht länger bei ihm bleiben.«

»Er hat Klaus ins Gesicht geschlagen. Sehen Sie die Schwellung?«, sagte Violet. Aber während sie sprach, klingelte eines der Telefone mit einem lauten, unangenehmen Klageton.

»Entschuldigt mich«, sagte Mr Poe und hob den Hörer ab. »Hier Poe«, meldete er sich. »Was? Ja. Ja. Ja. Ja. Nein. Ja. Danke sehr.« Er legte auf und betrachtete die Baudelaires, als ob er vergessen hätte, dass sie anwesend waren.

»Entschuldigt«, sagte Mr Poe, »worüber sprachen wir gerade? Ach ja, Graf Olaf. Es tut mir leid, dass euch der erste Eindruck von ihm nicht gefallen hat.«

»Er hat uns nur ein Bett zur Verfügung gestellt«, sagte Klaus.

»Er lässt uns ständig schwierige Hausarbeiten machen.«

»Er trinkt zu viel Wein.«

»Entschuldigt mich«, bat Mr Poe, als ein anderes

Telefon klingelte. »Hier Poe«, sagte er. »Sieben. Sieben. Sieben. Sieben. Sechseinhalb. Sieben. Bitte sehr.« Er legte auf und notierte schnell etwas auf einem seiner Papiere, dann schaute er die Kinder an. »Es tut mir leid«, sagte er, »was habt ihr gerade über Graf Olaf gesagt? Dass er euch Hausarbeiten verrichten lässt, klingt doch ganz vernünftig.«

»Er redet uns mit ›Waisen‹ an.«

»Er hat fürchterliche Freunde.«

»Er fragt dauernd nach unserem Geld.«

»Poko!« Das kam von Sunny.

Mr Poe hob die Hände hoch, um anzudeuten, dass er genug gehört hatte. »Kinder, Kinder«, sagte er. »Ihr müsst euch etwas gedulden, bis ihr euch an euer neues Heim gewöhnt habt. Ihr seid erst ein paar Tage dort.«

»Wir sind lange genug da, um zu wissen, dass Graf Olaf ein böser Mensch ist«, sagte Klaus.

Mr Poe seufzte und blickte die drei Kinder der Reihe nach an. Sein Gesicht war freundlich, aber es sah nicht so aus, als ob er glaubte, was die Baudelaire-Kinder ihm berichteten. »Kennt ihr den lateinischen Ausdruck ›in loco parentis‹?«, fragte er.

Violet und Sunny schauten zu Klaus. Er war von ihnen der Belesenste und würde noch am ehesten Lexikonwörter und fremde Ausdrücke kennen. »Etwas mit Lokomotiven?«, sagte er. Vielleicht wollte Mr Poe sie mit der Bahn zu einem anderen Verwandten bringen.

Mr Poe schüttelte den Kopf. »›In loco parentis‹ bedeutet ›in der Rolle eines Elternteiles‹«, sagte er. »Es ist ein Rechtsbegriff, und er bezieht sich auf Graf Olaf. Jetzt, wo ihr in seiner Obhut seid, kann der Graf euch mit allen Methoden aufziehen, die er für angebracht hält. Es tut mir leid, wenn eure Eltern euch keine Hausarbeiten haben verrichten lassen oder ihr niemals gesehen habt, wie sie Wein getrunken haben, oder wenn euch ihre Freunde besser gefallen als die von Graf Olaf, aber das sind Dinge, an die ihr euch gewöhnen müsst, da Graf Olaf nun mal in loco parentis handelt. Verstanden?«

»Aber er hat meinen Bruder geschlagen!«, sagte Violet. »Schauen Sie sich nur sein Gesicht an!«

Während Violet sprach, griff Mr Poe in seine Tasche nach dem Schnupftuch. Er bedeckte den Mund damit und hustete viele, viele Male hinein. Er hustete so laut, dass Violet nicht sicher war, ob er sie gehört hatte.

»Was Graf Olaf auch getan hat«, wiederholte Mr Poe, schaute auf eines seiner Papiere und machte einen Kreis um eine Zahl, »er hat in loco parentis gehandelt, und ich kann nichts dagegen tun. Euer Geld wird von mir und meiner Bank gut verwaltet, aber die Erziehungsmethoden von Graf Olaf sind dessen eigene Sache. Nun, ich möchte euch nicht so schnell wie möglich hinauskomplimentieren, aber ich habe sehr viel zu tun.«

Die Kinder saßen nur da und waren schockiert. Mr Poe sah auf und räusperte sich. »›Hinauskomplimentieren‹«, sagte er, »bedeutet ...«

»... bedeutet, dass Sie nichts unternehmen werden, um uns zu helfen«, beendete Violet den Satz für ihn. Sie zitterte vor Wut und Enttäuschung. Als eines der Telefone läutete, stand sie auf und verließ den Raum, gefolgt von Klaus mit Sunny auf dem Arm. Steifbeinig verließen sie die Bank und standen auf der Straße. Sie wussten nicht, was sie als Nächstes tun sollten.

»Was sollen wir als Nächstes tun?«, fragte Klaus traurig.

Violet starrte zum Himmel hoch. Sie wünschte, sie könnte etwas erfinden, was sie von Graf Olaf wegbrachte. »Es wird langsam spät«, sagte sie. »Vielleicht sollten wir einfach zurückgehen und uns morgen etwas anderes überlegen. Vielleicht können wir unterwegs bei Richterin Strauss vorbeischauen.«

»Aber du hast doch gesagt, dass sie uns kaum helfen wird«, sagte Klaus.

»Nicht, damit sie uns hilft«, sagte Violet, »sondern wegen der Bücher.«

Es ist sehr nützlich, in jungen Jahren den Unterschied zwischen »wörtlich« und »im übertragenen Sinne« zu lernen. Wenn etwas wörtlich passiert, dann passiert es tatsächlich; wenn etwas im übertragenen Sinne passiert, dann *fühlt es sich so an,* als ob es passierte. Wenn du zum Beispiel wörtlich vor Freude in die Luft springst, dann bedeutet das, dass du in die Luft springst, weil du sehr glücklich bist. Wenn du im übertragenen Sinne vor Freude in die Luft springst, bedeutet das, dass du so glücklich bist, dass du vor Freude in die Luft springen könntest, aber deine Kräfte für andere Dinge schonst.

Die Baudelaire-Waisen liefen in die Gegend zurück, wo Graf Olaf wohnte. Am Haus von Richterin Strauss läuteten sie. Die Richterin bat sie hinein, und in der Bibliothek konnten sie sich Bücher aussuchen. Violet wählte verschiedene Bände über mechanische Erfindungen, Klaus mehrere über Wölfe, und Sunny fand ein Buch mit vielen Bildern von Zähnen. Dann gingen sie in Graf Olafs Haus auf ihr Zimmer, setzten sich zusammengedrängt auf das einzige Bett und lasen aufmerksam und glücklich in ihren Büchern. Im übertragenen Sinne entwischten sie so Graf Olaf und ihrem Elend. Sie entwischten nicht wörtlich, denn sie waren noch immer in Graf Olafs Haus und seinen üblen Machenschaften in loco parentis ausgeliefert. Aber indem sie sich lesend in ihre Lieblingsthemen vertieften, fühlten sie sich weit weg von ihrer misslichen Lage, als ob sie ihr tatsächlich entkommen wären. In der Situation der Waisenkinder war es natürlich nicht genug, nur im übertragenen Sinne zu entkommen, aber am Ende eines mühseligen und hoffnungslosen Tages musste es erst einmal ausreichen. Violet, Klaus und Sunny lasen ihre Bücher, und im Hinterkopf hofften sie, dass das, was bislang nur eine Flucht im übertragenen Sinne war, sich bald in eine wörtliche verwandeln würde.

Kapitel Sechs

Als die Kinder am nächsten Morgen verschlafen aus ihrem Zimmer in die Küche stolperten, fanden sie – an Stelle einer von Graf Olafs Notizen – Graf Olaf selber vor.

»Guten Morgen, Waisen«, sagte er. »Ich habe euren Haferbrei schon in eure Schüsselchen getan.«

Die Kinder setzten sich an den Küchentisch und starrten ängstlich auf ihren Brei. Wenn du Graf Olaf kennen würdest und er dir plötzlich eine Mahlzeit servieren wollte, hättest du da nicht auch Angst, dass irgendetwas Schreckliches darin steckt wie Gift oder zermahlenes Glas? Aber stattdessen sahen Violet, Klaus und Sunny, dass auf jede Portion frische Himbeeren gestreut waren. Die Baudelaire-Kinder hatten seit dem Tod ihrer Eltern keine Himbeeren mehr gegessen, obwohl sie ihre Lieblingsfrüchte waren.

»Danke«, sagte Klaus vorsichtig, hob eine Himbeere

hoch und betrachtete sie genau. Vielleicht waren dies Giftbeeren, die genauso aussahen wie köstliche Himbeeren. Graf Olaf bemerkte, wie misstrauisch Klaus die Früchte betrachtete, lächelte und pickte eine aus Sunnys Schale. Er schaute die drei Kinder der Reihe nach an, steckte die Beere in den Mund und aß sie.

»Sind Himbeeren nicht köstlich?«, fragte er. »Als ich so alt war wie ihr, mochte ich sie von allen Beeren am liebsten.«

Violet versuchte sich Graf Olaf als Kind vorzustellen, aber das ging nicht. Seine funkelnden Augen, die knochigen Hände, das unbestimmte Lächeln – all dies schienen Eigenschaften zu sein, die nur Erwachsene haben können. Trotz der Angst, die sie vor ihm hatte, nahm sie jedoch ihren Löffel in die rechte Hand und begann ihren Haferbrei zu essen. Graf Olaf hatte davon gegessen, so war er wahrscheinlich nicht vergiftet. Auf jeden Fall hatte sie Hunger. Auch Klaus fing mit dem Essen an und ebenso Sunny, die sich Haferbrei und Himbeeren über das ganze Gesicht schmierte.

»Gestern habe ich einen Anruf von Mr Poe bekommen«, sagte Graf Olaf. »Er hat mir erzählt, dass ihr Kinder ihn besucht habt.«

Die Kinder blickten sich an. Sie hatten gehofft, dass

ihr Besuch vertraulich behandelt würde – was so viel bedeutet wie, dass er »zwischen Mr Poe und ihnen geheim gehalten und nicht an Graf Olaf ausgeplaudert würde«.

»Mr Poe hat mir erzählt«, sagte Graf Olaf, »dass ihr anscheinend einige Schwierigkeiten damit habt, euch an das Leben zu gewöhnen, das ich euch so großzügig ermögliche. Es tut mir sehr leid, das zu hören.«

Die Kinder blickten Graf Olaf an. Sein Gesicht war ganz ernst, so als ob es ihm tatsächlich sehr leid täte, das zu hören, aber seine Augen funkelten so hell wie bei jemandem, der einen Scherz macht.

»Tatsächlich?«, sagte Violet. »Es tut mir leid, dass Mr Poe Euch belästigt hat.«

»Ich bin froh, dass er das getan hat«, sagte Graf Olaf, »denn ich möchte, dass ihr drei euch hier wie zu Hause fühlt, wo ich jetzt euer Vater bin.«

Die Kinder schauderten, als sie an ihren liebevollen Vater dachten und traurig den armseligen Ersatz betrachteten, der ihnen nun am Tisch gegenübersaß.

»In letzter Zeit«, sagte Graf Olaf, »bin ich etwas nervös gewesen wegen der Aufführungen mit meiner Theatertruppe, und ich fürchte, dass ich mich vielleicht ein wenig reserviert verhalten habe.«

»Reserviert« ist ein wunderbares Wort, aber es passte nicht auf Graf Olafs Verhalten gegenüber den Kindern. Es bedeutet »unwillig, sich mit anderen einzulassen«. Es könnte jemanden beschreiben, der während einer Party lieber in einer Ecke stehen und mit niemandem reden möchte. Es würde keinesfalls jemanden beschreiben, der für drei Personen nur ein Bett zum Schlafen zur Verfügung stellt, sie zwingt, furchtbare Hausarbeiten zu verrichten, und sie ins Gesicht schlägt. Es gibt viele Bezeichnungen für solche Leute, aber »reserviert« gehört ganz bestimmt nicht dazu. Klaus kannte dieses Wort und hätte über seine falsche Verwendung durch Graf Olaf fast laut gelacht. Aber sein Gesicht war noch geschwollen, daher schwieg er lieber still.

»Damit ihr euch hier ein bisschen mehr zu Hause fühlt, möchte ich, dass ihr bei meinem nächsten Stück mitmacht. Wenn ihr an meiner Arbeit teilnehmt, muss ich vielleicht nicht mehr damit rechnen, dass ihr mit Beschwerden zu Mr Poe lauft.«

»Auf welche Weise würden wir denn teilnehmen?«, fragte Violet. Sie musste an all die Hausarbeiten denken, die sie schon für Graf Olaf machten, und hatte keine Lust, noch mehr Aufgaben zu übernehmen.

»Nun«, sagte Graf Olaf, und seine Augen funkelten

teuflisch, »das Stück heißt *Die himmlische Hochzeit,* und es wurde von dem großen Dramatiker Albert von Trottelwitz geschrieben. Wir werden nur eine einzige Vorstellung geben, diesen Freitagabend. Es handelt von einem Mann, der sehr tapfer und intelligent ist und von mir gespielt wird. Beim Finale heiratet er die junge, schöne Frau, die er liebt, vor einer jubelnden Menschenmenge. Du, Klaus, und du, Sunny, ihr werdet einige von den jubelnden Leuten in der Menge spielen.«

»Aber wir sind kleiner als die meisten Erwachsenen«, sagte Klaus. »Wird das für das Publikum nicht merkwürdig aussehen?«

»Dann spielt ihr eben zwei Zwerge, die die Hochzeit besuchen«, sagte Olaf geduldig.

»Und was werde ich tun?«, fragte Violet. »Ich bin sehr geschickt im Umgang mit Werkzeug, vielleicht könnte ich dabei helfen, die Kulissen zu bauen.«

»Die Kulissen bauen? Um Himmels willen, nein«, sagte Graf Olaf. »Ein hübsches Mädchen wie du sollte nicht hinter der Bühne arbeiten.«

»Ich möchte es aber gern«, sagte Violet.

Graf Olafs einzige Augenbraue hob sich eine Winzigkeit, und die Baudelaire-Waisen erkannten dieses Anzeichen seines Zorns. Aber dann senkte sich die Augenbraue wieder, als er sich dazu zwang, ruhig zu bleiben. »Ich habe eine wichtige Rolle für dich auf der Bühne«, sagte er. »Du wirst die junge Frau spielen, die ich heirate.«

Violet fühlte, wie der Haferbrei und die Himbeeren in ihrem Magen rumorten, als ob sie sich gerade eine Darmgrippe eingefangen hätte. Es war schlimm genug, dass Graf Olaf in loco parentis handelte und sich als ihr Vater bezeichnete, aber diesen Menschen auch noch als ihren Ehemann zu betrachten, selbst wenn das nur zum Zwecke einer Theateraufführung geschah, das war noch viel schrecklicher.

»Es ist eine überaus wichtige Rolle«, fuhr er fort, wobei sich seine Lippen zu einem wenig überzeugenden Lächeln kräuselten, »obwohl du nicht mehr Text hast als ›Ich will‹. Das wirst du sagen, wenn Richterin Strauss dich fragt, ob du mich heiraten willst.«

»Richterin Strauss?«, fragte Violet. »Was hat sie damit zu tun?«

»Sie hat sich bereit erklärt, die Rolle des Richters zu spielen«, sagte Graf Olaf. Eines der hinter ihm auf die Küchenwände gemalten Augen fixierte die Baudelaire-Kinder. »Ich habe Richterin Strauss gebeten, mitzumachen, weil ich nicht nur ein guter Vater, sondern auch ein guter Nachbar sein wollte.«

»Graf Olaf«, sagte Violet, aber dann brach sie ab. Sie wollte sich zwar gern aus der Rolle der Braut herausreden, aber andererseits wollte sie ihn nicht wütend machen. »Vater«, sagte sie, »ich bin mir nicht sicher, dass ich begabt genug bin, um unter Profis zu spielen. Es täte mir leid, Euren guten Ruf und den von Albert von Trottelwitz zu beschädigen. Außerdem werde ich in den nächsten Wochen sehr damit beschäftigt sein, an meinen Erfindungen zu arbeiten – und zu lernen, wie man Roastbeef zubereitet«, fügte sie noch schnell hinzu, als ihr einfiel, wie er sich wegen des Abendessens aufgeführt hatte.

Graf Olaf streckte eine von seinen Spinnenhänden aus, streichelte sie am Kinn und blickte ihr tief in die Augen. »Du wirst«, sagte er, »bei dieser Aufführung mitspielen. Mir wäre es lieber, wenn du freiwillig mitspielst, aber wie euch Mr Poe, glaube ich, erklärt hat, kann ich dir auch befehlen, mitzuspielen, und *dann musst du gehorchen.*« Olafs scharfe, dreckige Fingernägel kratzten an Violets Kinn, und es schauderte sie. In der Küche war es totenstill, als Olaf schließlich von ihr abließ, aufstand und ohne ein weiteres Wort hinausging. Die Baudelaire-Kinder horchten, wie er mit schweren Schritten die Treppe zum Turm hinaufging, den sie nicht betreten durften.

»Na ja«, sagte Klaus zögernd, »ich denke, es kann nichts schaden, bei dem Stück mitzumachen. Es scheint ihm sehr viel zu bedeuten, und wir wollen uns gut mit ihm stellen.«

»Aber er hat garantiert etwas vor«, sagte Violet.

»Du glaubst doch nicht, dass diese Beeren vergiftet waren, oder?«, fragte Klaus unruhig.

»Nein«, sagte Violet. »Graf Olaf ist hinter dem Vermögen her, das wir erben werden. Uns umzubringen würde ihm nichts nützen.«

»Aber was nützt es ihm, wenn er uns in seinem blöden Stück hat?«

»Ich weiß es nicht«, gab Violet jämmerlich zu. Sie stand auf und wusch die Breischüsselchen aus.

»Ich wollte, wir wüssten etwas besser über Erbschaftsrecht Bescheid«, sagte Klaus. »Ich wette, Graf Olaf hat einen Plan ausgeheckt, wie er an unser Geld herankommt, aber ich weiß nicht, was das für ein Plan sein könnte.«

»Ich denke, wir könnten Mr Poe danach fragen«, sagte Violet zweifelnd, während Klaus neben ihr stand und das Geschirr abtrocknete. »Er kennt diese ganzen lateinischen Rechtsausdrücke.«

»Aber Mr Poe würde wahrscheinlich wieder Graf Olaf anrufen, und dann wüsste der, dass wir ihm auf die Schliche gekommen sind«, erklärte Klaus. »Vielleicht sollten wir versuchen, mit Richterin Strauss darüber zu reden. Sie ist eine Richterin, also muss sie alles über das Recht wissen.«

»Aber sie ist außerdem Graf Olafs Nachbarin«, entgegnete Violet, »und vielleicht erzählt sie ihm, dass wir gefragt haben.«

Klaus nahm seine Brille ab, was er oft tat, wenn er angestrengt nachdachte. »Wie könnten wir nur etwas über Erbschaftsrecht herausbekommen, ohne dass er davon erfährt?«

»Buch!«, rief Sunny plötzlich. Wahrscheinlich meinte sie so etwas wie »Könnte mir jemand das Gesicht abwischen?«, aber es veranlasste Violet und Klaus, sich anzuschauen.

Buch. Sie hatten beide den gleichen Gedanken: Mit Sicherheit hatte Richterin Strauss ein Buch über Erbschaftsrecht.

»Graf Olaf hat uns keine Hausarbeiten zu tun gegeben«, sagte Violet, »daher, denke ich, können wir ohne weiteres Richterin Strauss in ihrer Bibliothek besuchen.«

Klaus lächelte. »Ja, natürlich«, sagte er. »Und, weißt du, heute werde ich mir wohl kein Buch über Wölfe auswählen.«

»Und ich«, sagte Violet, »keins über technische Mechanik. Ich denke, ich möchte gerne etwas über Erbschaftsrecht lesen.«

»Schön, dann gehen wir«, sagte Klaus. »Richterin Strauss hat gesagt, wir könnten bald kommen, und wir wollen nicht *reserviert* sein.«

Bei der Erwähnung des Wortes, das Graf Olaf auf so lächerliche Weise gebraucht hatte, mussten die Baudelaire-Kinder alle lachen, sogar Sunny, die natürlich noch keinen sehr großen Wortschatz hatte. Schnell stellten sie die sauberen Breischüsselchen in den Küchenschrank, der sie mit seinen aufgemalten Augen beobachtete. Dann rannten die drei zum Nachbarhaus. Bis Freitag, an dem die Aufführung stattfinden sollte, waren es nur noch ein paar Tage, und die Kinder wollten so schnell wie möglich hinter Graf Olafs Plan kommen.

Kapitel Sieben

Es gibt auf der Welt vielerlei verschiedene Bücher. Das ist auch vernünftig, denn es gibt vielerlei verschiedene Menschen, und jeder will etwas anderes lesen. Leute, die zum Beispiel ungern Geschichten lesen, in denen kleinen Kindern schreckliche Dinge passieren, sollten dieses Buch sofort weglegen. Es gibt aber eine Sorte Buch, die praktisch kein Mensch gerne liest, und das sind juristische Bücher. Sie sind berüchtigt dafür, dass sie sehr dick, sehr langweilig und sehr schwer zu lesen sind. Das ist ein Grund, warum manche Rechtsanwälte haufenweise Geld verdienen. Das Geld ist eine Gratifikation – das Wort »Gratifikation« bedeutet hier »eine Belohnung, durch die man veranlasst wird, etwas zu tun, was man eigentlich lieber nicht tun möchte« –, eine Gratifikation also dafür, dass man dicke, langweilige und schwierige Bücher liest.

Die Baudelaire-Kinder hatten natürlich einen etwas

anderen Ansporn, solche Bücher zu lesen. Sie erwarteten als Gratifikation nicht haufenweise Geld, sondern die Möglichkeit, Graf Olaf daran zu hindern, ihnen etwas Grauenhaftes zuzufügen und seinerseits an haufenweise Geld zu kommen. Aber selbst mit diesem Ansporn war es eine über die Maßen schwierige Aufgabe, sich durch die juristischen Bücher in der Bibliothek von Richterin Strauss hindurchzuarbeiten.

»Ach du meine Güte«, sagte die Richterin, als sie die Bibliothek betrat und sah, was die Kinder lasen. Sie hatte sie ins Haus gelassen, war aber dann sofort an ihre Gartenarbeit gegangen und hatte die Baudelaire-Kinder in der herrlichen Bibliothek allein gelassen. »Ich dachte, ihr würdet euch für technische Mechanik, nordamerikanische Tiere und Zähne interessieren. Seid ihr sicher, dass ihr diese juristischen Schinken wirklich lesen wollt? Selbst ich lese sie nicht gern, obwohl ich in der Justiz arbeite.«

»Ja«, log Violet, »ich finde sie höchst interessant, Richterin Strauss.«

»Ich auch«, sagte Klaus. »Violet und ich überlegen uns, ob wir nicht auch eine Laufbahn in der Justiz anstreben sollen, deshalb sind wir von diesen Büchern fasziniert.«

»Nun gut«, sagte Richterin Strauss, »aber Sunny kann unmöglich daran interessiert sein. Vielleicht möchte sie aber mit mir kommen und mir bei der Gartenarbeit helfen.«

»Wipi!«, kreischte Sunny. Das bedeutete: »Ich würde viel lieber im Garten arbeiten als herumzusitzen und meinen Geschwistern dabei zuzusehen, wie sie sich durch juristische Bücher quälen.«

»Gut, aber passen Sie auf, dass sie keine Erde in den Mund steckt«, sagte Klaus.

»Natürlich«, sagte die Richterin. »Wir möchten doch nicht, dass sie krank ist, wenn die große Aufführung steigt.«

Violet und Klaus blickten sich an. »Sind Sie schon aufgeregt wegen des Stückes?«, fragte Violet zögernd.

Das Gesicht von Richterin Strauss verklärte sich. »Oh, ja«, sagte sie. »Ich hatte schon immer den Wunsch, auf einer Bühne aufzutreten – seit ich ein kleines Mädchen war. Und nun hat Graf Olaf mir die Gelegenheit gegeben, mir einen lebenslangen Traum zu erfüllen. Seid ihr nicht auch ganz aus dem Häuschen, dass ihr beim Theater mitmachen dürft?«

»Wahrscheinlich schon«, sagte Violet.

»Aber natürlich«, sagte die Richterin mit strahlendem Blick und Sunny an der Hand. Sie verließ die Bibliothek. Klaus und Violet blickten sich an und seufzten.

»Sie ist theaterbesessen«, sagte Klaus. »Sie wird es nicht glauben, dass Graf Olaf etwas im Schilde führt, egal was passiert.«

»Sie würde uns sowieso nicht helfen«, meinte Violet finster. »Sie ist eine Richterin und würde nur von in loco parentis faseln wie Mr Poe.«

»Deshalb müssen wir einen rechtlichen Grund ausfindig machen, die Aufführung zu verhindern«, bekräftigte Klaus. »Hast du in deinem Buch schon was gefunden?«

»Nichts Brauchbares«, sagte Violet und betrachtete einen Zettel, auf dem sie sich Notizen gemacht hatte. »Vor fünfzig Jahren gab es eine Frau, die eine gewaltige Geldsumme ihrem Lieblingswiesel vermacht hat und ihren drei Söhnen nichts. Die drei Söhne versuchten zu beweisen, dass die Frau verrückt war und dass das Geld an sie gehen müsste.«

»Und was ist passiert?«, fragte Klaus.

»Ich glaube, das Wiesel ist gestorben«, antwortete Violet, »aber ich bin nicht sicher. Ich muss ein paar von den Wörtern nachschlagen.«

»Ich glaube nicht, dass es uns überhaupt helfen würde«, sagte Klaus.

»Vielleicht will Graf Olaf beweisen, dass wir verrückt sind, damit er das Geld bekommt«, sagte Violet.

»Aber wenn wir in dem Stück mitspielen, wie könnte er denn damit beweisen, dass wir verrückt sind?«, fragte Klaus.

»Ich weiß nicht«, gab Violet zu. »Ich sitze fest. Hast du irgendwas gefunden?«

»Ungefähr zur Zeit deiner Wieseldame«, sagte Klaus und blätterte durch einen dicken Schinken, in dem er gelesen hatte, »hat eine Gruppe Schauspieler eine Produktion von Shakespeares *Macbeth* auf die Bühne gebracht, und keiner von ihnen hatte irgendwelche Kleidung an.«

Violet errötete. »Du meinst, sie waren alle nackt auf der Bühne?«

»Nur für kurze Zeit«, sagte Klaus lächelnd. »Die Polizei ist gekommen und hat die Aufführung beendet. Ich glaube, das ist für uns auch nicht sehr hilfreich. Es war nur ganz interessant zu lesen.«

Violet seufzte. »Vielleicht führt Graf Olaf gar nichts im Schilde«, sagte sie. »Ich bin nicht scharf darauf, in seinem Stück zu spielen, aber vielleicht regen wir uns ja auch ganz umsonst auf. Vielleicht versucht Graf Olaf in Wirklichkeit nur, uns in die Familie aufzunehmen.«

»Wie kannst du so etwas sagen?«, rief Klaus. »Er hat mich ins Gesicht geschlagen.«

»Aber es ist doch nicht möglich, dass er an unser Vermögen herankommen kann, nur indem er uns in ein Stück steckt«, sagte Violet. »Meine Augen sind schon ganz müde davon, diese Bücher zu lesen, Klaus, und sie bringen uns nichts. Ich gehe lieber hinaus und helfe Richterin Strauss im Garten.«

Klaus blickte seiner Schwester nach, als sie die Bibliothek verließ, und spürte, wie ihn eine Woge der Hoffnungslosigkeit überspülte. Es war nicht mehr lange bis zum Tag der Aufführung, und er hatte noch nicht einmal herausbekommen, was Graf Olaf im Schilde führte, geschweige denn, wie er das verhindern sollte. Sein ganzes Leben lang hatte Klaus geglaubt, dass man jedes Problem lösen könne, wenn man nur genügend Bücher liest, aber jetzt war er sich nicht mehr so sicher.

»He, du!« Eine Stimme ertönte von der Tür her und schreckte Klaus aus seinen Gedanken. »Graf Olaf hat mich geschickt, nach euch zu schauen. Ihr sollt sofort ins Haus zurückkommen.«

Klaus drehte sich um und sah ein Mitglied von Graf

Olafs Theatertruppe im Türrahmen stehen, den Mann mit Haken statt Händen. »Was machst du denn überhaupt in dieser muffigen alten Bude?«, fragte er mit seiner Krächzstimme und kam zu Klaus' Sitzplatz herüber. Er kniff die Knopfaugen zusammen und las den Titel eines der Bücher. »*Erbschaftsrecht und seine Implikationen*?«, fragte er scharf. »Warum liest du das?«

»Warum, glauben Sie, dass ich das lese?«, sagte Klaus.

»Ich werd dir sagen, was ich denke.« Der Mann legte Klaus einen seiner schrecklichen Haken auf die Schulter. »Ich denke, du solltest niemals wieder in diese Bibliothek gelassen werden, jedenfalls nicht bis Freitag. Wir wollen nicht, dass ein kleiner Junge auf krumme Gedanken kommt. Also, wo sind deine Schwester und das scheußliche Kleinkind?«

»Im Garten«, sagte Klaus und schüttelte den Haken von seiner Schulter. »Warum gehen Sie nicht und holen sie?«

Der Mann beugte sich zu ihm, bis sein Gesicht nur Zentimeter von seinem entfernt war; es war so nahe, dass die Gesichtszüge des Mannes verschwammen. »Hör mir gut zu, mein Kleiner«, sagte er und stieß bei jedem Wort stinkigen Atem aus. »Der einzige Grund, warum Graf Olaf dich noch nicht in der Luft zerfetzt hat, ist, dass er euer Geld noch nicht zu packen bekommen hat. Er lässt euch am Leben, während er seine Pläne ausklügelt. Aber frag dich selber, du kleiner Bücherwurm: Was für einen Grund sollte er haben, euch am Leben zu lassen, wenn er erst mal euer Geld hat? Was, glaubst du, wird dann mit euch passieren?«

Klaus fühlte, wie eine Eiseskälte von ihm Besitz ergriff, während der fürchterliche Mann sprach. Nie in seinem Leben war er so von Angst geschüttelt worden. Er merkte, dass seine Arme und Beine unkontrolliert zitterten, als ob er eine Art Anfall hätte, und als er sich abmühte, eine Antwort zu finden, kamen aus seinem Mund nur merkwürdige Geräusche, die Ähnlichkeit mit Sunnys Sprechweise hatten. »Ahh…«, hörte sich Klaus krächzen. »Ahh…«

»Wenn es so weit ist«, sagte der hakenhändige Mann und ignorierte die Geräusche, die Klaus machte, »könnte ich mir vorstellen, dass Graf Olaf dich ohne weiteres mir überlässt. Also, an deiner Stelle wäre ich langsam etwas netter zu mir.« Der Mann stand wieder auf, hielt Klaus seine beiden Haken vors Gesicht und ließ das Licht der Leselampen auf dem bedrohlich wirkenden Metall funkeln. »Wenn du mich jetzt entschuldigen würdest, ich muss deine armen Waisengeschwister holen.«

Klaus fühlte, wie sein Körper ganz schlaff wurde, als der hakenhändige Mann den Raum verließ. Er wollte eine Weile einfach sitzen bleiben und zu Atem kommen, aber sein Verstand ließ das nicht zu. Vielleicht war das sein letzter Augenblick in der Bibliothek und eine letzte Gelegenheit, Graf Olafs Plan zu vereiteln. Aber was sollte er tun? Während er die leisen Geräusche hörte, als der hakenhändige Mann mit Richterin Strauss sprach, suchte Klaus in der Bibliothek verzweifelt nach irgendetwas, was ihnen helfen konnte. Dann, gerade als er die Schritte des Mannes zurückkehren hörte, erblickte Klaus ein Buch und zog es hastig vom Regal. Er riss sein Hemd aus der Hose, stopfte das Buch darunter und steckte das Hemd schnell in die Hose zurück. Sekunden später betrat der hakenhändige Mann wieder die Bibliothek, begleitet von Violet und mit Sunny auf dem Arm, die vergeblich versuchte, ihm in die Haken zu beißen.

»Ich bin fertig, wir können gehen«, sagte Klaus schnell und ging durch die Tür, bevor der Mann ihn genauer betrachten konnte. Er marschierte eilig vor seinen Geschwistern her und hoffte, dass niemand die buchförmige Beule in seinem Hemd bemerkte. Vielleicht, ganz vielleicht könnte das Buch, das Klaus hinausschmuggelte, ihnen ja das Leben retten.

Kapitel Acht

Klaus blieb die ganze Nacht auf und las. Normalerweise tat er das sehr gern. Früher, zu Hause, als seine Eltern noch lebten, hatte er oft eine Taschenlampe mit ins Bett genommen, sich unter der Decke versteckt und gelesen, bis er die Augen nicht mehr offen halten konnte. An manchem Morgen, wenn sein Vater ins Zimmer kam, um Klaus zu wecken, fand er ihn schlafend, eine Hand um die Taschenlampe geklammert und in der anderen das Buch. Aber in dieser besonderen Nacht waren die Umstände natürlich ganz anders.

Klaus stand am Fenster und kniff die Augen zusammen, während er das herausgeschmuggelte Buch in dem Mondlicht las, das ins Zimmer hereintröpfelte. Ab und zu blickte er zu seinen Schwestern hinüber. Violet wälzte sich auf dem Bett mit seinen Kuhlen, und Sunny hatte sich in dem Haufen von Vorhängen verkrochen, so dass sie wie ein kleiner Stoffberg aussah. Klaus hatte seinen Geschwistern nichts von dem Buch gesagt, weil er nicht trügerische Hoffnungen wecken wollte. Er war sich ja nicht sicher, dass ihnen das Buch aus ihrem Dilemma helfen würde.

Es war ein dicker Wälzer und schwierig zu lesen, und Klaus wurde im Verlauf der Nacht immer milder. Ab und zu fielen ihm die Augen zu. Er musste feststellen, dass er immer wieder den gleichen Satz las. Er musste feststellen, dass er immer wieder den gleichen Satz las. Er musste feststellen, dass er immer wieder den gleichen Satz las. Aber dann erinnerte er sich daran, wie die Hakenhände von Graf Olafs Kumpan in der Bibliothek gefunkelt hatten, er stellte sich vor, wie sie in sein Fleisch eindrangen, und er wurde wieder wach und las weiter. Er fand einen kleinen Zettel und riss ihn in Streifen, mit denen er wichtige Passagen in dem Buch markierte.

Als sich draußen mit der heraufkommenden Dämmerung ein graues Licht ausbreitete, hatte Klaus alles herausgefunden, was er wissen musste. Mit der Sonne stiegen auch seine Hoffnungen. Als schließlich die ersten Vögel zu singen anfingen, schlich er auf Zehenspitzen zur Tür des Schlafzimmers und öffnete sie leise; er bemühte sich dabei, die unruhig schlafende Violet und Sunny, die noch in dem Haufen Vorhänge verborgen war, nicht zu wecken. Dann ging er in die Küche, setze sich dort hin und wartete auf Graf Olaf.

Er musste nicht lange warten, bis er ihn die Turmstufen herabpoltern hörte. Als Graf Olaf die Küche betrat, sah er Klaus am Tisch sitzen und griente – ein Wort, das hier »unfreundlich oder falsch lächeln« bedeutet.

»Hallo, Waisenkind«, sagte er. »Du bist ja früh auf.« Klaus hatte Herzklopfen, aber äußerlich fühlte er sich so ruhig, als ob er eine unsichtbare Rüstung trüge. »Ich bin die ganze Nacht aufgeblieben«, sagte er, »und habe dieses Buch gelesen.« Er legte es auf den Tisch, so dass Graf Olaf es sehen konnte. »Es hat den Titel *Matrimonialrecht*«, erklärte Klaus, »und ich habe bei der Lektüre viele interessante Dinge erfahren.«

Graf Olaf hatte eine Flasche Wein herausgeholt, um sich zum Frühstück etwas einzuschenken, aber als er das Buch sah, hielt er inne und setzte sich.

»Das Wort ›Matrimonial‹«, sagte Klaus, »bedeutet, dass es etwas mit Ehe zu tun hat.«

»Ich weiß, was das Wort bedeutet«, knurrte Graf Olaf. »Wo hast du das Buch her?«

»Aus der Bibliothek von Richterin Strauss«, sagte Klaus. »Aber das tut nichts zur Sache. Entscheidend ist, dass ich hinter Euren Plan gekommen bin.«

»Tatsächlich?«, sagte Graf Olaf und zog seine einzige Augenbraue hoch. »Und was ist mein Plan, du kleines Miststück?«

Klaus ignorierte die Beleidigung und schlug das Buch an einer Stelle auf, wo ein Papierstreifen eine Passage markierte. *»Die Ehegesetze in dieser Gesellschaft sind sehr einfach«*, las er laut. *»Die Voraussetzungen sind folgende: die Anwesenheit eines Richters, die Erklärung ›Ich will‹ sowohl durch die Braut wie den Bräutigam und die eigenhändige Unterschrift der Braut unter eine schriftliche Willenserklärung.«* Klaus legte das Buch wieder hin und deutete auf Graf Olaf. »Wenn meine Schwester in Anwesenheit von Richterin Strauss ›Ich will‹ sagt und ein Stück Papier unterschreibt, ist sie nach dem Gesetz verheiratet. Dieses Stück, das Ihr da aufführen wollt, sollte nicht *Die himmlische Hochzeit* heißen, sondern *Die teuflische Hochzeit.* Ihr wollt Violet nicht im übertragenen Sinne heiraten – Ihr werdet sie wörtlich heiraten. Diese Theaterhochzeit soll kein Spiel, sondern wirklich und gesetzlich bindend sein.«

Graf Olaf lachte sein raues, heiseres Lachen. »Deine Schwester ist nicht alt genug, um zu heiraten.«

»Sie kann heiraten, wenn sie die Erlaubnis des gesetzlichen Vormunds hat, der in loco parentis handelt«, sagte Klaus. »Ich habe auch das gelesen. Ihr könnt mich nicht hinters Licht führen.«

»Warum in aller Welt sollte ich den Wunsch haben, deine Schwester zu heiraten?«, fragte Graf Olaf. »Es stimmt, sie ist sehr hübsch, aber ein Mann wie ich kann jede Menge schöner Frauen bekommen.«

Klaus wandte sich einem anderen Abschnitt des Buches zu. *»Ein gesetzlicher Ehemann«*, las er laut vor, *»hat die Verfügungsgewalt über jedes Vermögen im Besitz seiner gesetzlichen Ehefrau.«* Klaus blickte Graf Olaf triumphierend an. »Ihr wollt meine Schwester heiraten, um das Baudelaire-Vermögen in Eure Gewalt zu bekommen! Jedenfalls ist das Euer Plan gewesen. Aber wenn ich Mr Poe diese Informationen gebe, wird Euer Stück nicht aufgeführt, und Ihr wandert ins Gefängnis.«

Graf Olafs Augen funkelten immer bedrohlicher, aber er hörte nicht auf, zu grienen. Das war überraschend. Klaus hatte erwartet, dass dieser schreckliche Mensch, sowie er ihm erklärt hatte, was er wusste, sehr wütend, sogar gewalttätig werden würde. Schließlich hatte er schon einen Wutanfall gehabt, nur weil er statt Roastbeef Puttanesca-Spaghetti bekommen hatte. Sicherlich würde er noch mehr darüber in Wut geraten, dass sein Plan entdeckt worden war. Aber Graf Olaf saß so ruhig da, als ob sie sich über das Wetter unterhielten.

»Es sieht in der Tat so aus, als wärst du mir auf die Schliche gekommen«, sagte er nur. »Ich nehme an, du hast recht: Ich werde ins Gefängnis kommen, und ihr drei Waisen werdet frei sein. Also, warum läufst du nicht in euer Zimmer und weckst deine Schwestern? Ich bin sicher, sie wollen alles erfahren von deinem großartigen Sieg über meine finsteren Machenschaften.«

Klaus betrachtete Graf Olaf aufmerksam. Der grinste immer noch, als ob er gerade einen schlauen Witz erzählt hätte. Warum bedrohte er Klaus nicht voller Wut, warum riss er sich nicht voller Frust die Haare aus, warum rannte er nicht los, um seine Sachen zu packen und die Flucht zu ergreifen? Die Situation entwickelte sich ganz und gar nicht, wie Klaus sich das ausgemalt hatte.

»Gut, ich will es meinen Schwestern erzählen«, sagte er und ging ins Schlafzimmer zurück.

Violet schlummerte noch auf dem Bett, und Sunny war immer noch unter den Vorhängen verborgen. Zuerst weckte Klaus seine Schwester Violet auf.

»Ich bin die ganze Nacht aufgeblieben und habe gelesen«, sagte er ganz außer Atem, als Violet die Augen öffnete, »und ich habe herausbekommen, was Graf Olaf im Schilde führt. Er plant, dich wirklich zu heiraten, während du und Richterin Strauss und alle anderen denken, dass es nur ein Theaterstück ist. Und wenn er einmal dein Ehemann ist, hat er die Verfügungsgewalt über das Geld unserer Eltern und kann uns loswerden.«

»Wie kann er mich wirklich heiraten?«, fragte Violet. »Es ist doch nur Theater.«

»Die einzigen gesetzlichen Voraussetzungen für eine Eheschließung in dieser Gesellschaft sind«, erklärte Klaus und hielt den Band hoch, um seiner Schwester zu zeigen, wo er seine Informationen her hatte, »dass du sagst ›Ich will‹ und eigenhändig und rechtsgültig ein Dokument unterzeichnest in Anwesenheit eines Richters – wie Richterin Strauss!«

»Aber ich bin doch sicher nicht alt genug, um zu heiraten«, sagte Violet. »Ich bin erst vierzehn.«

»Mädchen im Alter unter achtzehn Jahren«, sagte Klaus und schlug eine andere Stelle des Buches auf, »können heiraten, wenn sie das Einverständnis ihres gesetzlichen Vormunds haben. Das ist Graf Olaf.«

»Oh, nein!«, rief Violet. »Was können wir da tun?«

»Wir können das hier Mr Poe zeigen«, sagte Klaus und deutete auf das Buch, »und er wird uns endlich glauben, dass Graf Olaf nichts Gutes im Schilde führt.

Schnell zieh dich an, während ich Sunny wecke. Wir können es noch schaffen, dort zu sein, wenn die Bank aufmacht.«

Violet, die für gewöhnlich morgens nur langsam in die Gänge kam, nickte lediglich, sprang sofort aus dem Bett und lief zum Pappkarton, um sich ordentliche Kleider zu suchen. Klaus ging hinüber zu dem Haufen Vorhänge, um seine jüngere Schwester zu wecken.

»Sunny«, sagte er liebevoll und legte seine Hand auf die Stelle, wo er ihren Kopf vermutete. »Sunny!«

Es kam keine Antwort. Klaus rief noch einmal »Sunny« und zog die obere Lage der Vorhänge beiseite, um das jüngste der Baudelaire-Kinder zu wecken. »Sunny«, sagte er, dann verstummte er. Denn unter dem Vorhang war nichts als noch ein Vorhang. Er schob die einzelnen Lagen beiseite, aber sein Schwesterchen war nirgends zu finden. »Sunny!«, schrie er und blickte im Zimmer umher. Violet ließ das Kleid fallen, das sie gerade in der Hand hatte, und half ihm bei der Suche. Sie schauten in jeder Ecke nach, unter dem Bett und sogar im Pappkarton. Aber Sunny war verschwunden.

»Wo kann sie bloß sein?«, fragte Violet voller Sorge. »Sie ist nicht jemand, der einfach wegläuft.«

»In der Tat, wo kann sie nur sein?«, sagte eine Stimme

hinter ihnen, und die beiden Kinder drehten sich um. Graf Olaf stand im Türrahmen und beobachtete Violet und Klaus, während sie das Zimmer durchsuchten. Seine Augen funkelten teuflischer, als sie es je getan hatten, und er grinste, als hätte er gerade einen guten Witz gemacht.

Kapitel Neun

Ja«, fuhr Graf Olaf fort, »es ist schon merkwürdig, wenn man feststellen muss, dass ein Kind nicht da ist. Dazu noch eines, das so klein, so hilflos ist.«

»Wo ist Sunny?«, schrie Violet. »Was habt Ihr mit ihr gemacht?«

Graf Olaf redete weiter, als hätte er Violet nicht gehört. »Aber dann sieht man ja auch jeden Tag wieder merkwürdige Dinge. Wenn ihr beiden Waisenkinder mir auf den Hof folgt, denke ich, werden wir zusammen tatsächlich etwas ziemlich Ungewöhnliches sehen.«

Die Baudelaire-Kinder sagten nichts, sondern folgten Graf Olaf durch das Haus und zur Hintertür hinaus. Violet sah sich auf dem unordentlichen Hof um, den sie und Klaus nicht mehr betreten hatten, seit man sie zum Holzhacken gezwungen hatte. Der Haufen Holzscheite, den sie aufgestapelt hatten, lag immer noch unberührt da, als ob Graf Olaf sie nur zu seinem Vergnügen hätte

Holz hacken lassen und nicht, weil es gebraucht wurde. Violet war noch im Nachthemd und fröstelte. Als sie hierhin und dorthin schaute, konnte sie nichts Ungewöhnliches entdecken.

»Ihr schaut nicht an der richtigen Stelle nach«, sagte Graf Olaf. »Für Kinder, die so viel lesen, seid ihr beiden bemerkenswert dumm.«

Violet blickte zu Graf Olaf, konnte seine Augen aber nicht sehen. Jedenfalls nicht die Augen in seinem Gesicht. Sie starrte auf seine Füße und konnte das tätowierte Auge erkennen, das die Baudelaire-Waisenkinder beobachtet hatte, seit ihre Probleme begonnen hatten. Dann wanderte ihr Blick den mageren, schäbig gekleideten Körper von Graf Olaf hinauf, und sie sah, dass er mit einer knochigen Hand nach oben zeigte. Sie folgte seiner Geste und stellte fest, dass sie auf den verbotenen Turm blickte. Er war aus schmutzigen Steinen errichtet und hatte nur ein einziges Fenster; darin konnte man gerade noch etwas erkennen, was wie ein Vogelkäfig aussah.

»Oh, nein«, flüsterte Klaus ängstlich, und Violet schaute noch einmal hin. Es war tatsächlich ein Vogelkäfig. Er baumelte vom Turmfenster herab wie eine Fahne im Wind. In dem Vogelkäfig erkannte sie eine kleine, verängstigte Sunny. Als Violet genauer hinschaute, konnte sie außerdem ein großes Stück Klebeband über dem Mund ihrer Schwester und Stricke um ihren Körper erkennen. Sie war gefangen.

»Lasst sie frei!«, sagte Violet zu Graf Olaf. »Sie hat Euch nichts getan! Sie ist doch noch ein Baby!«

»Na, gut«, sagte Graf Olaf, der sich auf einen Holzklotz gesetzt hatte. »Wenn du wirklich willst, dass ich sie freilasse, werde ich das tun. Aber selbst eine so dumme Göre wie du sollte immerhin so viel begreifen: Wenn ich sie freilasse – genauer gesagt: wenn ich meinen Kameraden anweise, sie freizulassen –, dann wird die arme kleine Sunny den Fall hinunter auf den Boden vielleicht nicht überleben. Dieser Turm ist zehn Meter hoch, und das bedeutet einen sehr tiefen Fall für eine sehr kleine Person. Aber wenn du darauf bestehst …«

»Nein!«, schrie Klaus. *»Nicht!«*

Violet schaute in Graf Olafs Augen und dann auf das kleine Paket, das in einem Käfig an der Spitze des Turmes sanft in der Brise schaukelte und das ihre Schwester war. Sie malte sich aus, wie Sunny vom Turm auf die Erde stürzte, stellte sich vor, dass die letzten Empfindungen ihrer Schwester nacktes Entsetzen wären. *»Bitte«*, sagte sie zu Olaf mit Tränen in den Augen. »Sie ist noch ein Baby. Wir werden *alles* machen, *alles*. Nur, tut ihr bitte nichts an.«

»*Alles?*«, fragte Graf Olaf mit hochgezogener Augenbraue. Er beugte sich zu Violet hin und blickte ihr in die Augen. »*Alles?* Würdest du zum Beispiel in Erwägung ziehen, mich während der Aufführung morgen Abend zu heiraten?«

Violet starrte ihn an. Sie hatte ein komisches Gefühl im Bauch, als ob *sie* diejenige wäre, die aus großer Höhe herabgeworfen würde. Das wirklich Beängstigende an Graf Olaf war, das wurde ihr jetzt klar, dass er trotz allem sehr gerissen war. Er war nicht nur ein unappetitliches, versoffenes Schwein, sondern ein unappetitliches, *gerissenes*, versoffenes Schwein.

»Während ihr damit beschäftigt wart, Bücher zu lesen und Vorwürfe zu formulieren«, sagte Graf Olaf, »habe ich einen meiner verstohlensten, heimtückischsten Mitarbeiter in euer Schlafzimmer schleichen und Klein-Sunny stehlen lassen. Sie ist vollkommen sicher – für den Augenblick. Aber ich betrachte sie als einen Stock hinter einem störrischen Esel.«

»Unsere Schwester ist kein Stock«, sagte Klaus.

»Ein störrischer Esel«, erläuterte Graf Olaf, »bewegt sich nicht in die Richtung, in die sein Besitzer ihn haben will. In der Hinsicht ist er wie ihr Kinder, die ihr darauf besteht, meine Pläne zu durchkreuzen. Jeder Tierbesitzer wird euch bestätigen, dass sich ein störrischer Esel in die richtige Richtung bewegen wird, wenn er vor sich eine Mohrrübe und hinter sich einen Stock hat. Er wird sich auf die Mohrrübe zubewegen, weil er sie zur Belohnung als Futter haben will, und weg von dem Stock, weil er die schmerzhafte Bestrafung vermeiden möchte. Genauso werdet ihr tun, was ich sage, um die Strafe zu vermeiden, dass ihr eure Schwester verliert, und weil ihr den Lohn haben wollt, diese Erfahrung zu überleben. Also, Violet, lass mich noch einmal fragen: *Willst* du mich heiraten?«

Violet schluckte und blickte auf Graf Olafs Tätowierung hinab. Sie konnte sich nicht zu einer Antwort durchringen.

»Nun komm schon«, sagte Graf Olaf. Seine Stimme simulierte – ein Wort, das hier »täuschte vor« bedeutet – Freundlichkeit. Er streichelte Violets Haar. »Wäre es denn so fürchterlich, meine Braut zu sein und den Rest deines Lebens in meinem Haus zu verbringen? Du bist ein so reizendes Mädchen. Ich würde dich nach unserer Hochzeit auch nicht aus dem Weg räumen, wie ich es mit deinen Geschwistern vorhabe.«

Violet stellte sich vor, abends neben Graf Olaf einzuschlafen und jeden Morgen beim Aufwachen diesen schrecklichen Menschen zu sehen. Sie malte sich aus, wie sie durchs Haus ging und ihm den ganzen Tag lang auszuweichen versuchte und wie sie abends für seine schrecklichen Freunde kochte, vielleicht jeden Abend für den Rest ihres Lebens. Aber dann blickte sie hoch zu ihrer hilflosen Schwester und wusste, was ihre Antwort zu sein hatte. »Wenn Ihr Sunny freilasst«, sagte sie schließlich, »werde ich Euch heiraten.«

»Ich werde Sunny freilassen«, antwortete Graf Olaf, »nach der Aufführung morgen Abend. Bis dahin wird sie im Turm bleiben, in sicherem Gewahrsam. Und zu deiner Warnung sage ich dir, dass meine Mitarbeiter an der Tür zur Turmtreppe Wache stehen werden für den Fall, dass du auf krumme Gedanken kommst.«

»Ihr seid ein schrecklicher Mensch«, sagte Klaus und spuckte aus, aber Graf Olaf grinste wieder nur.

»Vielleicht bin ich ein schrecklicher Mensch«, sagte er, »aber es ist mir gelungen, eine narrensichere Methode auszuhecken, wie ich an euer Vermögen komme. Das ist mehr, als euch gelungen ist.« Damit ging er auf das Haus zu. »Denkt daran, Waisenkinder«, sagte er. »Ihr habt vielleicht mehr Bücher gelesen als ich, aber das hat euch nicht dabei geholfen, in dieser Lage die Oberhand zu gewinnen. Also, gib mir das Buch, das dir so großartige Ideen eingegeben hat, und erledige die Hausarbeiten, die dir aufgetragen sind.«

Klaus seufzte und überließ Olaf nolens volens – ein Ausdruck, der hier »gab widerwillig« bedeutet – das Buch über das Eherecht. Er wollte ihm ins Haus folgen, Violet aber stand still und starr wie eine Statue. Sie hatte diesen letzten Worten von Graf Olaf nicht zugehört, da sie wusste, dass sie nur aus dem üblichen selbstgefälligen Unsinn und verächtlichen Beleidigungen bestehen würden. Sie starrte auf den Turm, nicht auf seine Spitze, wo ihre Schwester baumelte, sondern auf seine ganze Länge. Klaus schaute zu ihr zurück und sah etwas, was er eine ganze Weile lang nicht mehr gesehen hatte. Allen, die nicht geraume Zeit in Violets Nähe verbracht hatten, wäre nichts an ihr ungewöhnlich vorgekommen; aber wer sie gut kannte, wusste, was es bedeutete, wenn sie ihr Haar mit einer Schleife hochband, um es aus den Augen zu halten. Es bedeutete, dass sich die Zahnräder und Hebel in ihrem erfindungsreichen Gehirn mit Höchstgeschwindigkeit bewegten.

Kapitel Zehn

In der folgenden Nacht war es gerade umgekehrt: Klaus schlief unruhig im Bett, während Violet aufblieb und im Schein des Mondes arbeitete. Den ganzen Tag über waren die beiden Geschwister durch das Haus gegangen, hatten die ihnen aufgetragenen Arbeiten erledigt und dabei kaum miteinander gesprochen. Klaus war zu müde und zu verzweifelt, um zu reden, und Violet hatte sich in die Erfinderabteilung ihres Gehirns verkrochen und war vollauf damit beschäftigt, Pläne zu entwerfen.

Als es Abend wurde, sammelte Violet die Vorhänge ein, die Sunnys Bett gebildet hatten, und brachte sie zur Tür der Turmtreppe, wo der unförmige Kumpan von Graf Olaf Wache hielt, der weder wie ein Mann noch wie eine Frau aussah. Violet fragte, ob sie ihrer Schwester die Decken bringen könnte, um es ihr für die Nacht bequemer zu machen. Der unförmige Kerl blickte Violet nur mit leeren Augen an, schüttelte den Kopf und schickte sie dann mit einer stummen Handbewegung wieder weg.

Violet wusste natürlich, dass Sunny viel zu viel Angst hatte, um sich von einer Handvoll Tücher trösten zu lassen, aber sie hatte gehofft, dass ihr erlaubt würde, sie ein paar Augenblicke lang zu halten und ihr zu sagen, dass alles wieder gut werden würde. Außerdem hatte sie etwas tun wollen, was in der Krimi-Branche »den Laden ausbaldowern« heißt. »Den Laden ausbaldowern« bedeutet, eine bestimmte Örtlichkeit zu inspizieren, um einen Plan zu entwickeln. Wenn du zum Beispiel ein Bankräuber bist – was ich allerdings nicht hoffe –, dann würdest du vielleicht, einige Tage bevor du eine Bank ausrauben willst, hingehen und sie dir näher ansehen. Vielleicht würdest du dich in einer Verkleidung dort umschauen und die Wachmänner beobachten, die Kameras und die anderen Sicherheitsvorkehrungen, damit du so planen kannst, dass du beim Einbruch nicht geschnappt oder getötet wirst.

Violet war eine gesetzestreue Bürgerin und hatte nicht die Absicht, eine Bank auszurauben, aber sie plante, Sunny zu befreien. Und sie hatte gehofft, einen Blick in das Turmzimmer werfen zu können, in dem ihre Schwester gefangen gehalten wurde, um leichter planen zu können. Aber es sah so aus, als ob sie den Laden schließlich doch nicht ausbaldowern könnte. Das machte Violet nervös, als sie beim Fenster auf dem Boden saß und so still, wie sie konnte, an ihrer Erfindung arbeitete.

Violet hatte nur sehr wenige Materialien, mit denen sie etwas erfinden konnte, und sie wollte nicht im Haus herumlaufen, um nach mehr zu suchen, weil sie fürchtete, bei Graf Olaf und seiner Truppe Verdacht zu erwecken. Aber sie hatte genug, um ein Rettungsgerät zu bauen. Über dem Fenster befand sich eine solide Metallstange, an der die Vorhänge gehangen hatten. Die holte Violet herunter. Mit einem der Steine, die Graf Olaf in einem Haufen in der Ecke gelassen hatte, brach sie die Vorhangstange in zwei Teile. Darauf krümmte sie die beiden Teile an mehreren Stellen, wobei sie sich kleine Schnittwunden an den Händen holte. Dann nahm Violet das Gemälde mit dem Auge von der Wand. Auf seiner Rückseite befand sich wie bei vielen Bildern ein kleines Stück Draht, mit dem man es an dem Wandhaken aufhängen konnte. Sie entfernte den Draht und benutzte ihn, um die beiden Stangenteile miteinander zu verbinden. Nun hatte Violet etwas, was wie eine vierbeinige metallene Spinne aussah.

Darauf ging sie zum Pappkarton und holte die hässlichsten Kleidungsstücke heraus, die Mrs Poe für sie gekauft hatte, Klamotten, die die Baudelaire-Waisen nie tragen würden, egal wie verzweifelt sie wären. Sie arbeitete schnell und geräuschlos und zerriss die Sachen in lange, schmale Streifen. Die band sie dann zusammen. Zu Violets vielen nützlichen Fertigkeiten gehörte auch eine umfangreiche Kenntnis verschiedener Arten von Knoten. Der spezielle Knoten, den sie hier benutzte, hieß »die Teufelszunge«. Eine Bande finnischer Piratinnen hatte ihn im fünfzehnten Jahrhundert erfunden und die Teufelszunge genannt, weil er sich auf komplizierte und unheimliche Weise hin und her schlängelte. Die Teufelszunge war ein äußerst nützlicher Knoten, und als Violet damit die Stoffstreifen Stück für Stück zusammengebunden hatte, besaß sie eine Art Seil.

Während sie arbeitete, erinnerte sie sich an etwas, was ihr die Eltern gesagt hatten, als Klaus zur Welt kam, und noch einmal, als sie mit Sunny aus dem Krankenhaus zurückkehrten. »Du bist das älteste Baudelaire-Kind«, hatten sie freundlich, aber bestimmt gesagt. »Und als die Älteste wirst du immer die Verantwortung haben, dich um deine jüngeren Geschwister zu kümmern. Versprich uns, dass du immer auf sie aufpassen und sie davor bewahren wirst, in Schwierigkeiten zu geraten.« Violet erinnerte sich an ihr Versprechen und musste an Klaus denken, dessen Gesicht immer noch geschwollen aussah, und an Sunny, die wie eine Fahne von der Spitze des Turms baumelte – und sie arbeitete nur noch schneller. Obwohl natürlich Graf Olaf die Ursache ihres ganzen Unglücks war, hatte Violet doch ein Gefühl, als ob sie ihr Versprechen gegenüber den Eltern gebrochen hätte, und sie schwor sich, das wiedergutzumachen.

Schließlich hatte Violet genug von den scheußlichen Kleidungsstücken verbraucht und ein Seil hergestellt, das, wie sie hoffte, gerade über zehn Meter lang war. Sie band ein Ende an der Metallspinne fest und betrachtete das Werk ihrer Hände. Was sie gemacht hatte, nennt man einen Wurfanker, etwas, was man benutzt, um die Wände von Gebäuden hochzuklettern, gewöhnlich in krimineller Absicht. Violet wollte, dass sich das metallene Ende an irgendetwas oben im Turm festhakte, und das Seil wollte sie benutzen, um daran hochzuklettern. So hoffte Violet die Spitze des Turms zu erreichen, Sunnys Käfig loszubinden und damit wieder hinabzuklettern. Das war natürlich ein riskantes Vorhaben, zum einen, weil es gefährlich war, zum anderen, weil sie den Wurfanker selbst konstruiert hatte, statt ihn in einem

Geschäft zu erstehen, das solche Sachen verkauft. Aber ein Wurfanker war alles, was Violet selbst herzustellen eingefallen war ohne eine richtige Erfinderwerkstatt, und die Zeit lief ihr davon. Sie hatte Klaus nichts von ihrem Plan erzählt, weil sie nicht falsche Hoffnungen bei ihm nähren wollte. Ohne ihn zu wecken, packte sie daher ihren Wurfanker zusammen und schlich auf Zehenspitzen aus dem Zimmer.

Sobald Violet draußen war, erkannte sie, dass ihr Vorhaben noch schwieriger war, als sie zunächst gedacht hatte. Die Nacht war ruhig, was bedeutete, dass sie praktisch überhaupt kein Geräusch machen durfte. Es wehte auch eine leichte Brise, und als sie sich vorstellte, wie sie in der Luft baumelte, während sie sich an das Seil aus hässlichen Klamotten klammerte, wollte sie schon aufgeben. Außerdem war es eine dunkle Nacht und daher schwer zu erkennen, wohin sie den Wurfanker werfen sollte und wo sich die metallenen Arme festhaken könnten. Aber Violet wusste, während sie in ihrem Nachthemd zitternd vor dem Turm stand, dass sie es versuchen musste. Mit ihrer rechten Hand schleuderte sie den Wurfanker so stark und so hoch, wie sie nur konnte, und wartete, ob er an irgendetwas hängen bleiben würde.

Peng! Der Haken machte ein lautes Geräusch, als er den Turm traf, aber er blieb nirgendwo hängen, sondern krachte wieder herunter. Violets Herz hämmerte; sie stand mucksmäuschenstill und wartete, ob Graf Olaf oder einer seiner Spießgesellen kommen und nachschauen würde. Aber als nach ein paar Augenblicken niemand auftauchte, schwang Violet den Haken über dem Kopf wie ein Lasso und versuchte es noch einmal. *Peng! Peng!* Der Wurfanker berührte zweimal den Turm, bevor er zu Boden polterte. Wieder wartete Violet und horchte auf Schritte, aber alles, was sie hörte, war ihr eigener ängstlicher Herzschlag. Sie beschloss, es noch einmal zu versuchen.

Peng! Der Wurfanker traf auf den Turm, fiel wieder herunter und schlug mit Wucht auf ihre Schulter. Einer der Haken zerriss ihr Nachthemd und schnitt ihr in die Haut. Sie biss sich auf die Hand, um nicht vor Schmerz laut aufzuschreien. Sie tastete nach der Stelle an ihrer Schulter, wo sie getroffen worden war. Sie war feucht von Blut. Ihr Arm pochte schmerzhaft.

An diesem Punkt der Unternehmung hätte ich, wenn ich Violet wäre, aufgegeben. Aber als sie sich gerade umdrehen und ins Haus zurückgehen wollte, malte sie sich aus, welche Angst Sunny haben musste. So ignorierte sie den Schmerz in ihrer Schulter und benutzte die rechte Hand, um noch einmal den Wurfanker hochzuschleudern.

Pe… Das übliche *Peng!* brach mittendrin ab, und Violet konnte im schwachen Mondlicht erkennen, dass der Haken nicht herunterfiel. Ängstlich gab sie dem Seil einen kräftigen Ruck: Der Haken hielt. Der Wurfanker hatte funktioniert!

Violet schloss die Augen und begann zu klettern. Ihre Füße berührten die steinernen Wände des Turms, ihre Hände klammerten sich an das Seil. Ohne um sich zu schauen, zog sie sich Hand für Hand am Turm entlang in die Höhe. Die ganze Zeit dachte sie an das Versprechen, das sie den Eltern gegeben hatte, und an die furchtbaren Dinge, die Graf Olaf tun würde, wenn sein schändlicher Plan funktionierte. Der Abendwind wehte immer kräftiger, je höher sie kam, und mehrere Male musste Violet im Klettern innehalten, wenn sich das Seil hin und her bewegte. Sie fürchtete, dass es jeden Augenblick reißen oder der Haken abrutschen könnte und sie in den Tod stürzen würde. Aber dank ihres gewieften Erfindungsreichtums – das Wort »gewieft« bedeutet hier »geschickt« – funktionierte alles so, wie es funktionieren sollte, und plötzlich merkte Violet, dass sie ein Stück Metall statt eines Stoffseils berührte. Sie öffnete die Augen und sah ihre Schwester Sunny, die sie ganz außer sich anstarrte und versuchte, etwas an dem Klebeband vorbei zu sagen. Violet war an der Spitze des Turms angekommen, genau an dem Fenster, wo Sunny festgebunden war.

Die älteste Baudelaire-Waise war gerade im Begriff, den Käfig mit ihrer Schwester zu packen und den Abstieg in Angriff zu nehmen, als sie etwas sah, was sie innehalten ließ. Es war das spinnenförmige Ende des Wurfankers, das sich nach mehreren Versuchen schließlich irgendwo am Turm festgehakt hatte. Während des Kletterns hatte Violet vermutet, dass der Haken auf eine Vertiefung im Stein, einen Teil der Fensteröffnung oder vielleicht ein Möbelstück im Turmzimmer getroffen war und sich dort verfangen hatte. Aber das war es nicht, wo der Haken hängen geblieben war. Violets Haken hatte sich an einem anderen Haken verfangen. Es war einer der Haken des hakenhändigen Mannes. Und Violet sah, dass sein anderer Haken im Mondlicht funkelte, als er jetzt nach ihr griff.

Kapitel Elf

Wie schön, dass du zu uns kommen konntest«, sagte der hakenhändige Mann mit eklig süßer Stimme. Sofort versuchte Violet, sich schnell wieder abzuseilen, aber Graf Olafs Kumpan war flinker als sie. Mit einem Schwung hob er sie ins Turmzimmer, und mit einer schnellen Bewegung seines Hakens sandte er das Rettungsgerät in die Tiefe. Nun war Violet genauso gefangen wie ihre Schwester. »Ich bin so froh, dass du hier bist«, sagte der Hakenhändige. »Gerade habe ich noch gedacht, wie gern ich dein hübsches Gesicht sehen würde. Setz dich!«

»Was werden Sie mit mir machen?«, fragte Violet.

»Setz dich, hab ich gesagt!«, knurrte der hakenhändige Mann und schubste sie auf einen Stuhl.

Violet sah sich in dem düsteren und unordentlichen Raum um. Sicher ist dir im Laufe deines Lebens schon aufgefallen, dass Zimmer die Persönlichkeit ihrer Bewohner widerspiegeln. In meinem Zimmer zum Beispiel habe ich eine Sammlung von Gegenständen zusammengetragen, die mir wichtig sind, darunter ein verstaubtes Akkordeon, auf dem ich ein paar traurige Lieder spielen kann, ein dickes Bündel von Notizen über das Tun und Lassen der Baudelaire-Waisenkinder und ein verschwommenes Foto, das vor sehr langer Zeit von einer Frau namens Beatrice gemacht worden ist. Dies sind Gegenstände, die mir sehr lieb und teuer sind.

Das Turmzimmer enthielt Gegenstände, die Graf Olaf sehr lieb und teuer waren, und das waren schreckliche Dinge. Papierfetzen, auf denen er in unleserlichem Gekrakel seine bösen Ideen niedergeschrieben hatte, lagen in unordentlichen Häufchen auf dem Exemplar von *Matrimonialrecht,* das er Klaus weggenommen hatte. Ferner gab es mehrere Stühle, ein paar Stapel staubige Bücher und eine Handvoll Kerzen, die flackernde Schatten warfen. Überall auf dem Boden lagen leere Weinflaschen und dreckiges Geschirr verstreut. Aber vor allem anderen befanden sich überall im Raum Zeichnungen, Gemälde und Schnitzereien von Augen, großen und kleinen. Augen waren auf die Zimmerdecke gemalt und in den schmierigen Holzfußboden geritzt. Augen waren auf das Fensterbrett gekritzelt, und ein besonders großes hatte jemand auf den Knauf der Tür gemalt, die zur Treppe führte. Es war ein entsetzlicher Ort.

Der Hakenhändige griff in eine Tasche seines fettigen Mantels und holte ein Walkie-Talkie heraus. Mit einiger Mühe drückte er auf einen Knopf und wartete einen Augenblick. »Chef, ich bin's«, sagte er. »Deine rosige Braut ist gerade hier heraufgeklettert und wollte die bissige Göre befreien.« Er machte eine Pause, während Graf Olaf etwas sagte. »Weiß ich nicht. Mit irgendeiner Art Seil.«

»Es war ein Wurfanker«, sagte Violet und riss einen Ärmel ihres Nachthemdes ab, um sich einen Verband für ihre Schulter zu machen. »Ich hab ihn selbst gemacht.«

»Sie sagt, es war ein Wurfanker«, sprach der hakenhändige Mann ins Walkie-Talkie. »Weiß ich nicht, Chef. Ja, Chef. Ja, Chef, natürlich weiß ich, dass sie *dir* gehört. Ja, Chef.« Er drückte auf einen Knopf, um die Verbindung zu unterbrechen, dann drehte er sich zu Violet hin. »Graf Olaf ist sehr ärgerlich über seine Braut.«

»Ich bin nicht seine Braut«, sagte Violet bitter.

»Sehr bald wirst du's sein«, sagte der Hakenhändige und schüttelte drohend seinen Haken, so wie die meisten Menschen mit einem Finger drohen würden. »Jetzt muss ich aber erst mal gehen und deinen Bruder holen. Ihr drei werdet bis zum Abend in dieses Zimmer gesperrt. Auf diese Weise kann Graf Olaf sicher sein, dass ihr kein Unheil anrichtet.«

Damit stapfte er aus dem Raum. Violet hörte, wie er hinter sich die Tür abschloss, dann horchte sie auf seine Schritte, die treppabwärts verklangen. Sofort ging sie zu Sunny hinüber und legte eine Hand auf ihr Köpfchen. Sie hatte Angst, ihre Schwester loszubinden oder ihr das Klebeband abzunehmen, da sie befürchtete, den Zorn von Graf Olaf zu provozieren – ein Wort, das hier »herbeiführen« bedeutet. So streichelte sie nur Sunnys Haar und murmelte, dass alles in Ordnung sei.

Aber natürlich war keineswegs alles in Ordnung. Im Gegenteil, alles war ganz und gar *nicht* in Ordnung. Während allmählich das erste Morgenlicht ins Turmzimmer drang, dachte Violet an all die grässlichen Dinge, die ihr und ihren Geschwistern in letzter Zeit zugestoßen waren. Ihre Eltern waren gestorben, plötzlich und auf furchtbare Weise. Mrs Poe hatte ihnen hässliche Kleidungsstücke gekauft. Sie waren in Graf Olafs Haus gezogen und wurden fürchterlich behandelt. Mr Poe hatte sich geweigert, ihnen zu helfen. Sie hatten einen teuflischen Plan aufgedeckt, wonach Violet verheiratet und ihnen das Baudelaire-Vermögen gestohlen werden sollte. Klaus hatte versucht, Graf Olaf mit Erkenntnissen zu konfrontieren, die er in der Bibliothek von Richterin Strauss gewonnen hatte, aber umsonst. Die arme Sunny war gefangen genommen worden. Und nun hatte Violet versucht, Sunny zu befreien, und war selbst in Gefangenschaft geraten. Alles in allem war den Baudelaire-Waisen eine Katastrophe nach der anderen zugestoßen, und Violet fand ihre Lage herzzerreißend desolat – was hier so viel wie »ganz und gar trostlos« bedeutet.

Das Geräusch von Schritten, die die Treppe heraufkamen, riss Violet aus ihren Gedanken. Alsbald öffnete der hakenhändige Mann die Tür und schubste einen sehr verschlafenen, verwirrten und verängstigten Klaus ins Zimmer.

»Hier wäre das letzte der Waisenkinder«, sagte der Hakenhändige. »Und jetzt muss ich gehen und Graf Olaf bei den restlichen Vorbereitungen für die Vorstellung heute Abend helfen. Keine miesen Tricks, ihr zwei, oder ich muss euch ebenfalls fesseln und aus dem Fenster baumeln lassen.« Er funkelte sie an, schloss wieder die Tür ab und stapfte die Treppe hinunter.

Klaus blinzelte und schaute sich in dem dreckigen

Zimmer um. Er trug noch seinen Schlafanzug. »Was ist passiert?«, fragte er Violet. »Warum sind wir hier oben?«

»Ich habe versucht, Sunny zu befreien«, sagte Violet, »und dabei eine eigene Erfindung benutzt, um den Turm heraufzuklettern.«

Klaus ging zum Fenster. »Er ist so hoch«, sagte er. »Du musst große Angst gehabt haben.«

»Hatte ich auch«, gab sie zu, »aber nicht so viel wie bei der Vorstellung, Graf Olaf zu heiraten.«

»Schade, dass deine Erfindung nicht funktioniert hat«, sagte Klaus traurig.

»Die Erfindung hat gut funktioniert«, sagte Violet und rieb sich die verletzte Schulter. »Ich bin nur geschnappt worden. Und nun sind wir verloren. Der Mann mit den Hakenhänden hat gesagt, er würde uns hier bis heute Abend gefangen halten, und dann kommt *Die himmlische Hochzeit*.«

»Glaubst du, du könntest auch etwas erfinden, das uns hilft, zu entkommen?«, fragte Klaus und schaute sich im Zimmer um.

»Schon möglich«, sagte Violet. »Du gehst inzwischen diese Bücher und Papiere durch, vielleicht enthalten sie irgendwelche Informationen, die uns nützen könnten.«

In den nächsten Stunden durchforsteten Violet und Klaus den Raum und ihren eigenen Verstand nach allem, was ihnen helfen könnte. Violet suchte nach Gegenständen für eine Erfindung. Klaus las in Graf Olafs Papieren und Büchern. Ab und zu gingen sie zu Sunny, lächelten ihr zu und tätschelten ihr den Kopf, um sie aufzumuntern. Gelegentlich sprachen Violet und Klaus miteinander, aber die meiste Zeit waren sie schweigsam und hingen ihren eigenen Gedanken nach.

»Wenn wir Kerosin hätten«, sagte Violet um die Mittagszeit, »könnte ich mit diesen Flaschen Molotowcocktails herstellen.«

»Was sind Molotowcocktails?«, fragte Klaus.

»Kleine Bomben in Flaschen«, erklärte Violet. »Wir könnten sie zum Fenster hinauswerfen und die Aufmerksamkeit von Passanten erregen.«

»Aber wir haben kein Kerosin«, sagte Klaus bekümmert.

Für ein paar Stunden schwiegen sie wieder.

»Wenn wir Polygamisten wären«, sagte Klaus irgendwann, »würde Graf Olafs Plan nicht funktionieren.«

»Was sind Polygamisten?«, fragte Violet.

»Polygamisten sind Leute, die mehr als eine Person heiraten«, erklärte Klaus. »In unserer Gesellschaft verstoßen Polygamisten gegen das Gesetz, auch wenn sie vor einem Richter ›Ich will‹ gesagt und eigenhändig und rechtsgültig ein Dokument unterschrieben haben. Steht hier in *Matrimonialrecht*.«

»Aber wir sind keine Polygamisten«, sagte Violet bekümmert.

Wiederum schwiegen sie für ein paar Stunden.

»Wir könnten diese Flaschen zerbrechen«, sagte Violet, »und die Scherben als Messer gebrauchen, aber ich fürchte, Graf Olafs Truppe würde uns überwältigen.«

»Du könntest ›Ich will nicht‹ statt ›Ich will‹ sagen«, überlegte Klaus. »Aber ich fürchte, Graf Olaf würde dann den Befehl geben, Sunny vom Turm zu werfen.«

»Das würde ich mit Sicherheit«, sagte Graf Olaf, und die Kinder zuckten zusammen. Sie waren so in ihr Gespräch vertieft gewesen, dass sie nicht gehört hatten, wie er die Treppe hochgekommen war und die Tür geöffnet hatte. Er trug einen Bühnenanzug, und seine Augenbraue war gewachst, so dass sie genauso funkelte wie seine Augen. Hinter ihm stand der hakenhändige Mann, grinste und winkte den Kindern mit einem Haken zu. »Kommt mit, Waisenkinder«, sagte Graf Olaf. »Es ist so weit, das große Ereignis steht unmittelbar bevor. Mein Mitarbeiter hier wird in diesem Zimmer bleiben, und wir werden mit unseren Walkie-Talkies ständig in Verbindung sein. Wenn auch nur irgendeine Kleinigkeit in der Vorstellung heute Abend schiefgeht, wird eure Schwester zu Tode stürzen. Also, kommt mit!«

Violet und Klaus sahen sich an und dann zu Sunny hin, die immer noch in ihrem Käfig am Turm baumelte, und folgten Graf Olaf zur Tür hinaus. Als Klaus die Turmtreppe hinabging, fühlte er, wie ihm das Herz in die Hose rutschte und er jede Hoffnung verlor. Es schien wirklich keinen Ausweg aus ihrer misslichen Lage zu geben. Violet hatte das gleiche Gefühl, bis sie ihre rechte Hand ausstreckte, um das Geländer zu fassen und so ihr Gleichgewicht zu halten. Für einen Augenblick betrachtete sie ihre rechte Hand und begann nachzudenken. Während des ganzen Weges – die Treppe hinab, zur Tür hinaus und die zwei Straßen entlang zum Theater – dachte Violet ununterbrochen nach, angestrengter, als sie es je in ihrem ganzen Leben getan hatte.

Kapitel Zwölf

Als Violet und Klaus Baudelaire noch in Nachthemd und Schlafanzug in Graf Olafs Theater hinter der Bühne standen, hatten sie zwiespältige Gefühle – ein Ausdruck, der hier bedeutet: »Sie fühlten gleichzeitig zweierlei.« Auf der einen Seite hatten sie natürlich Angst. An den gedämpften Stimmen, die sie von der Bühne her hören konnten, erkannten die zwei Baudelaire-Waisen, dass die Vorstellung von *Die himmlische Hochzeit* begonnen hatte. Es war also wohl zu spät, noch etwas zu tun, um Graf Olafs Plan zu vereiteln. Auf der anderen Seite waren sie jedoch fasziniert, da sie noch nie bei einer Theateraufführung hinter der Bühne gewesen waren und es so viel zu sehen gab. Mitglieder von Graf Olafs Schauspieltruppe eilten hin und her, zu beschäftigt, um den Kindern auch nur einen Blick zu gönnen.

Drei sehr kleine Männer trugen ein großes, flaches

Stück Holz, das so bemalt war, dass es wie ein Wohnzimmer aussah. Die beiden Frauen mit den schlohweißen Gesichtern arrangierten Blumen in einer Vase, die von fern wie aus Marmor aussah, von nahem aber eher wie aus Pappe. Ein wichtigtuerischer Mann mit Warzen auf der ganzen Visage war damit beschäftigt, gewaltige Scheinwerfer einzustellen. Als die Kinder einen kurzen Blick auf die Bühne warfen, konnten sie sehen, wie Graf Olaf in seinem Theaterkostüm gerade einige Zeilen aus dem Stück deklamierte, während der Vorhang fiel. Der wurde von einer Frau mit sehr kurzem Haar bedient, indem sie an einem langen Seil zog, das über eine Rolle lief. Trotz ihrer Angst interessierten sich die beiden älteren Baudelaires also sehr dafür, was vor sich ging, und wünschten nur, dass sie davon in keiner Weise betroffen wären.

Als der Vorhang fiel, schritt Graf Olaf von der Bühne und blickte die Kinder an. »Das war das Ende des zweiten Aktes! Warum sind die Waisen noch nicht in ihren Kostümen?«, zischte er die beiden weißgesichtigen Frauen an. Dann, als das Publikum anfing zu klatschen, hellte sich sein ärgerliches Gesicht auf, und er ging auf die Bühne zurück. Er gab der kurzhaarigen Frau ein Zeichen, den Vorhang wieder hochzuziehen, schritt genau zur Mitte der Bühne und machte tiefe Verbeugungen, während sich der Vorhang hob. Er winkte und warf Kusshände ins Publikum, als der Vorhang wieder fiel. Dann breitete sich erneut Ärger auf seinem Gesicht aus. »Die Pause dauert nur zehn Minuten«, sagte er, »und dann müssen die Kinder auftreten. Zieht ihnen die Kostüme an, schnell!«

Ohne ein Wort packten die beiden Frauen mit den schlohweißen Gesichtern Violet und Klaus an den Handgelenken und führten sie in einen Umkleideraum. Der war staubig, aber hell, voller Spiegel und kleiner Lampen, damit die Schauspieler besser sehen konnten, wenn sie sich schminkten oder Perücken aufsetzten. Zurufe flogen hin und her, während man die Kostüme wechselte, es wurde gelacht. Eine der weißgesichtigen Frauen riss Violets Arme nach oben, zog ihr das Nachthemd über den Kopf und warf ihr ein dreckiges, weißes Kleid mit Spitzen zum Anziehen zu. Gleichzeitig wurde Klaus von der anderen weißgesichtigen Frau der Schlafanzug ausgezogen. Dann wurde er hastig in einen blauen Matrosenanzug gestopft, der auf der Haut kratzte und ihn wie ein Kleinkind aussehen ließ.

»Ist das nicht aufregend?«, sagte jemand. Die Kinder drehten sich um und sahen Richterin Strauss in ihrer

Richterrobe und mit gepuderter Perücke. Mit der Hand umklammerte sie ein kleines Buch. »Ihr Kinder seht wunderbar aus!«

»Sie aber auch«, sagte Klaus. »Was ist das für ein Buch?«

»Nun, das ist mein Text«, sagte Richterin Strauss. »Graf Olaf hat mich gebeten, ein Gesetzbuch mitzubringen und die richtige Trauungszeremonie zu lesen, damit das Stück so realistisch wie möglich wirkt. Alles, was du sagen musst, Violet, ist ›Ich will‹, aber ich muss eine richtige Rede halten. Das wird ein toller Spaß.«

»Wissen Sie, was ein toller Spaß wäre?«, sagte Violet vorsichtig. »Wenn Sie Ihren Text verändern würden, nur ein bisschen.«

Das Gesicht von Klaus hellte sich auf. »Ja, Richterin Strauss. Seien Sie kreativ. Es gibt keinen Grund, warum Sie sich an die gesetzliche Zeremonie halten müssten. Es ist ja keine wirkliche Trauung.«

Die Richterin runzelte die Stirn. »Ich bin mir da nicht sicher, Kinder«, sagte sie. »Ich denke, es ist das Beste, den Anweisungen von Graf Olaf zu folgen. Schließlich trägt er die Verantwortung.«

»Richterin Strauss!«, ertönte eine Stimme. »Richterin Strauss! Bitte melden Sie sich in der Maske!«

»Oh, toll! Ich werde geschminkt.« Die Richterin hatte einen träumerischen Gesichtsausdruck, als ob sie gleich zur Königin gekrönt werden sollte. »Kinder, ich muss gehen. Wir sehen uns auf der Bühne, meine Lieben!«

Sie rannte los und ließ die Baudelaires allein, die bald darauf in ihren Kostümen steckten. Eine von den weißgesichtigen Frauen setzte Violet einen Kopfschmuck aus Blumen auf. Mit Entsetzen erkannte Violet, dass das Kleid, das man ihr angezogen hatte, ein Brautkleid war. Die andere Frau stülpte Klaus eine Matrosenmütze über. Er starrte in einen Spiegel und war überrascht, wie hässlich er aussah. Seine Augen trafen sich mit denen von Violet, die ebenfalls in den Spiegel blickte.

»Was können wir machen?«, sagte Klaus ruhig. »So tun, als ob uns schlecht wäre? Vielleicht würden sie die Vorstellung abbrechen.«

»Graf Olaf wüsste sofort, was wir im Schilde führen«, antwortete Violet düster.

»Der dritte Akt beginnt in wenigen Augenblicken!«, schrie ein Mann mit einer Klemmmappe. »Alle bitte auf ihre Positionen für Akt drei!«

Die Schauspieler eilten aus dem Raum. Die Frauen mit den weißen Gesichtern packten die Kinder und scheuchten sie hinter den anderen hinaus. Der Raum hinter der Bühne war ein wahres Pandämonium – was hier so viel bedeutet wie: »Schauspieler und Bühnenarbeiter rannten herum, um sich in letzter Minute um Einzelheiten zu kümmern.« Der Kahlkopf mit der langen Nase eilte an den Kindern vorbei, dann hielt er an, betrachtete Violet in ihrem Brautkleid und grinste.

»Keine krummen Dinger«, sagte er drohend. »Denkt daran, wenn ihr da hinausgeht – macht genau das, was von euch erwartet wird. Graf Olaf wird während des ganzen Aktes sein Walkie-Talkie dabeihaben, und wenn ihr auch nur *eine winzige Kleinigkeit* falsch macht, wird er wegen Sunny da oben im Turm anrufen.«

»Ja, ja«, sagte Klaus verbittert. Er war es leid, immer wieder die gleichen Drohungen zu hören.

»Ihr solltet lieber alles genauso machen, wie es geplant ist«, sagte der Mann noch einmal.

»Das tun sie ganz sicher«, ertönte plötzlich eine Stimme. Die Kinder drehten sich um und sahen Mr Poe im vornehmen Abendanzug und in Begleitung seiner Frau. Er lächelte den Kindern zu und kam auf sie zu, um ihnen die Hände zu schütteln. »Polly und ich wollten euch nur Hals- und Beinbruch wünschen.«

»Was?«, fragte Klaus erschrocken.

»Das ist ein Ausdruck aus dem Theater«, erklärte

Mr Poe. »Er bedeutet: ›Viel Glück für die Aufführung heute Abend!‹ Ich bin froh, dass ihr Kinder euch bei eurem neuen Vater eingelebt habt und sogar bei seinem Theater mitmacht. Das nenne ich Familiensinn.«

»Mr Poe«, sagte Klaus schnell, »Violet und ich müssen Ihnen etwas sagen. Es ist sehr wichtig.«

»Worum geht es?«, fragte Mr Poe.

»Ja«, fragte Graf Olaf, »was habt ihr Mr Poe zu sagen, Kinder?«

Graf Olaf war anscheinend aus dem Nichts aufgetaucht, und seine funkelnden Augen starrten die Kinder bedeutungsvoll an. In einer Hand hielt er, wie Violet und Klaus sehen konnten, ein Walkie-Talkie. »Nur, dass wir dankbar sind für alles, was Sie für uns getan haben, Mr Poe«, sagte Klaus kleinlaut. »Das ist alles, was wir sagen wollten.«

»Natürlich, natürlich«, sagte Mr Poe und klopfte ihm auf die Schulter. »Nun, Polly und ich sollten besser unsere Plätze einnehmen. Hals- und Beinbruch, Baudelaires!«

»Ich wünschte, ich könnte mir tatsächlich ein Bein brechen«, flüsterte Klaus Violet zu, während Mr und Mrs Poe gingen.

»Das wirst du bald können, früh genug«, sagte Graf

Olaf und schob die beiden Kinder zur Bühne. Andere Schauspieler wimmelten herum und suchten ihre Positionen für den dritten Akt. Richterin Strauss stand abseits in einer Ecke und übte ihren Text aus dem Gesetzbuch. Klaus blickte sich auf der Bühne um und fragte sich, ob ihnen da jemand helfen könnte. Der Kahlkopf mit der langen Nase nahm ihn an die Hand und führte ihn auf eine Seite.

»Du und ich, wir werden bis zum Finale genau hier stehen. Das bedeutet, bis die ganze Angelegenheit zu Ende ist.«

»Ich weiß, was ›Finale‹ bedeutet«, sagte Klaus.

»Mach bloß keinen Unsinn«, sagte der Kahlkopf finster.

Klaus sah, wie seine Schwester in ihrem Brautkleid den Platz neben Graf Olaf einnahm, als sich der Vorhang hob. Klaus hörte Applaus aus dem Publikum, als der dritte Akt des Stückes *Die himmlische Hochzeit* begann.

Du hast sicher keine Lust, dir die Handlung dieses trivialen – das Wort »trivial« bedeutet hier »langweilig und dumm« –, dieses wahrhaft trivialen Stückes von Albert von Trottelwitz erzählen zu lassen. Es ist grässlich und hat keine wirkliche Bedeutung für unsere Geschichte. Verschiedene Schauspieler und Schauspielerinnen sprachen langweilige Dialoge und bewegten sich auf der Bühne, während Klaus versuchte, mit ihnen in Augenkontakt zu treten, um zu sehen, ob sie ihnen helfen würden. Bald wurde ihm klar, das dieses Stück tatsächlich nur als Vorwand für Olafs bösen Plan ausgewählt worden war und nicht etwa wegen seines Unterhaltungswertes. Er merkte, dass das Publikum das Interesse verlor und auf seinen Sitzen hin und her rutschte. Klaus wandte daraufhin dem Publikum seine Aufmerksamkeit zu, um zu sehen, ob jemandem auffiel, dass hier etwas Böses im Gange war. Aber so, wie der Mann mit dem Warzengesicht die Beleuchtung arrangiert hatte, konnte Klaus die Gesichter der Zuschauer nicht erkennen, sondern nur unbestimmte Umrisse ausmachen.

Graf Olaf sprach eine große Zahl langer Monologe, die er mit ausschweifender Gestik und gewaltigem Mienenspiel deklamierte. Niemand schien zu bemerken, dass er die ganze Zeit ein Walkie-Talkie in der Hand hielt.

Schließlich begann Richterin Strauss zu sprechen, und Klaus sah, dass sie direkt aus dem Gesetzbuch ablas. Ihre Augen glänzten und ihr Gesicht war gerötet, da sie zum ersten Mal auf einer Bühne spielte. Sie war viel zu aufgeregt, um zu bemerken, dass sie nur eine Rolle in Graf Olafs Plan spielte. Sie redete und redete darüber, dass Olaf und Violet füreinander da seien in kranken und gesunden, in guten und in schlechten Zeiten, und all die Dinge, die Leuten gesagt werden, die aus dem einen oder anderen Grund beschlossen haben, zu heiraten.

Als die Richterin mit ihrer Rede zu Ende war, wandte sie sich zu Graf Olaf und fragte: »Willst du diese Frau zu deiner gesetzlich angetrauten Ehefrau nehmen?«

»Ich will«, sagte Graf Olaf grinsend, und Klaus sah, wie Violet schauderte.

»Willst du«, fragte Richterin Strauss und wandte sich an Violet, »diesen Mann zu deinem gesetzlich angetrauten Ehemann nehmen?«

»Ich will«, sagte Violet, und Klaus ballte die Fäuste. Seine Schwester hatte vor einem Richter »Ich will« gesagt. Wenn sie noch das amtliche Dokument unterschrieben hatte, war die Ehe vor dem Gesetz gültig geschlossen. Und nun konnte Klaus sehen, dass Richterin Strauss von einem der anderen Schauspieler dieses Schriftstück bekam und es Violet zur Unterschrift hinhielt.

»Beweg dich keinen Zentimeter«, flüsterte der Kahlkopf Klaus zu. Der dachte an die arme Sunny, die von der Spitze des Turmes baumelte, und stand still, während er zusah, wie Violet eine lange Schreibfeder von Graf Olaf in Empfang nahm. Sie betrachtete das Dokument mit weit geöffneten Augen, ihr Gesicht war bleich, und ihre linke Hand zitterte, als sie mit ihrem Namen unterzeichnete.

Kapitel Dreizehn

»Und nun, meine Damen und Herren«, sagte Graf Olaf und trat vor, um sich an das Publikum zu wenden, »muss ich eine Ankündigung machen. Es besteht kein Grund, die Vorstellung heute Abend weiterzuführen, denn ihr Zweck ist erfüllt. Dies ist keine fiktive Szene gewesen. Meine Trauung mit Violet Baudelaire ist vor dem Gesetz gültig, und somit habe ich die Verfügungsgewalt über ihr ganzes Vermögen.«

Im Publikum schnappte man nach Luft, und sogar ein paar von den Schauspielern schauten sich schockiert an. Anscheinend hatten doch nicht alle von Olafs Plan gewusst. »Das kann nicht sein!«, rief Richterin Strauss.

»Die Ehegesetze in dieser Gesellschaft sind ganz einfach«, erklärte Graf Olaf. »Die Braut muss in Gegenwart eines Richters, wie Sie einer sind, ›Ich will‹ sagen und ein entsprechendes Dokument unterzeichnen. Und Sie alle« – hier gestikulierte Graf Olaf zum Publikum hin – »sind Zeugen.«

»Aber Violet ist noch ein Kind!«, sagte einer der Schauspieler. »Sie ist nicht alt genug, um zu heiraten.«

»Doch, wenn ihr gesetzlicher Vormund dem zustimmt«, sagte Graf Olaf, »und außer ihrem Ehemann bin ich auch ihr gesetzlicher Vormund.«

»Aber dieses Stück Papier ist kein amtliches Dokument!«, sagte Richterin Strauss. »Das ist nur ein Bühnenrequisit!«

Graf Olaf nahm das Papier aus Violets Hand und gab es der Richterin. »Ich glaube, wenn Sie es genau betrachten, werden Sie sehen, dass es ein amtliches Dokument aus dem Rathaus ist.«

Richterin Strauss nahm es in die Hand und las es schnell durch. Dann schloss sie die Augen, seufzte tief, runzelte die Stirn und dachte angestrengt nach. Klaus fragte sich, ob das der Gesichtsausdruck war, mit dem sie vor dem Obergericht Recht sprach.

»Es stimmt«, sagte sie schließlich zu Graf Olaf, »diese Eheschließung ist leider völlig legal. Violet hat ›Ich will‹ gesagt und auf diesem Schriftstück unterschrieben. Graf Olaf, Ihr seid Violets Ehemann und habt daher die volle Verfügungsgewalt über ihr Vermögen.«

»Das kann nicht sein!«, kam eine Stimme aus dem Publikum, und Klaus erkannte darin die von Mr Poe. Der rannte die Stufen zur Bühne empor und nahm Richterin Strauss das Dokument aus der Hand. »Das ist entsetzlicher Unsinn.«

»Ich fürchte, dieser entsetzliche Unsinn entspricht dem Gesetz«, sagte die Richterin, und ihre Augen füllten sich mit Tränen. »Ich kann es nicht fassen, wie leicht ich übers Ohr gehauen wurde«, sagte sie. »Ich wollte nie etwas tun, um euch Kindern zu schaden. Nie und nimmer.«

»Sie haben sich wirklich leicht übers Ohr hauen lassen«, sagte Graf Olaf grinsend, und die Richterin brach in Tränen aus. »Und es war ein Kinderspiel, an dieses Vermögen heranzukommen. Wenn Sie alle uns jetzt entschuldigen wollen, meine junge Braut und ich werden uns nun auf unsere Hochzeitsreise begeben.«

»Lasst erst Sunny gehen!«, platzte Klaus heraus. »Ihr habt versprochen, sie gehen zu lassen!«

»Wo ist Sunny?«, fragte Mr Poe.

»Sie wird im Augenblick anderweitig festgehalten«, sagte Graf Olaf, »wenn Sie mir ein kleines Wortspiel erlauben.« Sein Augen funkelten, als er verschiedene Knöpfe am Walkie-Talkie drückte und auf die Antwort des hakenhändigen Mannes wartete. »Hallo? Ja, natürlich bin ich es, du Idiot. Alles ist nach Plan verlaufen. Hol bitteschön Sunny aus dem Käfig und bring sie sofort ins Theater. Klaus und Sunny müssen noch ein paar Hausarbeiten erledigen, bevor sie zu Bett gehen.« Graf Olaf warf Klaus einen scharfen Blick zu. »Bist du nun zufrieden?«

»Ja«, sagte Klaus ruhig. Er war natürlich überhaupt nicht zufrieden, aber wenigstens baumelte sein kleines Schwesterchen nicht mehr am Turm.

»Bilde dir bloß nicht ein, dass du dich jetzt sicher fühlen kannst«, flüsterte der Kahlkopf Klaus zu. »Graf Olaf wird sich schon noch um dich und deine Schwestern kümmern. Er will das nur nicht vor all diesen Leuten tun.« Er brauchte Klaus nicht zu erklären, was er mit dem Ausdruck »sich kümmern« meinte.

»Nun, was mich betrifft, bin ich ganz und gar nicht zufrieden«, sagte Mr Poe. »Das ist entsetzlich. Das ist absolut monströs. Das ist ein finanzielles Desaster.«

»Ich fürchte jedoch«, sagte Graf Olaf, »es ist rechtlich bindend. Morgen, Mr Poe, werde ich zur Bank kommen und das ganze Baudelaire-Vermögen abheben.«

Mr Poe öffnete den Mund, als wollte er etwas sagen, aber stattdessen fing er an zu husten. Ein paar Sekunden lang hustete er sich in sein Taschentuch aus, während alle darauf warteten, dass er sprechen würde. »Ich werde das nicht zulassen«, keuchte Mr Poe schließlich und wischte sich den Mund. »Ich werde das auf keinen Fall zulassen.«

»Ich fürchte, Sie müssen wohl«, entgegnete Graf Olaf.

»Ich … ich fürchte, Graf Olaf hat recht«, sagte Richterin Strauss tränenüberströmt. »Diese Ehe ist rechtsgültig geschlossen.«

»Ich bitte um Verzeihung«, sagte Violet plötzlich, »aber ich denke, womöglich irren Sie sich.«

Alle drehten sich um und blickten zur ältesten Baudelaire-Waise.

»Was sagt Ihr da, Gräfin?«, fragte Graf Olaf.

»Ich bin nicht Eure Gräfin«, sagte Violet indigniert, was hier »in einem äußerst verärgerten Ton« bedeutet. »Jedenfalls glaube ich nicht, dass ich das bin.«

»Und wieso nicht?«, fragte Graf Olaf.

»Ich habe das Dokument nicht eigenhändig und rechtsgültig unterschrieben, wie es das Gesetz vorschreibt«, sagte Violet.

»Was soll das heißen? Wir haben dich alle gesehen!«

Graf Olafs Augenbraue begann sich vor Wut zu heben.

»Ich fürchte, dein Mann hat recht, meine Liebe«, sagte Richterin Strauss traurig. »Es nützt nichts, es zu leugnen. Es gibt zu viele Zeugen.«

»Wie die meisten Menschen«, sagte Violet, »bin ich Rechtshänderin. Eigenhändig und rechtsgültig bedeutet bei mir demnach rechtshändig – aber ich habe mit der linken Hand unterschrieben.«

»Was?«, schrie Graf Olaf. Er riss der Richterin das Papier aus der Hand und betrachtete es. Seine Augen funkelten teuflisch. »Du bist eine infame Lügnerin!«, zischte er Violet an.

»Nein, ist sie nicht«, rief Klaus aufgeregt. »Ich erinnere mich genau daran, weil ich gesehen habe, wie ihre linke Hand zitterte, als sie unterschrieben hat.«

»Das lässt sich nicht beweisen«, sagte Graf Olaf.

»Wenn Ihr möchtet«, sagte Violet, »will ich gerne noch einmal auf einem anderen Blatt Papier unterschreiben, einmal mit der rechten Hand und dann mit der linken … Dann können wir sehen, welche Unterschrift der auf dem Dokument am ähnlichsten ist.«

»Eine Kleinigkeit wie die, welche Hand du zur Unterschrift benutzt hast«, sagte Graf Olaf, »spielt nicht die geringste Rolle.«

»Wenn's recht ist, mein Herr«, sagte Mr Poe, »möchte ich es der Richterin überlassen, das zu entscheiden.«

Alle schauten auf Richterin Strauss, die sich die letzten Tränen wegwischte. »Lassen Sie mich sehen«, sagte sie ruhig und schloss wieder die Augen. Sie seufzte tief. Die Baudelaire-Kinder und alle, die sie mochten, hielten den Atem an, während die Richterin die Stirn runzelte und angestrengt über die Situation nachdachte. Schließlich lächelte sie. »Falls Violet tatsächlich Rechtshänderin ist«, sagte sie vorsichtig, »und falls sie das Dokument tatsächlich mit der linken Hand unterschrieben hat, dann folgt daraus, dass die Unterschrift nicht den Voraussetzungen des Eherechts genügt. Das Gesetz hält ausdrücklich fest, dass das Dokument von der Braut eigenhändig und rechtsgültig unterzeichnet werden muss, und wie Violet richtig sagte: Eigenhändig und rechtsgültig bedeutet bei ihr rechtshändig. Daraus können wir den Schluss ziehen, dass diese Ehe nicht gültig ist. Violet, du bist *keine* Gräfin, und Ihr, Graf Olaf, habt *keine* Verfügungsgewalt über das Baudelaire-Vermögen.«

»Hurra!«, rief eine Stimme im Publikum, und verschiedene Leute applaudierten.

Wenn du nicht gerade ein Jurist bist, wird es dir

merkwürdig vorkommen, dass Graf Olafs Plan dadurch zunichte gemacht wurde, dass Violet mit der linken statt mit der rechten Hand unterschrieb. Aber das Gesetz ist eine merkwürdige Sache. Ein Land in Europa hat zum Beispiel ein Gesetz, das verlangt, dass alle Bäcker ihr Brot zum genau gleichen Preis verkaufen. Eine bestimmte Insel hat ein Gesetz, das jedem verbietet, sein Obst auszuführen. Und eine Stadt nicht weit von deinem Wohnort hat ein Gesetz, das mich daran hindert, mich auf fünf Meilen ihrer Grenze zu nähern. Hätte Violet den Ehevertrag mit der rechten Hand unterschrieben, hätte das Gesetz sie zu einer unglücklichen Gräfin gemacht, aber da sie ihn mit der linken unterschrieb, blieb sie zu ihrer Erleichterung ein unglückliches Waisenkind.

Was für Violet und ihre Geschwister eine gute Nachricht war, war für Graf Olaf natürlich eine schlechte. Trotzdem schenkte er jedermann ein grimmiges Lächeln. »In dem Fall«, sagte er zu Violet und drückte auf einen Knopf am Walkie-Talkie, »wirst du mich entweder noch einmal heiraten, und diesmal richtig, oder ich werde …«

»Niepo!« Sunnys unverkennbare Stimme übertönte die von Graf Olaf, als sie auf die Bühne zu ihren Geschwistern tapste. Der hakenhändige Mann folgte ihr. Sein Walkie-Talkie brummte und krächzte. Graf Olaf kam zu spät.

»Sunny! Du bist in Sicherheit!«, rief Klaus und umarmte sie. Violet kam gerannt, und die beiden älteren Baudelaires begrüßten aufgeregt die jüngste. »Jemand soll ihr etwas zu essen bringen«, sagte Violet. »Sie muss sehr hungrig sein, nachdem sie die ganze Zeit in einem Turmfenster gehangen hat.«

»Kuchen!«, kreischte Sunny.

»Argh!«, brüllte Graf Olaf. Er fing an, wie ein wildes Tier in seinem Käfig hin und her zu laufen, und hielt nur an, um mit einem Finger auf Violet zu zeigen.

»Du bist vielleicht nicht meine Frau«, sagte er, »aber du bist immer noch meine Tochter, und …«

»Glaubt Ihr im Ernst«, sagte Mr Poe empört, »ich lasse es zu, dass Ihr Euch weiterhin um diese drei Kinder kümmert nach der niederträchtigen Vorstellung, die ich heute Abend miterleben musste?«

»Die Waisen gehören mir«, insistierte Graf Olaf, »und bei mir sollen sie bleiben. Es ist nichts Ungesetzliches daran, jemanden heiraten zu wollen.«

»Aber es ist ungesetzlich, ein Kleinkind als Geisel zu nehmen und in ein Turmfenster zu hängen«, sagte

Richterin Strauss angewidert. »Ihr, Graf Olaf, werdet ins Gefängnis gehen, und die drei Kinder werden bei mir leben.«

»Verhaftet ihn!«, rief jemand aus dem Publikum, und andere griffen die Forderung auf.

»Ins Gefängnis mit ihm!«

»Er ist ein Schurke!«

»Und gebt uns unser Geld zurück! Es war ein jämmerliches Stück!«

Mr Poe packte Graf Olaf am Arm, und nach einem kurzen Hustenanfall verkündete er in barschem Ton: »Ich verhafte Euch hiermit im Namen des Gesetzes.«

»Oh, Richterin Strauss!«, sagte Violet. »Haben Sie das wirklich ernst gemeint, was Sie gesagt haben? Können wir tatsächlich bei Ihnen leben?«

»Natürlich meine ich das ernst«, sagte die Richterin. »Ich habe euch Kinder sehr gern, und ich fühle mich verantwortlich für euer Wohlergehen.«

»Dürfen wir jeden Tag Ihre Bibliothek benutzen?«, fragte Klaus.

»Dürfen wir im Garten arbeiten?«, fragte Violet.

»Kuchen!«, kreischte Sunny noch einmal, und alle mussten lachen.

An dieser Stelle fühle ich mich verpflichtet, die Geschichte zu unterbrechen, um dich ein letztes Mal zu warnen. Wie ich schon ganz am Anfang sagte: Das Buch, das du in Händen hältst, hat kein Happy End. Es könnte der Eindruck entstehen, dass Graf Olaf nun ins Gefängnis geht und dass die drei Baudelaire-Kinder glücklich bis an ihr Ende bei Richterin Strauss leben, aber so ist es nicht. Wenn du willst, kannst du das Buch ja in diesem Augenblick zuklappen und den unglücklichen Schluss nicht mehr lesen, der noch folgt. Du kannst dann bis an dein Lebensende daran glauben, dass die Baudelaires über Graf Olaf triumphierten und den Rest ihres Lebens im Haus und in der Bibliothek von Richterin Strauss verbrachten, aber wie gesagt, so geht die Geschichte nicht weiter. Denn während noch alle über Sunnys Ruf nach Kuchen lachten, schlich sich der wichtigtuerische Mann mit den vielen Warzen im Gesicht verstohlen zur Schalttafel für die Beleuchtung des Theaters. Im Nu legte er den Hauptschalter um, so dass sämtliche Lichter ausgingen und alle im Dunkeln standen. Sofort brach ein Pandämonium los, als jedermann schreiend hierhin und dorthin rannte. Schauspieler stolperten über Zuschauer, Zuschauer stolperten über Bühnenrequisiten. Mr Poe packte seine Frau, weil er dachte, dass es Graf Olaf wäre. Klaus packte Sunny und hielt sie so hoch, wie er konnte, damit sie nicht verletzt würde. Nur Violet wusste sofort, was passiert war, und machte sich vorsichtig auf den Weg dahin, wo ihrer Erinnerung nach die Lichtschalter waren. Während der Aufführung des Stücks hatte Violet sie aufmerksam betrachtet und sich ihre Lage eingeprägt für den Fall, dass diese Vorrichtungen für eine Erfindung brauchbar wären. Sie war sich sicher, dass sie, wenn sie den Hauptschalter fände, das Licht wieder anmachen könnte.

Mit ausgestreckten Armen, als wäre sie blind, bewegte sich Violet über den Bretterboden. Vorsichtig ging sie um Möbelstücke und aufgeregte Schauspieler herum. Ihr weißes Hochzeitskleid bewegte sich langsam über die Bühne, und in der Dunkelheit sah sie wie ein Gespenst aus. Dann, als sie gerade den Schalter erreicht hatte, spürte sie eine Hand auf der Schulter. Eine Gestalt beugte sich zu ihr hinab und flüsterte ihr ins Ohr.

»Ich werde euer Vermögen noch zu fassen kriegen, und wenn es das Letzte ist, was ich tue«, zischte eine Stimme. »Und wenn ich es habe, bringe ich dich und deine Geschwister eigenhändig um.«

Violet schrie erschrocken auf, aber gleichzeitig betätigte sie den Schalter. Das ganze Theater war in Licht getaucht. Alle blinzelten und sahen sich um. Mr Poe ließ seine Frau los. Klaus setzte Sunny ab. Aber niemand berührte mehr Violets Schulter. Graf Olaf war verschwunden.

»Wo ist er hin?«, schrie Mr Poe. »Wo sind sie allesamt hin?«

Die Baudelaire-Kinder schauten sich um und sahen, dass nicht nur Graf Olaf verschwunden war, sondern dass all seine Komplizen – der Mann mit dem Warzengesicht, der Hakenhändige, der Kahlkopf mit der langen Nase, die riesige Person, die weder wie ein Mann noch wie eine Frau aussah, und die zwei Frauen mit den schlohweißen Gesichtern –, dass sie alle zusammen mit ihm verschwunden waren.

»Sie müssen rausgelaufen sein«, sagte Klaus, »als es noch dunkel war.«

Mr Poe ging als Erster nach draußen, Richterin Strauss und die Kinder folgten ihm. Weit weg am Ende der Straße konnten sie ein großes schwarzes Auto sehen, das sich in die Nacht hinein entfernte. Vielleicht saßen Graf Olaf und seine Komplizen darin. Vielleicht auch nicht. Jedenfalls bog es um eine Ecke und verschwand in der dunklen Stadt, während die Kinder ihm schweigend nachblickten.

»Verdammt!«, sagte Mr Poe. »Sie sind weg. Aber

macht euch keine Sorgen, Kinder, wir werden sie schnappen. Ich werde sofort die Polizei anrufen.«

Violet, Klaus und Sunny schauten sich an. Sie wussten, dass es nicht so einfach war, wie Mr Poe sich das vorstellte. Graf Olaf würde schon dafür sorgen, sich nicht blicken zu lassen, während er seinen nächsten Schritt plante. Er war viel zu schlau, um sich von jemandem wie Mr Poe schnappen zu lassen.

»Jetzt gehen wir erst einmal nach Hause, Kinder«, sagte Richterin Strauss. »Morgen früh, wenn ich euch ein gutes Frühstück zubereitet habe, können wir uns darüber Gedanken machen.«

Mr Poe hüstelte. »Einen Augenblick«, sagte er und blickte zu Boden. »Ich sage euch das nur ungern, Kinder, aber ich kann nicht zulassen, dass ihr von jemandem aufgezogen werdet, der nicht mit euch verwandt ist.«

»Was?«, schrie Violet. »Nach allem, was Richterin Strauss für uns getan hat?«

»Ohne sie und ihre Bibliothek wären wir niemals hinter Graf Olafs Plan gekommen«, sagte Klaus.

»Ohne Richterin Strauss hätten wir unser Leben verloren.«

»Das mag sein«, sagte Mr Poe, »und ich danke Richterin Strauss für ihre Hilfsbereitschaft, aber der letzte

Wille eurer Eltern ist da sehr genau. Ihr müsst von einem Verwandten adoptiert werden. Heute Nacht werdet ihr in meinem Haus bleiben, und morgen gehe ich zur Bank, um zu überlegen, was mit euch zu tun ist. Es tut mir leid, aber so liegen die Dinge nun mal.«

Die Kinder schauten zu Richterin Strauss, die schwer seufzte und jedes der Baudelaire-Kinder der Reihe nach umarmte. »Mr Poe hat recht«, sagte sie traurig. »Er muss die Wünsche eurer Eltern respektieren. Wollt ihr nicht auch tun, was eure Eltern gewünscht haben, Kinder?«

Violet, Klaus und Sunny stellten sich ihre liebevollen Eltern vor und wünschten mehr denn je, dass das Feuer nicht ausgebrochen wäre. Nie, nie hatten sie sich so einsam gefühlt. Sie wünschten sich so sehr, bei dieser freundlichen und großzügigen Frau wohnen zu können, aber sie wussten, dass das einfach nicht möglich war. »Ich fürchte, Sie haben recht, Richterin Strauss«, sagte Violet schließlich.

»Wir werden Sie sehr vermissen.«

»Ich werde euch auch vermissen«, sagte sie, und ihre Augen füllten sich wieder mit Tränen. Dann umarmten die Kinder sie zum letzten Mal und folgten Mr und Mrs Poe zu ihrem Auto. Die Baudelaire-Waisen zwängten sich auf den Rücksitz und blickten durch die Heckscheibe auf die Richterin, die ihnen weinend nachwinkte. Vor ihnen lagen die dunklen Straßen, auf denen Graf Olaf entkommen war, um weitere niederträchtige Pläne zu schmieden. Zurück blieb die freundliche Richterin, die sich so für die drei Kinder eingesetzt hatte. Violet, Klaus und Sunny kam es so vor, als ob Mr Poe und das Gesetz die falsche Entscheidung getroffen hatten, indem sie ihnen die Möglichkeit eines glücklichen Lebens mit Richterin Strauss genommen und ihnen ein unbekanntes Schicksal bei einem unbekannten Verwandten beschert hatten. Sie konnten das nicht verstehen, aber wie bei so vielen unglücklichen Vorkommnissen im Leben bedeutet die Tatsache, dass man sie nicht versteht, nicht, dass es nicht so ist. Die Baudelaires drückten sich in der kalten Nachtluft aneinander und winkten weiter zum Heckfenster hinaus. Das Auto entfernte sich immer mehr, bis Richterin Strauss nur noch ein kleiner Fleck in der Dunkelheit war. Die Kinder aber hatten das Gefühl, dass sie in die völlig falsche Richtung fuhren – was hier so viel bedeutet wie: »auf großen Kummer zu«.

ENDE

Verehrter Verleger,

ich schreibe Ihnen aus der Londoner Zweigstelle der Herpetologischen Gesellschaft, wo ich herausfinden möchte, was aus der Reptiliensammlung von Dr. Montgomery Montgomery geworden ist nach den tragischen Vorkommnissen, die sich ereigneten, während die Baudelaire-Waisen in seiner Obhut waren.

Einer meiner Mitarbeiter wird nächsten Donnerstag um 23 Uhr einen wasserdichten Behälter in der Telefonzelle des Hotels Elektra deponieren. Stellen Sie ihn bitte vor Mitternacht sicher, damit er nicht in die falschen Hände gelangt. In dem Behälter befinden sich: meine Schilderung jener entsetzlichen Vorgänge unter dem Titel DAS HAUS DER SCHLANGEN, ein Plan der Schaurigen Chaussee, eine Kopie des Films »Zombies im Schnee« sowie Dr. Montgomerys Rezept für Kokosnuss-Sahnetorte.

Bedenken Sie, dass ich in Sie meine letzte Hoffnung setze, die ganze Geschichte der Baudelaire-Waisen schließlich doch noch der Öffentlichkeit zugänglich zu machen.

Mit vorzüglicher Hochachtung

Lemony Snicket

Das Haus der Schlangen

Für Beatrice –

Du selbst musstest vergehen,

doch meine Liebe zu dir vergeht nie.

Kapitel Eins

Die Straße, die aus der Stadt hinausführt, am Nebelhafen vorbei bis zu der Ortschaft Ödlang, ist womöglich eine der unerfreulichsten Strecken der Welt. Sie trägt den Namen Schaurige Chaussee. Die Schaurige Chaussee führt zwischen Feldern von kränklich grauer Farbe hindurch, auf denen eine Handvoll verkümmerter Apfelbäume steht, deren Früchte so sauer sind, dass dem Reisenden schon vom bloßen Anblick übel wird. Später überquert die Schaurige Chaussee den Fauligen Fluss, ein Gewässer, das zu neun Zehnteln aus Sumpf besteht und in dem eine ausgesprochen nervtötende Spezies der Gattung Fisch lebt. Zu allem Übel führt die Straße auch noch an einer Meerrettichfabrik vorbei, weshalb ein beißender, bitterer Geruch über der gesamten Gegend liegt.

Ich bedaure, dir mitteilen zu müssen, lieber Leser, dass gleich zu Beginn dieser Geschichte die Baudelaire-Waisen auf eben jener höchst unerfreulichen Chaussee unterwegs sind und dass von jetzt an alles immer nur noch schlimmer wird. Von allen Menschen auf dieser Welt, die ein elendes Leben führen – und davon gibt es, wie du sicherlich weißt, eine ganze Menge – schießen die jungen Baudelaires zweifellos den Vogel ab, ein Ausdruck, der hier so viel bedeuten soll wie, dass ihnen mehr schreckliche Dinge zugestoßen sind als vermutlich irgendwem sonst. Ihr Elend begann mit einem gewaltigen Feuer, das ihr Heim zerstörte und ihre liebevollen Eltern tötete. Das allein wäre schon traurig genug für ein ganzes Leben, aber im Falle der drei Geschwister sollte dies nur der schlimme Anfang sein. Nach dem Brand wurden die drei Kinder zu einem entfernten Verwandten geschickt, bei dem sie von da an leben sollten. Graf Olaf, so hieß er, war ein schrecklicher und geldgieriger Mensch. Die Eltern Baudelaire hatten ein riesiges Vermögen hinterlassen, das an die Kinder gehen sollte, sobald Violet volljährig wäre. Graf Olaf war so besessen von dem Gedanken, das Geld in seine schmierigen Hände zu bekommen, dass er einen Plan ausheckte, der so gemein war, dass er mir bis zum heutigen Tag Albträume bereitet. Zwar wurde Graf Olaf gerade noch rechtzeitig entlarvt, doch er entkam und schwor sich, das Baudelaire-Vermögen irgendwann in der Zukunft doch noch an sich zu reißen. Violet, Klaus und Sunny hatten noch immer schreckliche Träume, in denen Graf Olaf vorkam, seine teuflisch funkelnden Augen, seine eine zottige Augenbraue, vor allem aber das Auge, das er als Tätowierung an einem Knöchel trug. Es schien, als würde dieses Auge die Baudelaire-Waisen auf Schritt und Tritt beobachten. Solltest du dieses Buch also in der Hoffnung aufgeschlagen haben, dass die Kinder von nun an glücklich und in Freuden leben, so muss ich dir leider sagen, dass du es ebenso gut gleich wieder zuschlagen und etwas anderes lesen kannst. Violet, Klaus und Sunny, die dichtgedrängt auf dem Rücksitz eines Autos saßen und durch die Fenster auf die Schaurige Chaussee starrten, befanden sich auf dem Weg zu nur noch mehr Kummer und Elend. Der Faulige Fluss und die Meerrettichfabrik bildeten nur den Auftakt zu einer ganzen Reihe unerfreulicher Erlebnisse, an die ich nicht denken kann, ohne dass mein Gesicht sich schmerzhaft verzerrt und mir Tränen in die Augen treten.

Am Steuer des Autos saß Mr Poe, ein Freund der Familie, der bei einer Bank arbeitete und ständig Husten hatte. Er war damit betraut, die Angelegenheiten der Waisen zu regeln, und also war er es auch, der entschieden hatte, die Kinder nach all den unerfreulichen Erlebnissen mit Graf Olaf in die Obhut eines entfernten Verwandten auf dem Lande zu geben.

»Tut mir leid, dass ihr es nicht bequemer habt«, sagte Mr Poe und hustete in ein weißes Taschentuch, »aber in mein neues Auto passen einfach nicht allzu viele Fahrgäste hinein. Nicht einmal einen einzigen von euren Koffern haben wir verstauen können. So etwa in einer Woche komme ich noch einmal und bringe sie euch.«

»Vielen Dank«, sagte Violet, die mit vierzehn das älteste der Baudelaire-Kinder war. Jeder, der Violet gut kannte, sah sofort, dass sie mit ihren Gedanken ganz woanders war. Sie hatte nämlich ihr langes Haar mit einem Band zusammengebunden, damit es ihr nicht ins Gesicht fiel. Violet war eine Erfinderin, und immer, wenn sie etwas erfand, band sie ihr Haar gern auf diese Weise zusammen. So konnte sie klarer über die verschiedenen Zahnräder, Drähte und Seile nachdenken, die zu den meisten ihrer Erfindungen gehörten.

»Nachdem ihr so lange in der Stadt gelebt habt«, fuhr Mr Poe fort, »werdet ihr das Leben auf dem Land sicherlich als angenehme Abwechslung empfinden. Oh, hier ist ja schon die Abzweigung. Wir sind fast da.«

»Gut«, sagte Klaus leise. Ihm ging es wie vielen Menschen – er langweilte sich schrecklich auf Autofahrten, und es tat ihm leid, dass er kein Buch mitgenommen hatte. Klaus las leidenschaftlich gern, und mit seinen knapp zwölf Jahren hatte er schon mehr Bücher gelesen als die meisten Menschen während ihres ganzen Lebens. Manchmal las er bis spät in die Nacht, und morgens fand man ihn dann tief schlafend, das Buch noch in der Hand und die Brille auf der Nase.

»Auch Dr. Montgomery wird euch bestimmt gefallen«, sagte Mr Poe. »Er ist weit gereist und weiß daher viele Geschichten zu erzählen. Sein Haus soll vollgestopft sein mit Sachen, die er aus all den Ländern mitgebracht hat, in denen er gewesen ist.«

»Bax!«, quiekte Sunny. Die jüngste der Baudelaire-Waisen redete oft auf diese Art, wie Kleinkinder es eben tun. Wenn sie nicht gerade mit ihren vier äußerst scharfen Zähnen in irgendetwas hineinbiss, verbrachte sie den Großteil ihrer Zeit damit, solche Wortfetzen hervorzubringen. Es war oft schwer zu sagen, was sie eigentlich meinte. In diesem Moment wollte sie vermutlich so etwas Ähnliches sagen wie: »Ich bin ganz schön aufgeregt bei dem Gedanken, einen neuen Verwandten kennenzulernen.« Das ging allen drei Geschwistern so.

»Wie ist Dr. Montgomery eigentlich genau mit uns verwandt?«, wollte Klaus wissen.

»Dr. Montgomery ist – lass mich nachdenken – der Bruder der Frau des Cousins deines verstorbenen Vaters. Ich glaube, so müsste es stimmen. Er ist irgendeine Art Wissenschaftler und bekommt einen Haufen Geld von der Regierung.« Als Bankier interessierte sich Mr Poe immer sehr für alles, was mit Geld zusammenhing.

»Wie sollen wir ihn denn nennen?«, fragte Klaus.

»Ihr solltet ihn Dr. Montgomery nennen«, antwortete Mr Poe, »es sei denn, er erlaubt euch, Montgomery zu ihm zu sagen. Sein Vorname ist auch Montgomery, wie sein Nachname, so dass es letztlich keinen großen Unterschied macht.«

»Er heißt also Montgomery Montgomery?«, fragte Klaus schmunzelnd.

»Ja, und ich würde euch raten, euch über diese Tatsache nicht zu mokieren, er ist in diesem Punkt bestimmt sehr empfindlich«, sagte Mr Poe und hustete wieder in sein Taschentuch. »›Sich mokieren‹ bedeutet übrigens so viel wie ›sich lustig machen‹.«

Klaus seufzte. »Ich weiß, was ›sich mokieren‹ bedeutet«, sagte er. Was er nicht sagte, war, dass er selbstverständlich auch wusste, dass es sich nicht gehörte, sich über den Namen eines Menschen lustig zu machen. Manche Leute schienen zu glauben, dass die Waisen, nur weil ihnen so großes Unglück widerfahren war, geistig eher beschränkt sein müssten.

Auch Violet seufzte und nahm das Band aus ihrem Haar. Sie hatte versucht, etwas zu erfinden, das den Geruch von Meerrettich daran hinderte, bis zu den Nasen der Menschen zu gelangen, aber sie war zu aufgeregt bei dem Gedanken an die Begegnung mit Dr. Montgomery, um sich darauf konzentrieren zu können. »Wissen Sie, was für eine Art Wissenschaftler er ist?«, fragte sie. Vielleicht hatte Dr. Montgomery ja ein Laboratorium, das ihr nützlich sein könnte.

»Leider nicht«, musste Mr Poe eingestehen. »Ich war vollauf damit beschäftigt, die Dinge für euch drei zu regeln, so dass mir zum Plaudern kaum Zeit blieb. Ah, hier ist die Auffahrt. Wir sind da.«

Mr Poe lenkte seinen Wagen einen steilen Kiesweg hoch bis vor ein riesiges Steinhaus. Die rechteckige Eingangstür war aus dunklem Holz, und mehrere Säulen flankierten das Portal. Zu beiden Seiten des Eingangs waren Lampen in Gestalt von Fackeln angebracht, und trotz der Morgenstunde leuchteten sie hell. Oberhalb der Haustür gab es mehrere Reihen rechteckiger Fenster, von denen die meisten zum Lüften offen standen. Vor dem Haus aber gab es etwas zu sehen, das gelinde gesagt ungewöhnlich war: Am Rande des ausgedehnten, gepflegten Rasens wuchs eine Hecke aus zahlreichen hohen, schlanken Büschen in bemerkenswerten Formen. Als Mr Poes Wagen anhielt, erkannten die Baudelaires, dass die Büsche so in Form geschnitten waren, dass sie wie Schlangen aussahen. Jeder Busch glich einer anderen Schlange – manche waren lang, andere kurz, manche züngelten, andere sperrten ihre Mäuler auf und zeigten grässliche grüne Giftzähne. Es sah ziemlich gruselig aus, und Violet, Klaus und Sunny zögerten etwas, bevor sie an ihnen vorbei auf das Haus zugingen.

Mr Poe, der voranging, schien die Büsche gar nicht wahrzunehmen, vielleicht deswegen, weil er vollauf damit beschäftigt war, den Kindern einzubläuen, wie sie sich benehmen sollten: »Also du, Klaus, stellst bitte nicht wieder gleich zu Beginn so viele Fragen. Violet, wo hast du deine Haarschleife gelassen? Ich fand, du sahst sehr vornehm damit aus. Und einer von euch sollte darauf achten, dass Sunny Dr. Montgomery nicht beißt. Das würde bei der ersten Begegnung keinen guten Eindruck machen.«

Mr Poe war bei der Tür angelangt und läutete. Es war die lauteste Türglocke, die die Kinder je gehört hatten. Einen Moment lang blieb es still, dann näherten sich Schritte. Violet, Klaus und Sunny sahen einander an.

Sie konnten natürlich nicht wissen, dass schon sehr bald neues Elend auf sie zukommen sollte, aber trotzdem fühlten sie sich unbehaglich. *Ob Dr. Montgomery wohl ein freundlicher Mensch war? Ob er wenigstens netter war als Graf Olaf? Oder sollte er womöglich noch schlimmer sein?*

Langsam und knarrend ging die Tür auf, und die Baudelaire-Kinder hielten den Atem an, während sie in die dunkle Eingangshalle spähten. Sie sahen einen weinroten Teppich auf dem Boden liegen. Sie sahen eine bleiverglaste Lampe von der Decke baumeln. Sie sahen ein großes Ölgemälde von zwei ineinander verschlungenen Schlangen an der Wand hängen. Aber wo war Dr. Montgomery?

»Hallo?«, rief Mr Poe. »Hallo?«

»Hallo, hallo, hallo!«, ertönte eine laute Stimme, und hinter der Tür trat ein kleiner, rundlicher Mann mit einem roten Gesicht hervor. »Ich bin euer Onkel Monty, und ihr kommt genau im richtigen Augenblick! Gerade eben ist meine Kokosnuss-Sahnetorte fertig geworden!«

Kapitel Zwei

»Mag Sunny keinen Kokosnusskuchen?«, fragte Onkel Monty. Mr Poe, die Baudelaire-Waisen und ihr Onkel saßen alle um einen grellgrünen Tisch herum. Jeder hatte ein Stück Kuchen vor sich. Sowohl die Küche als auch der Kuchen waren noch warm vom Backen. Die Torte war hervorragend, saftig und sahnig und mit genau der richtigen Menge Kokos obendrauf. Violet, Klaus und Onkel Monty hatten ihre Teller schon fast leer gegessen, doch Mr Poe und Sunny hatten beide nur ein winziges Stückchen probiert.

»Ehrlich gesagt«, antwortete Violet, »mag Sunny überhaupt kein weiches Essen. Am liebsten mag sie ganz harte Sachen.«

»Sehr ungewöhnlich für ein Kleinkind«, meinte Onkel Monty. »Aber absolut nicht ungewöhnlich für viele Schlangen. Die Barbarische Kauschlange zum Beispiel muss ständig etwas im Maul haben, sonst beginnt sie, an ihrem eigenen Mund herumzukauen. Vielleicht hätte Sunny ja gern eine rohe Mohrrübe? Die ist nun wirklich hart.«

»Eine rohe Mohrrübe wäre genau das Richtige, Dr. Montgomery«, antwortete Klaus.

Der frischgebackene gesetzliche Vormund der Kinder hatte sich erhoben, um zum Kühlschrank zu gehen, doch nun drehte er sich noch einmal um und wedelte mit dem Zeigefinger in Klaus' Richtung. »Nennt mich bloß nicht Dr. Montgomery«, sagte er. »Das ist mir viel zu steif! Sagt einfach Onkel Monty zu mir. Nicht einmal meine Kollegen Herpetologen nennen mich Dr. Montgomery.«

»Was sind Herpetologen?«, fragte Violet.

»Wie nennen sie dich denn?«, fragte Klaus.

»Kinder, Kinder«, mahnte Mr Poe streng. »Ihr solltet doch nicht so viel fragen!«

Onkel Monty lächelte die Waisen an. »Das ist schon in Ordnung«, sagte er. »Wer Fragen stellt, zeigt damit nur, dass er wissbegierig ist. Eure Fragen sind ja nicht indiskret. ›Indiskret‹ heißt –«

»Wir wissen, was es bedeutet«, sagte Klaus schnell. »Es heißt so viel wie ›taktlos‹.«

»Nun, wenn du dieses Wort kennst«, sagte Onkel

Monty und reichte Sunny eine große Mohrrübe, »dann solltest du auch wissen, was Herpetologie bedeutet.«

»Es ist die Wissenschaft von etwas«, antwortete Klaus. »Immer, wenn ein Wort auf *-ologie* endet, ist es die Wissenschaft von etwas.«

»Schlangen!«, rief Onkel Monty begeistert. »Schlangen, Schlangen, Schlangen! Das ist meine Wissenschaft. Ich liebe Schlangen, alle Arten von Schlangen, und ich reise um den ganzen Globus herum auf der Suche nach unbekannten Spezies, die ich dann hier in meinem Laboratorium beobachte. Ist das nicht interessant?«

»Und ob«, sagte Violet, »hochinteressant – aber ist es nicht auch gefährlich?«

»Nicht, wenn man sich auskennt«, sagte Onkel Monty. »Mr Poe, hätten Sie vielleicht auch gern eine rohe Möhre? Sie haben Ihren Kuchen kaum angerührt.«

Mr Poe wurde rot und hustete erst einmal in sein Taschentuch, bevor er antwortete. »Nein, vielen Dank, Dr. Montgomery.«

Onkel Monty zwinkerte den Kindern zu. »Wenn Sie mögen, können Sie ruhig auch Onkel Monty zu mir sagen, Mr Poe.«

»Danke, Onkel Monty«, sagte Mr Poe steif. »Aber eine Frage hätte ich, wenn Sie nichts dagegen haben. Sie erwähnten, dass Sie um den ganzen Globus zu reisen pflegen. Gibt es denn jemanden, der herkommt und sich um die Kinder kümmert, wenn Sie unterwegs sind auf der Suche nach neuen Reptilien?«

»Wir sind alt genug, uns um uns selber zu kümmern«, beeilte sich Violet zu sagen, obwohl sie in ihrem Innersten nicht ganz so überzeugt war. Onkel Montys Arbeit klang ja sehr interessant, aber ob sie so gern ganz allein mit ihren Geschwistern in einem Haus voller Schlangen sein wollte, da war sie sich nicht sicher.

»Nichts da!«, sagte Onkel Monty. »Ihr drei kommt natürlich mit. In zehn Tagen brechen wir auf nach Peru, und ich will euch Kinder unbedingt im Dschungel bei mir haben.«

»Ist das wahr?«, fragte Klaus. Seine Augen hinter den Brillengläsern leuchteten vor Aufregung. »Du würdest uns wirklich mitnehmen nach Peru?«

»Ich werde sogar froh sein über eure Hilfe«, sagte Onkel Monty und griff nach Sunnys Kuchen, um ein Stück davon abzubeißen. »Gustav, mein wichtigster Assistent, hat mir gestern völlig unerwartet ein Kündigungsschreiben gesandt. Ich habe bereits jemanden engagiert, der seinen Platz einnehmen soll, aber dieser Mann – er heißt Stefano – kommt erst in einer Woche oder so, und das heißt, dass ich mit meinen Reisevorbereitungen weit hinterherhinke. Jemand muss sich darum kümmern, dass alle Schlangenfallen in Ordnung sind, damit auch keines unserer neuen Exemplare verletzt wird. Jemand muss alles lesen über die Geographie Perus, damit wir ohne Probleme durch den Urwald kommen. Und schließlich muss jemand eine endlose Rolle Seil in handliche kleine Stücke zerteilen.«

»Ich interessiere mich sehr für Mechanik«, sagte Violet und leckte ihre Gabel ab, »deswegen würde ich gern alles über Schlangenfallen lernen.«

»Mich faszinieren Reiseführer«, sagte Klaus und wischte sich den Mund mit einer Serviette ab, »deswegen würde ich liebend gern alles über die Geographie Perus nachlesen.«

»Idschipp!«, quiekte Sunny und biss ein Stück von ihrer Mohrrübe ab. Das sollte vermutlich so viel heißen wie: »Ich fände es toll, eine endlos lange Rolle Seil in handliche kleine Stücke zu zerbeißen.«

»Wunderbar!«, rief Onkel Monty aus. »Ich freue mich über euren Enthusiasmus. Das wird es mir sicherlich leichter machen, ohne Gustav zurechtzukommen. Höchst seltsam, dass er mich auf diese Weise verlassen hat. Es ist ein großes Unglück für mich, ihn zu verlieren.«

Onkel Montys Stirn umwölkte sich, was so viel heißt wie: »Onkel Montys Gesicht nahm einen traurigen Ausdruck an, während er über sein Unglück nachdachte.« Allerdings: Hätte Onkel Monty gewusst, welches Unglück sie alle bald ereilen sollte, dann hätte er bestimmt keinen Gedanken an Gustav verschwendet. Ich wünschte durchaus – und ich bin mir sicher, dass es dir auch so geht –, wir könnten die Zeit zurückdrehen und ihn warnen, aber das geht nicht, und also ist es nun so, wie es ist. Dasselbe schien auch Onkel Monty zu denken, denn nun lächelte er und schüttelte den Kopf, so als wollte er beunruhigende Gedanken aus seinem Kopf vertreiben. »Nun, vielleicht sollten wir uns an die Arbeit machen. Wie pflege ich immer zu sagen? Was du heute kannst besorgen … Ihr könntet Mr Poe zu seinem Wagen bringen, und anschließend zeige ich euch den Reptiliensaal.«

So ängstlich die drei Baudelaire-Kinder gewesen waren, als sie das erste Mal zwischen den schlangenförmigen Büschen hindurchgingen, so unbekümmert sprangen sie jetzt daran vorbei, während sie Mr Poe zu seinem Auto begleiteten.

»Also, Kinder«, sagte Mr Poe und hustete in sein Taschentuch. »In etwa einer Woche bin ich wieder da, bringe euch euer Gepäck und vergewissere mich, dass alles in Ordnung ist. Ich verstehe, dass Dr. Montgomery zunächst vielleicht etwas einschüchternd auf euch wirkt, aber ich bin sicher, mit der Zeit werdet ihr euch an ihn –«

»Er schüchtert uns überhaupt nicht ein«, unterbrach ihn Klaus. »Er macht einen sehr umgänglichen Eindruck.«

»Ich kann es kaum erwarten, den Reptiliensaal zu sehen!«, sagte Violet aufgeregt.

»Mika!«, sagte Sunny, was vermutlich so viel hieß wie: »Auf Wiedersehen, Mr Poe. Danke, dass Sie uns hierher gebracht haben.«

»Auf Wiedersehen, Kinder«, sagte Mr Poe. »Vergesst nicht, es ist nicht weit aus der Stadt hierher, setzt euch also bitte mit mir oder sonst jemandem bei der *Vereinten Vermögensverwaltung* in Verbindung, wenn ihr irgendein Problem haben solltet. Bis bald dann.« Er winkte den Waisen etwas linkisch mit seinem Taschentuch zu, kletterte in sein kleines Auto und fuhr den steilen Kiesweg hinab zur Schaurigen Chaussee. Violet, Klaus und Sunny winkten zurück und hofften, dass Mr Poe daran dächte, die Fenster hochzukurbeln, bevor der Gestank nach Meerrettich unerträglich würde.

»*Bambini!*«, rief ihnen Onkel Monty von der Tür aus zu. »Hierher, Bambini!«

Die Baudelaire-Waisen rannten zwischen den Hecken hindurch dorthin, wo ihr neuer Vormund auf sie wartete. »*Violet,* Onkel Monty«, sagte Violet. »Ich heiße Violet, mein Bruder heißt Klaus und unsere kleine Schwester heißt Sunny. Bambini heißt keiner von uns.«

»›Bambini‹ ist das italienische Wort für ›Kinder‹«, erklärte Onkel Monty. »Ich hatte gerade so eine Anwandlung, ein wenig Italienisch zu sprechen. Ich finde es so aufregend, euch drei hier bei mir zu haben, dass ihr von Glück reden könnt, dass ich nicht überhaupt nur noch Kauderwelsch rede.«

»Hast du nie eigene Kinder gehabt?«, wollte Violet wissen.

»Leider nein«, antwortete Onkel Monty. »Ich hatte immer vor, mir eine Frau zu suchen und eine Familie zu gründen, aber irgendwie ist es mir dann doch wieder entfallen. Soll ich euch jetzt den Reptiliensaal zeigen?«

»Ja, bitte«, sagte Klaus.

Onkel Monty führte sie an dem Schlangengemälde in der Eingangshalle vorbei in einen großen Raum mit einer sehr, sehr hohen Decke und einem imposanten Treppenaufgang. »Eure Zimmer sind dort oben«, sagte Onkel Monty und wies die Treppe hinauf. »Sucht euch aus, welchen Raum jeder von euch am liebsten haben möchte, und verteilt die Möbel so, wie es euch gefällt. Da Mr Poe mit seinem Winzlingsauto euer Gepäck ja wohl erst noch bringen muss, macht bitte eine Liste von allem, was ihr braucht. Morgen fahren wir dann in die Stadt und kaufen alles ein, damit ihr nicht jeden Tag dieselbe Unterwäsche tragen müsst.«

»Bekommen wir wirklich jeder ein eigenes Zimmer?«, fragte Violet.

»Selbstverständlich«, sagte Onkel Monty. »Ihr glaubt doch wohl nicht, dass ich euch alle in einem einzigen Raum zusammenpferche, wo ich so ein riesiges Haus habe? Wer würde so etwas schon tun?«

»Graf Olaf hat es getan«, sagte Klaus.

»Ah ja, stimmt, Mr Poe hat mir davon erzählt«, sagte Onkel Monty und verzog die Miene, als hätte er gerade in etwas ganz Ekelhaftes gebissen. »Es hört sich ganz so an, als wäre Graf Olaf ein grässlicher Mensch. Ich hoffe, er wird eines Tages von wilden Tieren zerrissen. Wäre das nicht eine Genugtuung? Aha, hier wären wir: der Reptiliensaal.«

Onkel Monty war vor einer auffallend hohen Holztür stehen geblieben. Genau in der Mitte war ein großer Türknauf angebracht, und Onkel Monty musste sich auf die Zehenspitzen stellen, um an ihn heranzukommen. Als die Tür knarrend aufging, blieb den Baudelaire-Waisen erst einmal der Mund offen stehen, so erstaunt und entzückt waren sie.

Der Reptiliensaal war vollständig aus Glas gebaut: Über hellen, kristallklaren Glaswänden erhob sich ein hohes gläsernes Dach, dessen Bögen am höchsten Punkt wie bei einer Kathedrale spitz zusammenliefen. Außen waren die Glaswände von saftig grünen Rasenflächen und Büschen umgeben, die durch die durchsichtigen Wände natürlich gut zu sehen waren, weswegen man sich im Reptiliensaal sozusagen gleichzeitig drinnen und draußen befand. Doch so eindrucksvoll der Raum selbst auch war, noch viel aufregender war das, was es darin zu sehen gab. Reptilien – was auch sonst? – befanden sich in verschlossenen Metallkäfigen auf Holztischen, die sich in vier ordentlichen Reihen über die ganze Länge des Raumes erstreckten. Zunächst gab es da alle möglichen Arten von Schlangen, aber auch Eidechsen, Kröten und verschiedene andere Tiere, die die Kinder nie zuvor gesehen hatten, nicht einmal auf

Abbildungen oder im Zoo. Hier gab es eine dicke, fette Kröte, aus deren Hinterleib zwei Flügel herausragten, dort eine zweiköpfige Eidechse mit leuchtend gelben Streifen auf dem Bauch. Eine Schlange hatte drei Mäuler, eines über dem anderen, eine andere dagegen schien überhaupt keinen Mund zu haben. Eine der Eidechsen erinnerte an eine Eule, so wie sie die Kinder mit weit aufgerissenen Augen von einem Baumstamm in ihrem Käfig aus anstarrte, und eine Kröte sah allen Ernstes wie eine Kirche aus, selbst die Augen wirkten wie bleiverglast. Dann gab es noch einen Käfig, der mit einem weißen Tuch abgedeckt war, so dass man gar nicht sehen konnte, was darin war.

Die Kinder gingen durch alle Gänge von einem Käfig zum anderen und spähten in staunendem Schweigen in jeden einzelnen hinein. Einige der Tiere sahen freundlich aus, andere furchteinflößend, alle aber waren absolut faszinierend, und die Baudelaires betrachteten eines nach dem anderen lange und gründlich. Klaus hielt Sunny auf dem Arm, so dass auch sie in jeden Käfig hineinschauen konnte.

Die Waisen waren so fasziniert von den Käfigen, dass sie zunächst gar nicht bemerkten, was sich am anderen Ende des Reptiliensaals befand, bis sie jeden Gang von vorn bis hinten abgelaufen waren. Als sie aber ganz am Ende des Raumes anlangten, blieb ihnen noch einmal vor Erstaunen und Entzücken der Mund weit offen stehen. Hier nämlich, hinter den vielen Reihen von Käfigen, gab es viele Reihen von Regalen, und jedes einzelne war vollgestopft mit Büchern in unterschiedlichen Größen und Formaten. In einer Ecke bei den Regalen standen etliche kleine Tische, Stühle und Leselampen. Ich bin sicher, du erinnerst dich noch, dass die Eltern der Baudelaire-Kinder über eine gewaltige Büchersammlung verfügten, an die sich die Waisen liebevoll erinnerten und die sie schmerzlich vermissten. Seit dem furchtbaren Feuer waren sie jedes Mal außer sich vor Freude, wenn sie jemanden trafen, der Bücher ebenso liebte wie sie. Violet, Klaus und Sunny betrachteten die Bücher ebenso gründlich, wie sie zuvor die Reptilienkäfige betrachtet hatten, und stellten schnell fest, dass die meisten der Bücher von Schlangen und anderen Reptilien handelten. Es schien, als ob jedes Buch, das überhaupt je über Reptilien geschrieben worden war, in diesen Regalen vorhanden wäre, angefangen bei *Große Eidechsen – Eine Einführung* bis hin zu *Pflege und Ernährung der Androgynen Kobra,* und alle drei Kinder, insbesondere aber Klaus, freuten sich schon sehr darauf, alles über die Tiere, die hier im Reptiliensaal versammelt waren, nachzulesen.

Violet brach schließlich das ausgedehnte Schweigen. »Wirklich ein eindrucksvoller Ort«, sagte sie.

»Danke schön«, antwortete Onkel Monty. »Dies alles zusammenzutragen war mein Lebenswerk.«

»Und du erlaubst uns tatsächlich, hierherzukommen?«, fragte Klaus.

»Ob ich es euch *erlaube*??«, wiederholte Onkel Monty. »Natürlich nicht! Ich flehe euch an, herzukommen, mein Junge. Ab morgen in aller Früh werdet ihr drei jeden Tag hier sein, um unsere Expedition nach Peru vorzubereiten. Dir, Violet, werde ich einen Tisch freiräumen, damit du an den Fallen arbeiten kannst. Von dir, Klaus, erwarte ich, dass du alle Bücher über Peru liest, die ich besitze, und genaueste Aufzeichnungen darüber machst. Und Sunny kann auf dem Boden sitzen und die Seile in Stücke beißen. Wir werden jeden Tag bis zum Abendessen arbeiten, und nach dem Abendessen gehen wir ins Kino. Irgendwelche Einwände?«

Violet, Klaus und Sunny schauten einander grinsend an. *Einwände?* Die Baudelaire-Waisen hatten zuvor bei Graf Olaf gelebt, der sie gezwungen hatte, Holz zu hacken und hinter seinen betrunkenen Gästen aufzuräumen, während er gleichzeitig Pläne schmiedete, wie er ihnen ihr Vermögen rauben könnte. Onkel Monty hingegen hatte ihnen gerade einen Vorschlag gemacht, wie sie ihre Zeit auf wunderbare Weise verbringen könnten, und die Kinder strahlten ihn an. Selbstverständlich hatten sie keinerlei Einwände. Violet, Klaus und Sunny betrachteten mit großen Augen den Reptiliensaal und stellten sich vor, wie all ihr Elend ein Ende haben würde, jetzt, wo sie unter der Obhut von Onkel Monty lebten. Sie täuschten sich natürlich, was das Ende ihres Elends anging, aber in diesem Moment waren die drei Geschwister hoffnungsfroh, aufgeregt und glücklich.

»Nein, nein, nein«, schrie Sunny, was anscheinend eine Antwort auf Onkel Montys Frage sein sollte.

»Gut, gut, gut«, antwortete Onkel Monty lächelnd. »Dann sollten wir jetzt vielleicht mal klären, wer welches Zimmer bekommt.«

»Onkel Monty«, sagte Klaus schüchtern, »ich hätte noch eine Frage.«

»Und welche wäre das?«, fragte Onkel Monty.

»Was ist in dem Käfig mit dem Tuch darüber?«

Onkel Monty sah erst den Käfig an und dann die Kinder. Ein strahlendes Lächeln ging über sein Gesicht, so freute er sich. »Das, meine Lieben, ist eine neue

Schlange, die ich von meiner letzten Reise mitgebracht habe. Gustav und ich sind die einzigen Menschen, die sie bisher gesehen haben. Nächsten Monat werde ich sie der Herpetologischen Gesellschaft als Neuentdeckung präsentieren, doch euch will ich schon vorher einen Blick darauf gestatten. Stellt euch mal hier auf.«

Die Baudelaire-Waisen folgten Onkel Monty zu dem abgedeckten Käfig, und mit einer demonstrativen Geste – was so viel bedeutet wie »mit einer schwungvollen Handbewegung, die Aufmerksamkeit erregen soll« – riss er das Tuch vom Käfig. Darin befand sich eine große, schwarze Schlange, schwarz wie ein Kohlenschacht und dick wie ein Abflussrohr, die den Waisen mit ihren funkelnden grünen Augen direkt ins Gesicht starrte. Sobald das Tuch entfernt worden war, begann das Reptil, sich zu strecken, und schlängelte sich durch den Käfig.

»Da ich sie entdeckt habe«, sagte Onkel Monty, »muss ich ihr auch einen Namen geben.«

»Und wie heißt sie?«, fragte Violet.

»Die Unglaublich Tödliche Viper«, antwortete Onkel Monty, und in diesem Moment geschah etwas, was dich sicherlich interessieren wird: Mit einem Schlag ihres Schwanzes entriegelte die Schlange die Tür ihres Käfigs.

Sie glitt über den Tisch, und bevor Onkel Monty oder eine der Baudelaire-Waisen noch etwas sagen konnte, öffnete sie ihr Maul und biss Sunny direkt ins Kinn.

Kapitel Drei

Es tut mir aufrichtig leid, dass ich dich so in der Luft hängengelassen habe, aber während ich dabei war, die Geschichte der Baudelaire-Waisen aufzuschreiben, fiel mein Blick zufällig auf die Uhr, und mir wurde klar, dass ich eine Einladung zu einem förmlichen Abendessen bei einer Freundin, Madame diLustro, hatte und nahe daran war, mich zu verspäten. Madame diLustro ist eine gute Freundin, eine ausgezeichnete Detektivin und eine wunderbare Köchin, aber wenn man auch nur fünf Minuten später erscheint, als auf der Einladung angegeben, dann schäumt sie vor Wut, weswegen du verstehen wirst, dass ich einfach alles stehen und liegen lassen musste. Am Ende des letzten Kapitels hast du bestimmt gedacht, Sunny sei tot und dies sei das Schreckliche, das den Baudelaires im Haus von Onkel Monty zugestoßen ist; doch ich versichere dir, dass Sunny diese spezielle Episode überlebt. Wer irgendwann stirbt, das ist unglücklicherweise Onkel Monty, aber so weit ist es noch nicht.

Als die Unglaublich Tödliche Viper ihre Giftzähne in Sunnys Kinn schlug, sahen Violet und Klaus entsetzt, wie Sunnys kleine Augen sich schlossen und ihr Gesicht ganz starr wurde. Doch dann, mit einer Bewegung, die ebenso unvermittelt erfolgte wie die der Schlange, lächelte Sunny strahlend, öffnete den Mund und biss die Unglaublich Tödliche Viper mitten in ihre winzige, schuppige Nase. Die Schlange ließ von Sunnys Kinn ab, und Violet und Klaus sahen, dass ihre Zähne so gut wie keine Spuren hinterlassen hatten. Die beiden älteren Baudelaire-Geschwister schauten Onkel Monty an, und Onkel Monty schaute zurück und lachte. Sein lautes Gelächter hallte von den Glaswänden des Reptiliensaals wider.

»Onkel Monty, was sollen wir nur machen?«, fragte Klaus verzweifelt.

»Oh, es tut mir so leid, meine Lieben«, sagte Onkel Monty und wischte sich die Tränen aus den Augen. »Ihr müsst furchtbar erschrocken sein. Aber die Unglaublich Tödliche Viper ist eines der freundlichsten und harmlosesten Geschöpfe im Tierreich. Sunny braucht sich keine Sorgen zu machen und ihr zwei auch nicht.«

Klaus sah seine kleine Schwester an, die er noch immer im Arm hielt und die gerade beide Arme um den kräftigen Körper der Unglaublich Tödlichen Viper schlang. Er begriff, dass Onkel Monty offensichtlich die Wahrheit gesagt hatte. »Aber wieso heißt sie dann die Unglaublich Tödliche Viper?«

Onkel Monty lachte wieder. »Wir haben es hier gewissermaßen mit dem Gegenteil von einem Euphemismus zu tun«, sagte er, womit er sagen wollte, dass es sich bei dem Namen um eine bewusste Irreführung handelte. »Ihr wisst doch noch – weil ich das Tier entdeckt habe, muss ich es auch benennen. Erzählt aber niemandem von der Unglaublich Tödlichen Viper, ich will den Kollegen der Herpetologischen Gesellschaft nämlich einen gehörigen Schrecken einjagen, bevor ich ihnen erkläre, dass die Schlange absolut harmlos ist! Weiß der Himmel, wie oft sie mich mit meinem Namen aufgezogen haben. ›Hallo, hallo, Montgomery Montgomery‹, sagen sie gerne. ›Wie geht's, wie geht's, Montgomery Montgomery?‹ Aber dieses Jahr werde ich mich rächen und zwar mit diesem Streich.« Onkel Monty richtete sich zu seiner vollen Höhe auf und begann mit gestelzter Wissenschaftlerstimme zu sprechen.

»›Kollegen‹, werde ich sagen, ›ich möchte Ihnen eine

neue Spezies vorstellen, die Unglaublich Tödliche Viper, die ich in den Wäldern im Südwesten von – oh mein Gott, jetzt ist sie mir entschlüpft!‹ Und dann, wenn die erlauchten Mitglieder der Herpetologenzunft sämtlich auf Tische und Stühle gesprungen sind und Angstschreie ausstoßen, dann werde ich ihnen sagen, dass diese Schlange keiner Fliege etwas zuleide tun würde! Was meint ihr – wird das nicht zwerchfellerschütternd?«

Violet und Klaus sahen einander an, und dann begannen auch sie zu lachen, teils aus Erleichterung, weil ihre Schwester unverletzt war, teils aus Erheiterung, weil sie Onkel Montys geplanten Streich witzig fanden.

Klaus setzte Sunny auf den Boden, und die Unglaublich Tödliche Viper folgte ihr und ringelte ihren Schwanz liebevoll um das kleine Mädchen, so wie du vielleicht deinen Arm um jemanden legst, den du sehr gern hast.

»Gibt es in diesem Raum irgendwelche Schlangen, die tatsächlich gefährlich sind?«, wollte Violet wissen.

»Selbstverständlich«, sagte Onkel Monty. »Man kann sich nicht vierzig Jahre lang als Forscher mit Schlangen beschäftigen, ohne einigen wirklich gefährlichen Exemplaren zu begegnen. Ich habe einen ganzen Schrank voll mit Proben des Gifts jeder bekannten Giftschlange. Auf diese Weise kann ich diese gefährlichen Tiere erforschen. Es gibt in diesem Raum eine Schlange, deren Gift so tödlich ist, dass euer Herz schon aufgehört hätte zu schlagen, bevor ihr überhaupt gemerkt habt, dass ihr gebissen worden seid. Dann gibt es eine Schlange, die ihr Maul so weit aufreißen kann, dass sie uns alle, und zwar gleichzeitig, auf einen Satz verschlingen könnte.

Außerdem gibt es zwei Schlangen, die gelernt haben, so rücksichtslos Auto zu fahren, dass sie euch auf der Straße über den Haufen fahren würden, ohne auch nur anzuhalten, um sich zu entschuldigen. Aber all diese Schlangen befinden sich in Käfigen mit viel robusteren Schlössern, und wenn man sich lang genug mit ihnen beschäftigt hat, weiß man auch, wie man gefahrlos mit ihnen umgehen kann. Ich verspreche euch, wenn ihr euch Zeit nehmt und euch über die Tiere informiert, dann kann euch hier in diesem Raum nichts geschehen.«

Es gibt eine Art von Situation, die man immer wieder erlebt und die genau an dieser Stelle der Geschichte der Baudelaire-Waisen auch vorkommt. Ich meine die *dramatische Ironie.* Einfach ausgedrückt spricht man dann von dramatischer Ironie, wenn eine Person eine harmlose Bemerkung macht und ein Dritter, der sie hört, etwas weiß, was dieser Bemerkung einen anderen, meist unangenehmen Sinn verleiht. Stell dir vor, du sitzt in einem Restaurant und sagst laut: »Ich kann es kaum abwarten, bis meine Kalbsmedaillons in Marsala serviert werden.« Gleichzeitig sitzen aber Leute in der Nähe, die wissen, dass das Essen vergiftet ist und du beim ersten Bissen tot umfällst. In so einer Situation könnte man von dramatischer Ironie sprechen. Dramatische Ironie ist von äußerster Grausamkeit und eigentlich immer zutiefst erschreckend, und deswegen tut es mir leid, dass ich sie in diesem Buch überhaupt vorkommen lassen muss. Andererseits ist das Leben von Violet, Klaus und Sunny so tragisch, dass es nur eine Frage der Zeit war, bevor die dramatische Ironie ihr gemeines, hässliches Haupt erheben würde.

Während du und ich also zuhören, wie Onkel Monty den drei Baudelaire-Waisen versichert, dass ihnen im Reptiliensaal niemals irgendetwas zustoßen werde, müsste uns eigentlich jenes seltsame Gefühl überkommen, das die dramatische Ironie begleitet. Es ist nicht unähnlich dem, das wir in einem Aufzug verspüren, der plötzlich abwärts fährt, oder auch im Bett, wenn wir uns gerade ganz gemütlich unter die Decke gekuschelt haben und mit einem Mal die Schranktür knarrend aufgeht und uns jemanden enthüllt, der sich dort versteckt hielt. Denn ganz gleich, wie glücklich und geborgen die drei Kinder sich fühlten, wie beruhigend Onkel Montys Worte auch klangen – du und ich, wir wissen, dass Onkel Monty schon bald nicht mehr unter den Lebenden weilt und die Baudelaires wieder einmal im Elend landen.

Doch zunächst verbrachten die Baudelaires erst einmal eine ganz wundervolle Woche in ihrem neuen Heim. Jeden Morgen, wenn sie aufwachten und sich ankleideten, fanden sie sich in der Geborgenheit des Zimmers wieder, das jeder von ihnen sich ausgewählt und seinem Geschmack entsprechend eingerichtet hatte. Violet hatte sich ein Zimmer mit einem besonders großen Fenster ausgesucht, das auf den Vorgarten mit den in Schlangenform zurechtgestutzen Büschen hinausging. Sie dachte, dieser Ausblick könnte sie bei ihren Erfindungen inspirieren. Onkel Monty hatte ihr erlaubt, große weiße Papierbögen an alle Wände ihres Zimmers zu heften, so dass sie ihre Einfälle jederzeit skizzieren konnte, auch mitten in der Nacht. Klaus hatte einen Raum mit einem gemütlichen Alkoven – so nennt man eine ganz, ganz kleine Nische, gerade richtig, um darin zu sitzen und zu lesen. Mit Onkel Montys Erlaubnis hatte er einen großen gepolsterten Sessel aus dem Wohnzimmer nach oben geschleppt und in diesem Alkoven aufgestellt, unter einer schweren Leselampe aus Messing. Statt im Bett zu lesen, kuschelte er sich jeden Abend mit einem Buch aus Onkel Montys Bibliothek in diesen Sessel, und dort saß er dann manchmal bis zum Morgen. Sunny hatte sich ein Zimmer ausgesucht, das zwischen denen von Violet und Klaus lag, und hatte es angefüllt mit lauter kleinen, harten Gegenständen, die sie im ganzen Haus zusammengesucht hatte, so dass sie darauf herumbeißen konnte, wann immer sie Lust hatte. Es gab dort auch verschiedene Spielsachen für die Unglaublich Tödliche Viper, und so konnten die beiden auch zusammen in diesem Zimmer spielen, innerhalb vernünftiger Grenzen natürlich.

Doch am allerbesten gefiel es den Baudelaire-Waisen im Reptiliensaal. Jeden Morgen nach dem Frühstück gesellten sie sich zu Onkel Monty, der normalerweise um diese Zeit schon mit den Vorbereitungen für die anstehende Reise beschäftigt war. Violet setzte sich an einen Tisch mit den Seilen, Schnappverschlüssen und Käfigen, aus denen die verschiedenen Schlangenfallen gemacht waren, studierte die unterschiedlichen Mechanismen, reparierte, was kaputtgegangen war, und nahm manchmal Verbesserungen vor, die den Schlangen den Aufenthalt in den Käfigen auf dem langen Weg von Peru bis zu Onkel Montys Haus komfortabler machen sollten.

Klaus saß ganz in der Nähe, las alle Bücher über Peru, die Onkel Monty besaß, und machte auf einem Schreibblock Aufzeichnungen. Sunny saß derweil auf dem Boden und biss mit großer Begeisterung ein langes Seil in handliche Stücke. Am allerschönsten aber war es für die jungen Baudelaires, wenn Onkel Monty ihnen alles Wichtige über seine Reptilien beibrachte. Während sie bei der Arbeit saßen, zeigte er ihnen die Kanadische Kuheidechse, ein langes, grünes Geschöpf, das köstliche Milch gab. Sie lernten die Dissonante Kröte kennen, die mit ihrer kollernden Stimme menschliche Sprache nachahmen konnte. Onkel Monty zeigte ihnen auch, wie sie mit dem Tintenmolch umgehen mussten, ohne ganz schwarze Finger zu bekommen, und woran sie erkennen konnten, ob der Cholerische Python gereizt war und am besten in Ruhe gelassen werden sollte. Er brachte ihnen bei, dass sie der Grünen Glubschaugenkröte nicht zu viel Wasser geben durften und dass sie niemals, unter gar keinen Umständen, die Virginianische Wolfsschlange in die Nähe einer Schreibmaschine lassen durften.

Während Onkel Monty ihnen die unterschiedlichen Reptilien erklärte, kam er häufig ins Fabulieren – was hier so viel bedeutet wie »vom Thema abkommen« – und erzählte ihnen von seinen Reisen, wobei er ihnen ausführlich die Männer und Schlangen, Frauen und Kröten, Kinder und Eidechsen beschrieb, denen er auf seinen Expeditionen begegnet war. Und es dauerte nicht lange, bis die Baudelaire-Waisen Onkel Monty alles über ihr eigenes Leben berichteten, wobei sie schließlich auch von ihren Eltern sprachen und davon, wie sehr sie sie vermissten. Onkel Monty war ebenso sehr an den Geschichten der Kinder interessiert wie diese an seinen, und manchmal dauerten diese Gespräche so lange, dass ihnen kaum noch Zeit blieb, ihr Abendessen hinunterzuschlingen, bevor sie sich in Onkel Montys winzigen Jeep zwängten, um zum Kino zu fahren.

Eines Morgens jedoch, als die Kinder ihr Frühstück beendet hatten und in den Reptiliensaal kamen, fanden sie dort nicht Onkel Monty vor, sondern nur eine Nachricht von ihm, die wie folgt lautete:

Meine lieben Bambini,
ich bin in die Stadt gefahren, um noch einige letzte Besorgungen für unsere Expedition zu machen: peruanisches Wespenschutzmittel, Zahnbürsten, Pfirsiche in Dosen und ein feuerfestes Kanu. Es wird wohl eine Weile dauern, bis ich die Pfirsiche aufgetrieben habe, so dass ihr mich nicht vor dem Abendessen zurückzuerwarten braucht.

Stefano, der Nachfolger von Gustav, kommt heute mit dem Taxi an. Bitte bereitet ihm einen freundlichen Empfang. Es sind nur noch zwei Tage bis zum Beginn unserer Reise, also arbeitet heute besonders fleißig.

Euer Onkel Monty,
der heute absolut euphorisch ist!

»Was heißt denn ›euphorisch‹?«, fragte Violet, als sie die Nachricht gelesen hatten.

»›In Hochstimmung‹«, sagte Klaus, der das Wort aus der Biographie eines berühmten Peru-Forschers kannte. »Vermutlich will er sagen, dass er sich auf die Reise freut. Oder auf den neuen Assistenten.«

»Oder vielleicht auch über uns«, meinte Violet.

»Kindal!«, quiekte Sunny, was wahrscheinlich bedeuten sollte: »Vielleicht auch wegen allem zusammen.«

»Ich fühle mich auch irgendwie euphorisch«, sagte Klaus. »Es macht wirklich Spaß, bei Onkel Monty zu leben.«

»Das stimmt«, pflichtete Violet ihm bei. »Nach dem Brand habe ich geglaubt, dass ich nie mehr glücklich sein könnte. Aber seit wir hier sind, haben wir wirklich ein wundervolles Leben.«

»Trotzdem vermisse ich unsere Eltern«, sagte Klaus. »So nett Onkel Monty auch ist, ich wünschte doch, wir würden noch in unserem richtigen Zuhause leben.«

»Natürlich«, sagte Violet schnell. Einen Moment lang war sie still, bevor sie etwas laut aussprach, worüber sie in den letzten Tagen immer wieder nachgedacht hatte. »Ich denke, wir werden unsere Eltern immer vermissen. Aber ich denke auch, dass wir sie vermissen können, ohne die ganze Zeit unglücklich zu sein. Schließlich würden sie ja nicht wollen, dass wir unglücklich sind.«

»Wisst ihr noch«, sagte Klaus mit Wehmut in der Stimme, »als uns einmal an einem Regennachmittag langweilig war und wir uns alle die Zehennägel knallrot angemalt haben?«

»Ja«, sagte Violet grinsend, »und ich hab ein bisschen Lack auf den gelben Sessel gekippt.«

»Atscho!«, sagte Sunny leise, was vermutlich so viel

heißen sollte wie: »Und der Fleck ist nie ganz rausgegangen!«

Die Baudelaire-Waisen lächelten einander an und machten sich dann ohne ein weiteres Wort an die Arbeit, die für diesen Tag anstand. Den ganzen Vormittag über arbeiteten sie ruhig und zügig und spürten dabei, dass die Zufriedenheit, die sie hier in Onkel Montys Haus empfanden, den Tod der Eltern nicht auslöschte, absolut nicht, aber dass es ihnen hier wieder besser ging, nachdem sie so lange Zeit so traurig gewesen waren.

Es ist natürlich sehr, sehr schade, dass dies der letzte stille, glückliche Moment war, den die Kinder für lange Zeit haben sollten, aber daran lässt sich nun einmal nichts ändern. Gerade als die Baudelaires anfingen, über einen Imbiss nachzudenken, hörten sie, wie ein Auto laut hupend vorfuhr. Den Kindern kündigte dies die Ankunft von Stefano an. Uns sollte es den Beginn neuen Elends ankündigen.

»Das dürfte der neue Assistent sein«, sagte Klaus und schaute von dem Band *Das große peruanische Buch der kleinen peruanischen Schlangen* auf. »Hoffentlich ist er genauso nett wie Monty.«

»Das hoffe ich auch«, antwortete Violet, während sie

eine Krötenfalle schloss, um sich davon zu überzeugen, dass sie einwandfrei funktionierte. »Es wäre sehr unangenehm, mit jemandem nach Peru zu reisen, der langweilig ist oder gemein.«

»Gödscha!«, quiekte Sunny, was vermutlich so viel heißen sollte wie: »Kommt, wir gehen raus und sehen uns diesen Stefano mal an!«

Die Baudelaires verließen den Reptiliensaal und gingen zum Vordereingang hinaus. Neben den schlangenförmigen Büschen stand ein Taxi. Ein sehr großer, dünner Mann mit einem langen Bart und ohne Augenbrauen stieg gerade hinten aus dem Wagen. In der Hand hielt er einen schwarzen Koffer mit einem silber glänzenden Vorhängeschloss.

»Bilden Sie sich nicht ein, dass Sie ein Trinkgeld von mir kriegen«, sagte der bärtige Mann zum Taxifahrer. »Sie haben mir viel zu viel geredet. Sie glauben wohl, es interessiert jeden, dass Sie Vater geworden sind. – Ach, hallo! Ich bin Stefano, Dr. Montgomerys neuer Assistent. Guten Tag zusammen!«

»Guten Tag!«, sagte Violet, und als sie auf den Mann zuging, kam ihr irgendetwas an seiner näselnden Stimme vage bekannt vor.

»Guten Tag!«, sagte Klaus, und als er zu Stefano

hochsah, kam ihm irgendetwas an dessen funkelnden Augen ziemlich bekannt vor.

»Guuda!«, quiekte Sunny. Stefano hatte keine Socken an, und Sunny, die auf dem Boden herumkrabbelte, konnte zwischen dem Hosensaum und dem Schuh seinen nackten Knöchel sehen. An diesem Knöchel gab es etwas, was ihr eindeutig bekannt vorkam.

Alle Baudelaire-Waisen nahmen im selben Moment dasselbe wahr und traten einen Schritt zurück, wie man es vielleicht angesichts eines knurrenden Hundes tun würde. Dieser Mann war nicht Stefano, auch wenn er sich so nannte. Die drei Kinder betrachteten Onkel Montys neuen Assistenten von Kopf bis Fuß und sahen, dass er niemand anderer war als Graf Olaf. Seine eine lange Augenbraue mochte er sich abrasiert haben, und sein vernarbtes Kinn mochte nun von einem Bart überdeckt sein, aber die Tätowierung an seinem Knöchel hatte er unmöglich verstecken können.

Kapitel Vier

Zum Schwierigsten im Leben gehört es, über das nachzudenken, was man bereut. Irgendetwas stößt einem zu, und man tut genau das Falsche, und noch Jahre später wünscht man sich, man hätte anders reagiert. Mir geht es zum Beispiel manchmal so, wenn ich an einem Strand spazieren gehe oder das Grab eines Freundes besuche, dass ich an einen Tag denken muss, einen Tag vor sehr langer Zeit, an dem ich es versäumt habe, eine Taschenlampe mitzunehmen an einen Ort, den man nicht ohne Taschenlampe besuchen sollte, und die Folgen waren katastrophal. *Warum habe ich damals bloß keine Taschenlampe mitgenommen?*, frage ich mich jedes Mal, selbst wenn es längst zu spät ist, um noch irgendetwas an der Sache zu ändern. *Ich hätte eine Taschenlampe mitnehmen sollen.*

Noch Jahre nach diesem Augenblick im Leben der Baudelaire-Waisen musste Klaus daran denken, wie es war, als er und seine Geschwister erkannten, dass Stefano in Wirklichkeit Graf Olaf war. Und er bereute es bitter, dass er damals dem Taxifahrer, der schon dabei war, die Auffahrt hinunterzufahren, nichts zugerufen hatte. *Halt!*, dachte Klaus bei sich, obwohl es inzwischen zu spät war, irgendetwas daran zu ändern. *Halt! Nehmen Sie diesen Mann wieder mit!* Natürlich war es absolut verständlich, dass Klaus und seine Schwestern zu überrascht waren, um so schnell zu reagieren, doch noch Jahre später lag Klaus oft schlaflos im Bett und dachte, dass er vielleicht, vielleicht, Onkel Monty das Leben hätte retten können, wenn er nur schnell genug gehandelt hätte.

Aber das hatte er nicht. Während die Baudelaire-Waisen Graf Olaf anstarrten, bog das Taxi in die Straße ein, und die Kinder waren mit diesem Satan allein, was hier so viel bedeutet wie »mit dem schlimmsten Feind, den man sich vorstellen kann«.

Olaf lächelte sie auf dieselbe Weise an, wie die Gemeine Mongolische Schlange zu lächeln pflegte, wenn man ihr die tägliche weiße Maus zum Abendessen in den Käfig setzte. »Vielleicht könnte einer von euch meinen Koffer auf mein Zimmer bringen«, schlug er mit seiner pfeifenden Stimme vor. »Ich bin nämlich hundemüde von der langweiligen und unerfreulichen Fahrt auf dieser stinkigen Straße.«

»Wenn es jemand je verdient hat, auf der Schaurigen Chaussee zu fahren«, sagte Violet und starrte ihn zornig an, »dann seid Ihr es, Graf Olaf. Und mit Eurem Gepäck werden wir Euch ganz bestimmt nicht helfen, weil wir Euch nämlich gar nicht erst ins Haus lassen.«

Olaf sah die Kinder stirnrunzelnd an und schaute sich dann nach allen Seiten um, als erwartete er, dass sich jemand hinter den schlangenförmigen Büschen verbarg. »Graf Olaf? Wer soll das sein?«, fragte er spöttisch. »Mein Name ist Stefano. Ich bin hier, um Dr. Montgomery Montgomery bei seiner bevorstehenden Expedition nach Peru zu unterstützen. Und ihr, nehme ich an, seid drei Küchenmäuse, die hier im Haus als Diener angestellt sind.«

»Wir sind keine Mäuse«, sagte Klaus streng. »Wir sind Kinder! Und Ihr seid nicht Stefano, Ihr seid Graf Olaf. Ihr habt Euch vielleicht einen Bart stehen lassen und Euch die eine Augenbraue abrasiert, aber Ihr seid noch immer dieselbe verabscheuenswürdige Person, und wir werden Euch dieses Haus nicht betreten lassen.«

»Futa!«, quiekte Sunny, was vermutlich so etwas bedeuten sollte wie: »Genau!«

Graf Olaf sah jede der drei Waisen an, und seine Augen funkelten, als machte er einen Scherz. »Ich habe keine Ahnung, wovon ihr redet«, sagte er, »aber wenn ich es wüsste und wenn ich dieser Graf Olaf wäre, von dem ihr sprecht, dann fände ich euch ausgesprochen unhöflich. Und wenn ich euch unhöflich fände, dann könnte ich ärgerlich werden. Und wenn ich ärgerlich würde, wer weiß, wozu ich dann fähig wäre?«

Die Kinder schauten Graf Olaf an, der seine mageren Arme fragend hob und wieder senkte. Selbst dich, lieber Leser, muss man wohl kaum im Einzelnen daran erinnern, wie gewalttätig er sein konnte – die Baudelaire-Kinder jedenfalls wussten es nur zu genau. Klaus fühlte noch immer eine schmerzende Stelle an der Backe, wo Graf Olaf ihn geschlagen hatte, als sie in seinem Haus lebten. Sunny tat noch jetzt alles davon weh, dass er sie in einen Vogelkäfig gezwängt hatte und von dem Turm hinunterbaumeln ließ, in dem er seine üblen Machenschaften ausheckte. Und auch wenn Violet nie körperliche Gewalt von diesem schrecklichen Mann zu spüren bekommen hatte, so war sie doch um ein Haar gezwungen gewesen, ihn zu heiraten, und das allein reichte aus, dass sie jetzt nach seinem Koffer griff und ihn langsam zur Haustür schleifte.

»Höher«, sagte Graf Olaf. »Wirst du ihn wohl richtig hochheben! Ich will nicht, dass mein Koffer so über den Boden geschleift wird.«

Klaus und Sunny beeilten sich, Violet mit dem Koffer zu helfen, aber selbst als sie ihn zu dritt trugen, stolperten sie fast unter seinem Gewicht. Es war schlimm genug, dass Graf Olaf wieder in ihrem Leben aufgetaucht war, als sie sich gerade bei Onkel Monty so gut und geborgen fühlten. Aber diesem grässlichen Menschen auch noch dabei behilflich zu sein, ihr Heim zu betreten, war fast mehr, als sie ertragen konnten. Graf Olaf folgte ihnen auf dem Fuße, und die drei Kinder spürten seinen üblen Mundgeruch, während sie den Koffer ins Haus trugen und ihn unter dem Gemälde der ineinander verschlungenen Schlangen auf dem Teppich absetzten.

»Danke, Waisen«, sagte Olaf und schloss die Tür hinter sich. »Dr. Montgomery sagte mir, oben werde ein Zimmer für mich bereitstehen. Ich denke, ab hier kann ich mein Gepäck selber tragen. Geht jetzt. Wir werden noch sehr viel Zeit haben, einander kennenzulernen.«

»Wir kennen Euch bereits, Graf Olaf«, sagte Violet.

»Ihr habt Euch offensichtlich überhaupt nicht verändert.«

»Ihr auch nicht«, antwortete Olaf. »Du, Violet, bist eindeutig genauso dickköpfig wie eh und je. Klaus trägt noch immer diese alberne Brille, weil er zu viele Bücher liest. Und die kleine Sunny hat, wie ich sehe, immer noch nur neun Zehen statt zehn.«

»Fut!«, quiekte Sunny, was vermutlich so viel bedeuten sollte wie: »Gar nicht wahr!«

»Wovon redet Ihr eigentlich?«, fragte Klaus ungeduldig. »Sie hat zehn Zehen, wie jeder andere auch.«

»Tatsächlich?«, sagte Olaf. »Das ist ja merkwürdig. Ich kann mich erinnern, dass sie eine Zehe bei einem Unfall verloren hat.« Seine Augen funkelten noch teuflischer, als er in seine Tasche griff und ein langes Messer hervorholte, das einer Brotsäge sehr ähnlich sah. »Ich meine mich daran zu erinnern, dass ein Mann, den es schrecklich irritierte, dass er immer wieder mit einem falschen Namen angeredet wurde, irgendwann versehentlich ein Messer auf ihren kleinen Fuß fallen ließ, wodurch ihr eine ihrer Zehen abgetrennt wurde.«

Violet und Klaus schauten erst Graf Olaf an, dann den nackten Fuß ihrer kleinen Schwester. »Das würdet Ihr nicht wagen!«, sagte Klaus.

»Wir sollten jetzt nicht darüber diskutieren, was ich wagen würde und was nicht«, sagte Olaf. »Lasst uns lieber darüber sprechen, wie ich genannt werden möchte, solange wir zusammen in diesem Haus sind.«

»Wenn Ihr darauf besteht, uns zu bedrohen, werden wir Euch Stefano nennen«, sagte Violet. »Wir werden aber nicht lange gemeinsam in diesem Haus sein.«

Stefano öffnete den Mund, um etwas zu sagen, aber Violet hatte kein Interesse daran, die Unterhaltung fortzusetzen. Sie machte auf dem Absatz kehrt und schritt hocherhobenen Hauptes durch die gewaltige Tür des Reptiliensaals, gefolgt von ihren Geschwistern. Wenn du oder ich dabei gewesen wären, wir hätten geglaubt, dass die Baudelaire-Waisen überhaupt keine Angst hatten, so furchtlos, wie sie mit Stefano sprachen, um dann einfach wegzugehen. Doch sobald die Kinder das Ende des Raumes erreicht hatten, zeichneten sich ihre wahren Gefühle deutlich auf ihren Gesichtern ab. Die Baudelaires waren furchtbar erschrocken. Violet schlug beide Hände vors Gesicht und lehnte sich gegen einen der Reptilienkäfige. Klaus sank in einen der Sessel. Er zitterte so heftig, dass seine Füße auf dem Marmorboden klackten. Und Sunny rollte sich am Boden zu einem kleinen Ball zusammen – du hättest sie glatt übersehen, wenn du gerade hereingekommen wärst. Einige Augenblicke lang sprach keines der Kinder, sie lauschten nur den gedämpften Schritten Stefanos, der gerade die Treppen hinaufstieg, sowie ihrem eigenen Herzschlag, der in ihren Ohren dröhnte.

»Wie hat er uns nur gefunden?«, fragte Klaus. Seine Stimme war nicht mehr als ein heiseres Krächzen, so als hätte er Halsweh. »Wie hat er es geschafft, Onkel Montys Assistent zu werden? Was will er hier?«

»Er hat geschworen, das Vermögen der Baudelaires an sich zu reißen«, sagte Violet, nahm die Hände vom Gesicht und hob die zitternde Sunny auf. »Das war das Letzte, was er vor seiner Flucht zu mir sagte. Er würde unser Vermögen bekommen, und wenn es seine letzte Tat im Leben wäre, das hat er gesagt.«

Violet schauderte. Sie fügte lieber nicht hinzu, was er außerdem noch gesagt hatte – dass er nämlich alle drei Geschwister beseitigen würde, wenn er erst einmal in den Besitz ihres Vermögens gelangt sei. Es war auch nicht nötig, dass sie es aussprach. Violet, Klaus und Sunny hatten keinen Zweifel daran: Sobald er einen Trick gefunden hätte, wie er ihnen ihr Vermögen wegschnappen könnte, dann würde er den Baudelaire-Waisen die Kehle aufschlitzen, mit der gleichen Selbstverständlichkeit, mit der du oder ich einen Butterkeks essen.

»Was sollen wir nur tun?«, fragte Klaus. »Es kann noch Stunden dauern, bis Onkel Monty zurückkommt.«

»Vielleicht können wir Mr Poe anrufen«, meinte Violet. »Die Bank hat jetzt zwar geöffnet, aber vielleicht könnte er in so einem Notfall doch einmal seinen Platz verlassen.«

»Er würde uns nicht glauben«, sagte Klaus. »Erinnerst du dich nicht, wie wir versucht haben, ihm zu sagen, was für ein Mensch Graf Olaf ist, als wir noch bei ihm lebten? Er hat so lange gebraucht, bis er die Wahrheit begriffen hat, dass es fast schon zu spät war. Ich meine, wir sollten weglaufen. Wenn wir jetzt sofort gehen, dann schaffen wir es vermutlich noch rechtzeitig in die Stadt, um einen Zug zu erwischen, der uns weit wegbringt von hier.«

Violet stellte sich vor, wie sie drei ganz allein die Schaurige Chaussee entlangliefen, unter den Bäumen mit den sauren Äpfeln und umgeben vom bitteren Gestank des Meerrettichs. »Wo sollten wir denn hingehen?«, fragte sie.

»Irgendwohin«, sagte Klaus. »Überall ist es besser als hier. Wir könnten so weit weggehen, dass Graf Olaf uns nicht findet, und unsere Namen ändern, damit niemand weiß, wer wir sind.«

»Wir haben doch gar kein Geld«, bemerkte Violet. »Wie sollen wir da allein leben?«

»Wir könnten arbeiten«, antwortete Klaus. »Ich könnte vielleicht in einer Bibliothek Arbeit finden und du in irgendeinem technischen Betrieb. Sunny wäre wohl noch zu jung, um zu arbeiten, aber in ein paar Jahren ginge das schon.«

Die drei Waisen verstummten. Sie versuchten sich vorzustellen, wie es wäre, Onkel Monty zu verlassen und auf sich selbst gestellt zu leben, Arbeit zu suchen und aufeinander aufzupassen. Es schien ihnen ein sehr einsames Dasein. Traurig schweigend saßen die Baudelaire-Kinder eine Weile da. Alle dachten sie dasselbe: Sie wünschten, ihre Eltern wären nie bei diesem Feuer umgekommen und ihr Leben wäre nicht auf diese Weise auf den Kopf gestellt worden. Wenn nur die Eltern Baudelaire noch lebten, dann hätten ihre Kinder noch nicht einmal gehört von Graf Olaf, und schon gar nicht müssten sie zusehen, wie er sich in ihrem Heim niederließ und zweifellos gemeine Pläne gegen sie schmiedete.

»Wir können nicht weggehen«, sagte Violet schließlich. »Graf Olaf hat uns einmal gefunden, und er würde uns sicher auch dieses Mal finden, ganz egal, wie weit wir auch weglaufen. Außerdem – wer weiß, wo Graf

Olafs Assistenten stecken? Vielleicht haben sie inzwischen schon das Haus umstellt und halten Wache für den Fall, dass wir ihm auf die Schliche gekommen sind.«

Klaus lief ein Schauder über den Rücken. An die Assistenten von Graf Olaf hatte er gar nicht gedacht. Graf Olaf schmiedete nicht nur Pläne, wie er das Vermögen der Baudelaires an sich reißen konnte, er war auch der Leiter einer schrecklichen Theatertruppe, und seine Schauspielerkollegen waren jederzeit willens, ihm bei seinen üblen Machenschaften zu helfen. Es war eine grauenvolle Mannschaft, einer schrecklicher als der andere. Da gab es einen kahlköpfigen Mann mit einer langen Nase, der immer schwarz gekleidet war, und zwei Frauen, die immer gespenstisch weiß gepudert waren. Ein anderer Mensch war so groß und ausdruckslos, dass man nicht einmal sagen konnte, ob es ein Mann oder eine Frau war. Schließlich gab es noch einen dürren Mann, der anstelle von Händen nur zwei eiserne Haken hatte. Violet hatte recht. Jede von diesen Gestalten mochte um Onkel Montys Haus schleichen und nur darauf warten, sie einzufangen, falls sie versuchen sollten, zu entkommen.

»Ich denke, wir warten einfach ab, bis Onkel Monty

zurückkommt«, sagte Violet. »Er wird uns glauben. Wenn wir ihm von der Tätowierung erzählen, dann wird er *Stefano* zumindest um eine Erklärung bitten.« Violets Tonfall, als sie *Stefano* sagte, zeigte ihre ganze Verachtung für Graf Olafs Kostümierung.

»Bist du sicher?«, fragte Klaus. »Schließlich ist Onkel Monty derjenige, der *Stefano* angeheuert hat.«

Der Ton, in dem nun Klaus seinerseits den Namen *Stefano* aussprach, zeigte, dass er die Gefühle seiner Schwester teilte. »Alles, was wir wissen, ist, dass Onkel Monty und Stefano gemeinsame Pläne haben.«

»Minda!«, quiekte Sunny, was vermutlich so viel bedeuten sollte wie: »Nun mach dich nicht lächerlich, Klaus!«

Violet schüttelte den Kopf. »Sunny hat recht. Ich kann nicht glauben, dass Onkel Monty mit Graf Olaf unter einer Decke stecken soll. Er ist so nett zu uns gewesen und so großzügig, und außerdem – wenn die beiden gemeinsame Sache machten, würde Graf Olaf ja nicht darauf bestehen, einen falschen Namen zu benutzen.«

»Das stimmt«, sagte Klaus nachdenklich. »Also warten wir auf Onkel Monty.«

»Genau, wir warten«, stimmte Violet ihm zu.

»Tudschu«, sagte Sunny feierlich, und die Geschwister sahen einander mit düsteren Blicken an.

Warten gehört zu den harten Prüfungen des Lebens. Es ist schon schwer genug, auf Schokoladenpudding zu warten, wenn man noch ein verkohltes Stück Braten auf dem Teller hat. Es ist ausgesprochen schwer, auf den Nikolaus zu warten, wenn noch der ganze langweilige Monat November vor einem liegt. Aber darauf warten zu müssen, dass der Adoptivonkel nach Hause kommt, während sich im oberen Stockwerk ein geldgieriger und gewalttätiger Mann befindet, das war eine der schrecklichsten Wartezeiten, die die Baudelaires je erlebt hatten. Um sich abzulenken, versuchten sie mit ihrer Arbeit weiterzumachen, aber sie waren zu nervös, als dass sie irgendetwas zustande gebracht hätten. Violet versuchte eine schief hängende Tür an einer der Fallen zu reparieren, doch sie konnte sich auf nichts anderes konzentrieren als auf den Knoten, zu dem sich ihr Magen vor lauter Sorge scheinbar zusammengezogen hatte. Klaus versuchte zu lesen, wie man sich am besten vor dornigen peruanischen Pflanzen schützt, aber der Gedanke an Stefano vernebelte ihm immer wieder das Gehirn. Sunny versuchte, ein Seil in Stücke zu zernagen, aber die kalte Angst schien sogar in ihren Zähnen zu sitzen, und sie musste bald aufgeben. Sie hatte nicht einmal Lust, mit der Unglaublich Tödlichen Viper zu spielen. Also verbrachten die Baudelaires den Rest des Nachmittags damit, schweigend im Reptiliensaal zu sitzen, aus dem Fenster nach Onkel Montys Jeep Ausschau zu halten und auf gelegentliche Geräusche aus dem oberen Stockwerk zu lauschen. Sie mochten sich gar nicht ausmalen, was Stefano dort oben wohl gerade auspackte.

Endlich, als die schlangenförmigen Büsche schon begannen, im Licht der untergehenden Sonne lange, dünne Schatten zu werfen, hörten die drei Kinder ein Motorengeräusch, das langsam näher kam, und dann bog der Jeep in die Einfahrt. Ein langes Kanu war auf dem Dach des Jeeps festgebunden, und der Rücksitz war vollgeladen mit Onkel Montys Einkäufen. Der Onkel stieg, schwankend unter Einkaufstaschen, aus und sah die Kinder hinter der gläsernen Wand des Reptiliensaals. Er lächelte ihnen zu, und sie lächelten zurück. Doch auch diesen Moment des Lächelns sollten sie später bereuen, denn wären sie nicht stehen geblieben, um Onkel Montys Lächeln zu erwidern, sondern stattdessen gleich zum Auto gerannt, dann hätten sie womöglich noch einen kurzen Moment allein mit ihrem Onkel gehabt. Als sie aber die Eingangshalle erreicht hatten, war der Onkel schon im Gespräch mit Graf Olaf.

»Ich wusste nicht, welche Art Zahnbürste Sie am liebsten mögen«, entschuldigte sich der Onkel gerade, »deshalb habe ich für Sie eine mit extraharten Borsten gekauft, so wie ich sie mag. Peruanisches Essen klebt meist sehr an den Zähnen, so dass man immer mindestens eine Ersatzzahnbürste braucht.«

»Extraharte Borsten sind genau richtig«, sagte Stefano. Er sprach zwar mit Onkel Monty, doch seine teuflisch funkelnden Augen waren auf die Waisen gerichtet. »Soll ich das Kanu hereinbringen?«

»Ja – aber du lieber Himmel, Sie können es unmöglich allein tragen«, antwortete Onkel Monty. »Klaus, würdest du Stefano bitte helfen?«

»Onkel Monty«, sagte Violet, »wir müssen dir etwas sehr Wichtiges sagen.«

»Ich bin ganz Ohr«, sagte Onkel Monty, »aber zuerst möchte ich euch das Wespenmittel zeigen, das ich aufgetrieben habe. Ich bin heilfroh, dass Klaus alles nachgelesen hat über die Insekten in Peru. Alle anderen Insektenmittel hätten uns nämlich überhaupt nichts genutzt.« Onkel Monty wühlte in einer der Taschen, die an seinem Arm hingen, während die Kinder ungeduldig darauf warteten, dass er fertig wurde. »Dieses hier enthält eine chemische Substanz namens –«

»Onkel Monty«, sagte Klaus, »was wir dir zu sagen haben, kann wirklich nicht warten.«

»Klaus«, sagte Onkel Monty und zog erstaunt beide Augenbrauen hoch, »es ist nicht sehr höflich, dass du deinem Onkel einfach ins Wort fällst. Und jetzt geh bitte und hilf Stefano mit dem Kanu. Gleich sprechen wir dann über alles, was ihr auf dem Herzen habt.«

Klaus seufzte, folgte Stefano aber zur Tür hinaus. Violet sah den beiden nach, wie sie auf den Jeep zugingen. Onkel Monty stellte seine Einkaufstaschen ab und sah Violet ins Gesicht. »Jetzt weiß ich nicht mehr, was ich gerade über dieses Wespenmittel sagen wollte«, sagte er, und seine Stimme klang ein wenig ärgerlich. »Ich hasse es, wenn ich den Faden verliere.«

»Was wir dir sagen müssen«, begann Violet, doch da sah sie etwas, was sie verstummen ließ. Monty stand mit dem Rücken zur Tür, so dass er nicht sehen konnte, was Stefano tat, doch Violet sah, wie Stefano bei den schlangenförmigen Büschen stehen blieb, in seine Manteltasche griff und das lange Messer herauszog. Das Licht der untergehenden Sonne fing sich in der Klinge, so dass sie hell aufblitzte, geradeso wie ein Leuchtturm. Wie du vermutlich weißt, dienen Leuchttürme als Warnsignale; sie sollen Schiffen anzeigen, wo die Küste ist, damit sie nicht auflaufen. Auch das blitzende Messer war so ein Warnsignal.

Klaus blickte das Messer an, dann Stefano und schließlich Violet. Violet blickte Klaus an, dann Stefano und schließlich Monty. Sunny blickte alle an.

Onkel Monty merkte gar nicht, was sich abspielte, so versessen war er darauf, sich an sein Geplapper über das Wespenmittel zu erinnern. »Was wir dir sagen müssen«, begann Violet noch einmal, aber weiter kam sie wieder nicht. Stefano hatte kein einziges Wort gesagt, und das musste er auch nicht. Violet wusste, wenn sie auch nur ein Wort über seine wahre Identität verriet, dann würde Stefano ihrem Bruder etwas antun, genau da, an Ort und Stelle, bei den schlangenförmigen Büschen. Ohne ein Wort zu verlieren, hatte dieser Satan den Baudelaire-Waisen eine glasklare Warnung zukommen lassen.

Kapitel Fünf

Die folgende Nacht war die längste und schrecklichste, die die Baudelaire-Waisen je erlebt hatten, und sie hatten nun wirklich viele lange und schreckliche Nächte hinter sich. Einmal, kurz nachdem Sunny zur Welt gekommen war, waren alle drei Kinder gleichzeitig an einer schrecklichen Grippe erkrankt und warfen sich eines Nachts im Würgegriff eines furchtbaren Fiebers in ihren Betten hin und her, während ihr Vater versuchte, sie alle gleichzeitig zu beruhigen, indem er ihnen kalte Waschlappen auf die verschwitzte Stirn legte. Dann war da die Nacht, als die drei Kinder nach dem Tod ihrer Eltern im Haus von Mr Poe untergebracht waren und die ganze Nacht aufblieben, weil sie zu traurig und zu verstört waren, um an Schlaf auch nur zu denken. Und schließlich hatten sie natürlich manch lange und schreckliche Nacht im Haus von Graf Olaf verbracht.

Doch diese spezielle Nacht war wohl die schlimmste

von allen. Von dem Moment an, als Monty zurückkehrte, bis es Schlafenszeit war, hatte Stefano die Kinder ständig observiert, was so viel heißen soll wie: »Er beobachtete sie ständig, damit sie auf keinen Fall allein mit Onkel Monty sprechen und ihm enthüllen konnten, dass er in Wirklichkeit Graf Olaf war.« Und Onkel Monty war in Gedanken viel zu sehr bei der bevorstehenden Expedition, um zu vermuten, dass irgendetwas Ungewöhnliches im Gange war. Als sie Onkel Montys restliche Einkäufe ins Haus brachten, trug Stefano die Taschen mit nur einer Hand. Die andere steckte in der Manteltasche, in der er das lange Messer verborgen hielt, doch Onkel Monty war viel zu aufgeregt wegen all der neuen Ausrüstung, dass er gar nicht danach fragte. Als sie später in der Küche das Abendessen zubereiteten, grinste Stefano die Kinder hinterhältig an, während er die Pilze hobelte, aber Onkel Monty war so damit beschäftigt, aufzupassen, dass die Sauce für sein Bœuf Stroganoff nicht anbrannte, dass er nicht einmal bemerkte, dass Stefano sein eigenes, höchst bedrohlich aussehendes Messer für die Küchenarbeit benutzte. Beim Essen erzählte Stefano lustige Geschichten und pries Montys wissenschaftliche Arbeit, und Onkel Monty fühlte sich so geschmeichelt, dass er gar nicht auf den Gedanken gekommen wäre, dass Stefano unter dem Tisch ein Messer in der Hand halten könnte, mit dessen Klinge er während des ganzen Essens an Violets Knie entlangstrich. Und als Onkel Monty verkündete, dass er den Abend dazu nutzen wolle, seinen neuen Assistenten durch den Reptiliensaal zu führen, da merkte er in seinem Feuereifer gar nicht, dass die Baudelaires wortlos zu Bett gingen.

Zum ersten Mal schien ihnen die Tatsache, dass jeder von ihnen ein eigenes Schlafzimmer hatte, eher eine Last als ein Luxus, denn ohne die Gesellschaft der anderen fühlten sich die Waisen noch einsamer und noch hilfloser. Violet starrte auf die Papierbögen, die sie an die Wände geheftet hatte, und versuchte dahinterzukommen, was Stefano wohl planen mochte. Klaus setzte sich in seinen großen gepolsterten Sessel und knipste die Leselampe aus Messing an, doch nicht einmal aufschlagen mochte er ein Buch, so sehr drückten ihn die Sorgen. Sunny starrte auf all die harten Gegenstände in ihrem Zimmer, biss aber in keinen einzigen hinein.

Alle drei Kinder dachten daran, durch den Flur zu Onkel Montys Zimmer zu gehen und ihn aufzuwecken, um ihm zu sagen, was los war, aber um zum Schlafzimmer des Onkels zu kommen, mussten sie an Stefanos

Zimmer vorbei, und Stefano hielt die ganze Nacht lang auf einem Stuhl vor seiner Tür Wache. Wann immer die Waisen ihre Türen öffneten, um durch den dunklen Gang zu spähen, sahen sie Stefanos blassen, kahl rasierten Schädel, der im Dunkeln über seinem Körper zu schweben schien. Und sie sahen das Messer, das er wie das Pendel einer Standuhr langsam schwingen ließ. Hin und her ging es, hin und her. Es schimmerte im Dämmerlicht, und der Anblick war so grauenerregend, dass sie es nicht wagten, den Gang hinunterzugehen. Schließlich nahm das Licht im Haus das matte Blaugrau der frühen Morgendämmerung an, und die Baudelaire-Kinder gingen mit halb geschlossenen Augen die Treppe hinunter, um zu frühstücken. Nach der schlaflosen Nacht waren sie müde, und alle Knochen taten ihnen weh. Sie setzten sich an den Tisch, an dem sie an ihrem ersten Morgen in diesem Haus Torte gegessen hatten, und stocherten lustlos in ihrem Essen herum. Zum ersten Mal, seit sie bei Onkel Monty waren, verspürten sie auch keinerlei Lust, in den Reptiliensaal zu gehen und sich an die Arbeit zu machen, die für den Tag anstand.

»Ich nehme an, wir müssen jetzt mal hineingehen«, sagte Violet schließlich und legte ihren Toast weg, an dem sie kaum geknabbert hatte. »Ich bin sicher, Onkel Monty ist bereits an der Arbeit und wartet auf uns.«

»Und ich bin sicher, dass Stefano ebenfalls da ist«, sagte Klaus und starrte düster in seine Schüssel. »So haben wir nie eine Chance, Onkel Monty zu sagen, was wir über Stefano wissen.«

»Jinga«, sagte Sunny traurig und ließ ihre unberührte rohe Möhre zu Boden fallen.

»Wenn Onkel Monty nur wüsste, was wir wissen«, sagte Violet, »und wenn Stefano wüsste, dass er weiß, was wir wissen. Aber Onkel Monty weiß nicht, was wir wissen, und Stefano weiß, dass er nicht weiß, was wir wissen.«

»Ich weiß«, sagte Klaus.

»Ich weiß, dass du es weißt«, sagte Violet, »aber was wir nicht wissen, ist, was Graf Olaf – ich meine, Stefano – tatsächlich vorhat. Er ist hinter unserem Vermögen her, das ist klar, aber wie will er darankommen, solange wir unter Onkel Montys Obhut stehen?«

»Vielleicht wartet er einfach ab, bis du volljährig bist, und dann stiehlt er es«, sagte Klaus.

»Vier Jahre warten, das ist lang«, sagte Violet. Die drei Waisen schwiegen. Jedes der Kinder dachte daran, wo es vor vier Jahren gewesen war. Violet war damals zehn und trug ihr Haar ganz kurz. Irgendwann um ihren zehnten Geburtstag herum, das wusste sie noch, hatte sie einen neuartigen Bleistiftspitzer erfunden. Klaus war zu der Zeit etwa acht, und er konnte sich noch erinnern, dass er sich damals besonders für Kometen interessierte und sämtliche Astronomiebücher las, die er in der Bibliothek seiner Eltern finden konnte. Sunny war natürlich vor vier Jahren noch nicht einmal auf der Welt gewesen, und so saß sie jetzt da und versuchte sich zu erinnern, wie das wohl gewesen war. Allen drei Kindern schienen vier Jahre eine sehr lange Zeit.

»Auf, auf, ihr bewegt euch ja sehr langsam heute Morgen«, sagte in diesem Augenblick Onkel Monty, der in die Küche hineinplatzte. Sein Gesicht schien noch strahlender als sonst, und in einer Hand hielt er ein kleines Bündel gefalteter Papiere. »Stefano ist erst seit einem Tag hier und arbeitet bereits im Reptiliensaal. Er war sogar schon vor mir auf den Beinen. Auf dem Weg nach unten bin ich fast über ihn gestolpert. Er ist wirklich bienenfleißig. Ihr drei dagegen, ihr bewegt euch ja wie die Ungarische Faulschlange, deren Höchstgeschwindigkeit bei einem halben Zentimeter pro Stunde liegt! Es gibt viel zu tun für uns heute, und ich möchte es unbedingt zur Sechs-Uhr-Vorstellung von *Zombies im Schnee* schaffen, deswegen stürzen wir uns jetzt lieber ruckzuck in die Arbeit.«

Violet schaute Onkel Monty an. Ihr war klar, dass dies vielleicht ihre einzige Gelegenheit war, mit ihm allein zu sprechen, ohne Stefano, aber er schien so aufgedreht, dass sie sich nicht sicher war, ob er ihnen auch zuhören würde. »Wo wir gerade von Stefano sprechen«, begann sie schüchtern. »Wir würden gern mit dir über ihn reden.«

Onkel Monty machte große Augen und schaute sich um, als ob Spione im Zimmer wären. Dann beugte er sich vor und flüsterte den Kindern zu: »Ich muss auch mit euch reden. Ich bin etwas misstrauisch, was Stefano angeht, und darüber würde ich gern mit euch sprechen.«

Die Baudelaire-Waisen blickten einander erleichtert an. »Ist das wahr?«, fragte Klaus.

»Natürlich«, antwortete Onkel Monty. »Gestern Abend hat mich mein neuer Assistent sehr misstrauisch gemacht. Er hat so etwas Unheimliches an sich, und ich –« Onkel Monty schaute sich wieder um, bevor er mit noch leiserer Stimme weitersprach, so dass die Kinder den Atem anhalten mussten, um ihn verstehen zu können. »Ich denke, wir sollten draußen darüber sprechen – einverstanden?«

Die Kinder nickten zustimmend und standen vom Tisch auf. Das schmutzige Geschirr ließen sie stehen, was normalerweise nicht die feine Art ist, in einem Notfall jedoch durchaus hingenommen werden kann. Sie folgten Onkel Monty zum Haupteingang, vorbei an den beiden ineinander verschlungenen Schlangen, zur Tür hinaus und auf den Rasen, so als wollten sie zu den schlangenförmigen Büschen sprechen und nicht miteinander.

»Ich möchte wirklich nicht mit meinem Ruf renommieren«, begann Onkel Monty und benutzte einen Begriff, der hier so viel wie »prahlen« bedeutet, »aber ich bin tatsächlich einer der angesehensten Herpetologen der Welt.«

Klaus zwinkerte mit den Augen. Der Anfang der Unterhaltung war völlig anders als erwartet. »Selbstverständlich bist du das«, sagte er, »aber –«

»Und weil das so ist«, fuhr der Onkel fort, als hätte er nichts gehört, »sind leider viele Leute neidisch auf mich.«

»Das glaube ich gerne«, sagte Violet verwirrt.

»Und wenn Menschen neidisch sind«, sagte Onkel

Monty und schüttelte den Kopf, »dann sind sie zu allem fähig, zu den verrücktesten Dingen. Als ich meine Doktorarbeit in Herpetologie schrieb, hatte ich einen Zimmergenossen, der so eifersüchtig auf mich war, weil ich eine neue Kröte entdeckt hatte, dass er sie mir stahl und sie aufaß. Sie war mein einziges Exemplar. Ich musste seinen Magen röntgen und dann bei der Vorstellung meiner Arbeit statt der Kröte die Röntgenaufnahmen benutzen. Und irgendetwas sagt mir, dass wir es hier möglicherweise mit einem ähnlichen Fall zu tun haben.« Wovon redete Onkel Monty da eigentlich?

»Ich fürchte, ich kann dir nicht ganz folgen«, sagte Klaus, was nichts anderes ist als die höfliche Form von: »Wovon redest du da eigentlich, Onkel Monty?«

»Gestern Abend, nachdem ihr schlafen gegangen wart, hat dieser Stefano mir ein paar Fragen zu viel gestellt über die Schlangen und meine bevorstehende Expedition. Und wisst ihr auch, warum?«

»Ich glaube schon«, begann Violet, aber Onkel Monty fiel ihr ins Wort.

»Weil dieser Mensch, der sich Stefano nennt, in Wirklichkeit ein Mitglied der Herpetologischen Gesellschaft ist. Er ist hergekommen, um nach der Unglaublich Tödlichen Viper zu suchen, damit er mir zuvorkommen und sie als Erster präsentieren kann. Wisst ihr, was das bedeutet?«

»Nein«, sagte Violet, »aber –«

»Es bedeutet, dass ich glaube, dass dieser Stefano vorhat, mir meine Schlange zu stehlen und der Herpetologischen Gesellschaft vorzustellen«, sagte Onkel Monty. »Und da es sich um eine bislang unbekannte Spezies handelt, gibt es für mich keine Möglichkeit, zu beweisen, dass ich sie entdeckt habe. Und ehe wir uns versehen, heißt die Unglaublich Tödliche Viper *Stefano-Schlange* oder sonst etwas Schreckliches. Und wenn er das vorhat, dann könnt ihr euch leicht ausmalen, was aus unserer Peru-Expedition wird. Jede Kröte, die wir einfangen, jede Giftprobe, die wir in ein Röhrchen tun, jedes Schlangen-Interview, das wir aufzeichnen – jedes Fitzchen Arbeit wird in die Hände dieses Spions der Herpetologischen Gesellschaft fallen.«

»Er ist kein Spion der Herpetologischen Gesellschaft«, sagte Klaus ungeduldig. »Er ist Graf Olaf!«

»Ich weiß, was du sagen willst«, erwiderte Onkel Monty aufgeregt. »Sein Benehmen ist in der Tat ebenso widerwärtig wie das jenes schrecklichen Mannes. Und deswegen habe ich mir Folgendes überlegt.« Er reckte eine Hand hoch und wedelte mit den gefalteten Papieren durch die Luft. »Wie ihr wisst, reisen wir morgen nach Peru ab. Das hier sind unsere Fahrkarten für die *Prospero,* ein herrliches Schiff, das morgen Nachmittag um fünf ablegt und uns über den Ozean nach Südamerika bringt. Hier habe ich eine Fahrkarte für mich, eine für Violet, eine für Klaus, eine für Stefano und keine für Sunny, weil wir sie in einem Koffer verstecken, um das Geld zu sparen.«

»Diipo!«

»Nein, das war nur ein Scherz. Aber was jetzt kommt, ist kein Scherz.« Onkel Monty, dessen Gesicht vor Erregung gerötet war, nahm eines der gefalteten Papiere und zerriss es in winzige Fetzen. »Das hier war Stefanos Fahrkarte. Er wird uns nun doch nicht nach Peru begleiten. Morgen früh werde ich ihm mitteilen, dass er hierbleiben muss, um nach meinen Schlangen zu sehen. Auf die Weise können wir unsere Expedition erfolgreich und in aller Ruhe durchführen.«

»Aber Onkel Monty –«, sagte Klaus.

»Wie oft muss ich dich noch daran erinnern, dass es unhöflich ist, einen anderen zu unterbrechen?«, unterbrach ihn Onkel Monty kopfschüttelnd. »Wie auch immer, ich weiß, was euch Sorgen macht. Ihr sorgt euch darum, was geschieht, wenn dieser Mensch mit der Unglaublich Tödlichen Viper allein hierbleibt. Aber macht euch keine Gedanken. Die Viper wird uns begleiten, und zwar wird sie in einer unserer Schlangentransportkisten reisen. Ich verstehe gar nicht, warum du so ein trauriges Gesicht machst, Sunny. Ich dachte, du bist glücklich, dass die Viper dir Gesellschaft leisten darf. Also, Bambini, nun hört auf, so sorgenvoll dreinzuschauen. Wie ihr seht, hat euer Onkel Monty die Situation absolut unter Kontrolle.«

Wenn jemandem ein kleines Versehen unterläuft – sagen wir, wenn ein Kellner dir dein Eis mit Sahne bringt statt ohne –, dann lässt sich dieser Irrtum oft ganz leicht klären. Wenn aber jemandem ein ganz unglaubliches Versehen unterläuft – sagen wir, wenn dieser Kellner dir die Nase abbeißt, anstatt deine Bestellung aufzunehmen –, dann sind wir oft so überrascht, dass wir gar nichts mehr sagen können. Wie gelähmt von der Tragweite dieses Irrtums würde dir der Mund offen stehen, du würdest immer wieder mit den Augen zwinkern, aber du wärest unfähig, auch nur ein Wort herauszubekommen. So ging es auch den Baudelaire-Kindern. Onkel Monty täuschte sich so sehr, was Stefano anging, den er für einen herpetologischen Spion hielt anstatt für

Graf Olaf, dass den drei Geschwistern absolut nicht einfiel, wie sie ihm das beibringen sollten.

»Auf jetzt, meine Lieben«, sagte Onkel Monty. »Wir haben heute Morgen schon genug Zeit mit Reden verloren. Wir müssen – au!« Er unterbrach sich selbst mit einem Schrei, der Überraschung und Schmerz gleichzeitig verriet, und fiel zu Boden.

»Onkel Monty!«, schrie Klaus. Die Baudelaire-Kinder sahen einen großen, glänzenden Gegenstand auf dem Onkel liegen und begriffen im nächsten Moment, was das für ein Gegenstand war: Es war die schwere Leselampe aus Messing, die sonst neben dem großen gepolsterten Sessel in Klaus' Zimmer stand.

»Autsch!«, sagte Onkel Monty noch einmal und befreite sich von der Lampe. »Das hat aber weh getan! Es kann sein, dass ich mir die Schulter verrenkt habe. Nur gut, dass das Ding nicht auf meinem Kopf gelandet ist, da hätte es womöglich größeren Schaden angerichtet.«

»Aber wo ist sie hergekommen?«, fragte Violet.

»Sie muss aus dem Fenster gefallen sein«, sagte Onkel Monty und zeigte nach oben, dorthin, wo Klaus' Zimmer war. »Wessen Zimmer ist das? Klaus, ich glaube, es ist deins. Du musst besser aufpassen. Du darfst schwere

Gegenstände nicht einfach so aufs Fensterbrett stellen. Schau nur, was da hätte passieren können!«

»Aber die Lampe war nicht mal in der Nähe meines Fensters«, sagte Klaus. »Sie steht immer in meinem Alkoven, damit ich im Sessel lesen kann.«

»Also wirklich, Klaus«, sagte der Onkel, stand auf und reichte ihm die Lampe. »Du glaubst doch nicht im Ernst, dass die Lampe zum Fenster getanzt und mir von dort auf die Schulter gehüpft ist? Bitte bring sie jetzt zurück in dein Zimmer und stell sie an einen sicheren Platz. Mehr Worte brauchen wir über die Sache nicht zu verlieren.«

»Aber –«, sagte Klaus, doch seine ältere Schwester unterbrach ihn.

»Ich helfe dir, Klaus«, sagte Violet. »Wir finden schon einen sicheren Platz dafür.«

»Gut, aber macht nicht so lange«, sagte Onkel Monty und rieb sich die Schulter. »Wir erwarten euch im Reptiliensaal. Komm mit, Sunny!«

Die vier gingen zurück ins Haus, wo ihre Wege sich am Fuß des Treppenaufgangs trennten. Onkel Monty und Sunny gingen auf die hohe Tür zu, die in den Reptiliensaal führte, während Violet und Klaus die schwere Messinglampe nach oben trugen.

»Du weißt sehr gut«, zischte Klaus seiner Schwester zu, »dass ich nicht unvorsichtig gewesen bin mit der Lampe.«

»Natürlich weiß ich das«, flüsterte Violet. »Aber es ist zwecklos, Onkel Monty das zu erklären. Er denkt, Stefano ist ein herpetologischer Spion. Du weißt genauso gut wie ich, dass das hier Stefanos Werk war.«

»Ganz schön schlau von euch, dass ihr das herausgefunden habt«, tönte eine Stimme vom Treppenabsatz herunter, und Violet und Klaus waren so überrascht, dass sie beinahe die Lampe fallen gelassen hätten. Stefano war es, oder, wenn dir das lieber ist, Graf Olaf. Auf jeden Fall der Bösewicht. »Aber andererseits seid ihr ja schon immer kluge Kinder gewesen«, fuhr er fort. »Ein bisschen zu klug für meinen Geschmack, aber es wird euch ja nicht mehr lange geben, also mache ich mir darüber keine Sorgen.«

»Ihr selbst dagegen seid alles andere als klug«, sagte Klaus zornig. »Diese schwere Messinglampe hätte uns beinahe getroffen, aber wenn meinen Schwestern oder mir irgendetwas zustößt, dann werdet Ihr das Baudelaire-Vermögen nie an Euch bringen.«

»Aber nicht doch, nicht doch«, sagte Stefano, und sein Grinsen entblößte seine gelben Zähne. »Wenn ich vorhätte, dir etwas zu tun, du Waisenknabe, dann würde dein Blut schon wie ein Wasserfall über diese Treppe strömen. Oh nein, ich werde keinem der Baudelaires ein Haar krümmen – zumindest nicht in diesem Haus. Ihr braucht euch nicht vor mir zu fürchten, Kinderlein, bevor wir uns nicht an einem Ort befinden, an dem sich die Spuren von Verbrechen leichter beseitigen lassen.«

»Und wo sollte das sein?«, fragte Violet. »Wir haben nämlich vor, hier zu bleiben, bis wir erwachsen sind.«

»Tatsächlich?«, fragte Stefano in dem hinterhältigen Tonfall, den sie so gut kannten. »Na so was, ich hatte eigentlich den Eindruck, dass wir morgen das Land verlassen.«

»Onkel Monty hat aber Eure Fahrkarte zerrissen«, entgegnete Klaus triumphierend. »Er hat Verdacht geschöpft und deswegen seine Pläne geändert. Ihr kommt nicht mit uns.«

Stefanos Grinsen verwandelte sich in eine Grimasse und seine fleckigen Zähne schienen noch länger zu werden. Seine Augen funkelten so hell, dass es Violet und Klaus schmerzte, sie anzusehen. »Darauf würde ich mich nicht verlassen«, sagte er mit einer ganz, ganz schrecklichen Stimme. »Selbst die besten Pläne können durch einen Unfall noch durchkreuzt werden.« Mit einem seiner dürren Finger wies er auf die Messinglampe. »Und Unfälle kommen einfach immer wieder vor.«

Kapitel Sechs

Unerfreuliche Umstände haben die Eigenheit, dass sie einem Dinge vermiesen, die sonst vergnüglich sein könnten. So erging es den Baudelaire-Kindern mit dem Film *Zombies im Schnee*. Den ganzen Nachmittag lang hatten die drei Kinder im Reptiliensaal gesessen, unter den höhnischen Blicken Stefanos und Onkel Montys naivem Geplapper – das Wort »naiv« bedeutet hier so viel wie »ahnungslos, dass Stefano in Wirklichkeit Graf Olaf war und ihnen große Gefahr drohte«. So kam es, dass den Kindern, als es Abend wurde, gar nicht nach Kino zumute war. Onkel Montys Jeep war auch noch zu klein für sie alle – ihn selbst, Stefano und die drei Waisen –, so dass Klaus und Violet sich einen Sitz teilten und die arme Sunny auf Stefanos Schoß sitzen musste, doch die Baudelaires machten sich viel zu große Sorgen, als dass sie solche Unbequemlichkeiten überhaupt zur Kenntnis genommen hätten.

Im Multiplex-Kino saßen die Kinder alle nebeneinander, während Onkel Monty am Gang saß und Stefano, der die Tüte mit dem Popcorn nicht mehr aus den Fingern ließ, zwischen ihnen. Die Kinder waren ohnehin viel zu nervös, um etwas zu knabbern, und viel zu sehr damit beschäftigt, hinter Stefanos Pläne zu kommen, als dass sie die *Zombies im Schnee* hätten genießen können, obgleich der Film wirklich gut war. Als die Zombies sich das erste Mal aus den Schneeverwehungen rings um das winzige Fischerdorf in den Alpen erhoben, versuchte Violet sich vorzustellen, auf welche Weise Stefano ohne Fahrkarte an Bord der *Prospero* gelangen könnte, um ihnen doch noch nach Peru zu folgen. Als die Stadtväter einen Wall aus massiver Eiche rings um ihr Dorf errichteten, nur um mit ansehen zu müssen, wie sich die Zombies einfach hindurchfraßen, machte Klaus sich gerade Gedanken darüber, was Stefano wohl ganz genau gemeint hatte, als er über Unfälle sprach. Und als das kleine Milchmädchen Greta sich mit den Zombies anfreundete und sie bat, doch bitte, bitte keine Dorfbewohner mehr zu fressen, bemühte sich selbst Sunny, die kaum alt genug war, um die Lage der Waisen zu begreifen, sich etwas auszudenken, wie sie Stefanos Pläne, wie auch immer sie aussehen mochten, zunichte machen könnte. In der letzten Szene des Films tanzten Zombies und Dörfler gemeinsam in den Mai, doch die drei Baudelaire-Waisen waren zu nervös und verängstigt, um auch nur das kleinste bisschen Vergnügen zu empfinden. Auf dem Heimweg versuchte Onkel Monty immer wieder, mit den schweigsamen, sorgenvollen Kindern auf der Rückbank zu reden, doch sie waren äußerst wortkarg, und so schwieg auch er irgendwann.

Als der Jeep neben den schlangenförmigen Büschen anhielt, sprangen die Baudelaire-Kinder aus dem Auto und rannten zur Haustür, ohne ihrem verdutzten Vormund auch nur Gute Nacht zu sagen. Schweren Herzens stiegen sie zu ihren Schlafräumen hinauf, doch als sie vor den Türen standen, brachten sie es nicht fertig, sich zu trennen.

»Könnten wir heute Nacht nicht zusammen in einem Zimmer bleiben?«, fragte Klaus Violet schüchtern. »Letzte Nacht habe ich mich wie in einer Gefängniszelle gefühlt, als ich so ganz allein dasaß mit meinen Sorgen.«

»Mir ging es genauso«, gestand Violet. »Und da wir sowieso nicht schlafen werden, können wir geradeso gut im selben Zimmer nicht schlafen.«

»Tikko!« Sunny stimmte ihren Geschwistern zu und

folgte ihnen in Violets Zimmer. Violet sah sich um und erinnerte sich, wie aufgeregt sie noch vor wenigen Tagen gewesen war, als sie es bezog. Jetzt schien ihr das riesige Fenster mit der Aussicht auf die schlangenförmig gestutzten Büsche eher deprimierend als inspirierend, und die leeren Bögen Papier, die sie an die Wände geheftet hatte, kamen ihr nicht mehr praktisch vor, sondern schienen sie nur an ihre Angst zu erinnern.

»Wie ich sehe, bist du mit deinen Erfindungen nicht weit gekommen«, sagte Klaus liebevoll. »Ich selbst habe auch überhaupt nichts gelesen. Die Nähe von Graf Olaf dämpft ganz zweifellos die Vorstellungskraft.«

»Nicht immer«, verbesserte ihn Violet. »Als wir bei ihm gelebt haben, hast du alles über das Eherecht gelesen, um hinter seine Pläne zu kommen, und ich habe einen Wurfanker erfunden, um seine Pläne zu durchkreuzen.«

»Aber dieses Mal«, entgegnete Klaus düster, »wissen wir nicht mal, was Graf Olaf vorhat. Wie können wir einen Plan entwickeln, wenn wir nicht mal *seinen* Plan kennen?«

»Also, jetzt versuchen wir mal, das Ganze auseinanderzuklamüsern«, sagte Violet, wobei sie einen Ausdruck benutzte, der hier so viel bedeuten sollte wie

»in allen Einzelheiten über die Sache reden, bis wir sie schließlich verstehen«.

»Graf Olaf«, begann sie, »der sich selbst Stefano nennt, ist in einer Kostümierung in dieses Haus gekommen und ist offensichtlich hinter dem Baudelaire-Vermögen her.«

»Und«, fuhr Klaus fort, »er plant, uns umzubringen, sobald er es hat.«

»Tadu«, murmelte Sunny mit ernster Miene, was vermutlich so etwas bedeuten sollte wie: »Die Lage, in der wir uns befinden, ist einfach grauenvoll.«

»Allerdings«, sagte Violet, »kommt er nicht an unser Vermögen heran, wenn er uns etwas antut. Deswegen hat er ja beim letzten Mal versucht, mich zu heiraten.«

»Was Gott sei Dank nicht geklappt hat«, sagte Klaus schaudernd. »Sonst wäre Graf Olaf jetzt mein Schwager. Aber dieses Mal hat er nicht vor, dich zu heiraten. Er hat etwas über einen Unfall gesagt.«

»Und darüber, dass er mit uns irgendwohin will, wo Verbrechen leichter zu vertuschen sind«, sagte Violet, die sich an diese Worte erinnerte. »Das kann nur Peru heißen. Aber Stefano kommt nicht mit nach Peru. Onkel Monty hat seine Fahrkarte zerrissen.«

»Duug!«, quiekte Sunny mit einem Schrei tiefer

Frustration und schlug mit ihrer kleinen Faust auf den Fußboden. Der Ausdruck »Frustration« bedeutet hier so viel wie »ihr fehlten die Worte«, und damit stand Sunny nicht allein. Violet und Klaus waren natürlich schon zu groß, um so etwas wie »Duug!« zu sagen, doch sie wünschten, sie wären es nicht. Sie wünschten, sie kämen hinter Graf Olafs Plan. Sie wünschten, ihre Lage wäre nicht ganz so mysteriös und hoffnungslos, wie sie es nun einmal war, und die beiden wünschten, sie wären noch klein genug, um einfach »Duug!« zu schreien und mit der Faust auf den Fußboden zu hauen. Und am allermeisten wünschten sie sich, dass ihre Eltern noch lebten und sie sich alle in Sicherheit in dem Haus befänden, in dem sie einst zur Welt gekommen waren.

Und so inbrünstig die Baudelaire-Waisen sich wünschten, die Umstände ihres Lebens wären andere, so inbrünstig würde ich auch dir wünschen, dass ich an den Umständen dieser Geschichte irgendetwas ändern könnte. Während ich hier sitze, in größter Geborgenheit und weit weg von Graf Olaf, kann ich es kaum über mich bringen, noch ein weiteres Wort zu schreiben. Vielleicht ist es das Beste, wenn du dieses Buch jetzt einfach zuschlägst und niemals liest, wie diese entsetzliche Geschichte weitergeht. Dann kannst du dir vorstellen, wenn du Lust hast, dass die Baudelaire-Waisen eine Stunde später plötzlich herausfinden, was Stefano vorhat, und so in der Lage sind, Onkel Monty das Leben zu retten. Du kannst dir vorstellen, wie die Polizei mit Blaulicht und Sirene angefahren kommt und Stefano hinter Gitter bringt, wo er für den Rest seines Lebens bleiben muss. Du kannst dir einbilden, auch wenn es nicht so ist, dass die Baudelaires bis zum heutigen Tage glücklich und in Freuden bei ihrem Onkel Monty leben. Oder, was das Allerbeste wäre, du kannst dich der Illusion hingeben, dass die Eltern Baudelaire gar nicht ums Leben gekommen sind und dass Graf Olaf und Onkel Monty, das schreckliche Feuer und alle übrigen unseligen Ereignisse nichts weiter waren als ein böser Traum, die Ausgeburt meiner Phantasie.

Doch diese Geschichte ist keine heitere Geschichte, und es erheitert mich absolut nicht, dir erzählen zu müssen, dass die Baudelaire-Waisen die ganze Nacht über tumb in Violets Zimmer saßen – das alte Wort *tumb* bedeutet hier nicht »dumm«, sondern »stumm«. Hätte jemand in der Morgendämmerung durch das Schlafzimmerfenster gespäht, so hätte er die drei Kinder dicht aneinandergedrängt auf dem Bett hocken sehen, die Augen weit offen und dunkel vor Sorge. Doch es spähte niemand durch das Fenster. Jemand klopfte an die Tür, und zwar mit vier so lauten Schlägen, dass es sich anhörte, als sollte die Tür zugenagelt werden.

Die Kinder blinzelten und schauten einander an. »Wer ist da?«, rief Klaus. Seine Stimme war ganz krächzig, weil er so lange kein Wort mehr gesagt hatte.

Anstatt zu antworten, drehte der, wer immer es war, einfach am Knauf, und die Tür schwang langsam auf.

Da stand Stefano, seine Kleidung völlig zerknittert und die Augen teuflischer funkelnd als je zuvor.

»Guten Morgen«, sagte er. »Es ist an der Zeit, nach Peru aufzubrechen. Im Jeep ist gerade genug Platz für drei Waisen und für mich, also beeilt euch ein bisschen.«

»Wir haben Euch bereits gestern gesagt, dass Ihr nicht mitkommt«, sagte Violet. Sie hoffte, dass ihre Stimme mutiger klang, als sie sich fühlte.

»Wer nicht mitkommt, ist euer Onkel Monty«, sagte Stefano und zog den Teil seiner Stirn hoch, wo eigentlich seine eine Augenbraue sein sollte.

»Macht Euch nicht lächerlich«, sagte Klaus. »Onkel Monty würde für nichts in der Welt auf diese Expedition verzichten.«

»Fragt ihn doch selbst«, sagte Stefano, und die

Baudelaires entdeckten einen vertrauten Ausdruck in seinem Gesicht. Sein Mund bewegte sich kaum, doch seine Augen funkelten, als hätte er gerade einen Witz erzählt. »Warum fragt ihr ihn nicht? Er ist unten im Reptiliensaal.«

»Das werden wir auch!«, sagte Violet. »Onkel Monty will bestimmt nicht, dass Ihr allein mit uns nach Peru fahrt.« Sie erhob sich vom Bett, nahm ihre Geschwister bei den Händen und ging rasch mit ihnen an Stefano vorbei, der grinsend in der Tür stand. »Wir werden ihn fragen«, wiederholte Violet, und Stefano neigte leicht den Kopf, als die Kinder den Raum verließen.

Im Flur war es ungewohnt still, und alles schien so leer wie die Augenhöhlen eines Totenschädels. »Onkel Monty!«, rief Violet, als sie das Ende des Flurs erreicht hatten. Niemand antwortete.

Abgesehen von ein paar knarrenden Treppenstufen war das ganze Haus unheimlich still, so als ob es seit vielen Jahren verlassen wäre. »Onkel Monty?«, rief Klaus, als sie am Fuß der Treppe standen. Nichts war zu hören.

Auf Zehenspitzen öffnete Violet die gewaltige Tür des Reptiliensaals, und einen Augenblick lang starrten die Waisen wie gebannt hinein, verzaubert vom seltsam blauen Licht des anbrechenden Tages, das durch die gläserne Decke und die gläsernen Wände drang. In diesem blassen Licht sahen sie nur die Silhouetten der verschiedenen Reptilien, die zu dunklen Haufen zusammengerollt in ihren Käfigen schliefen oder sich leise bewegten.

Das Echo ihrer Schritte hallte von den schimmernden Wänden zurück, als die drei Geschwister durch den Reptiliensaal gingen, dorthin, wo Onkel Montys Bibliothek sie erwartete. Obgleich der dunkle Raum fremd und geheimnisvoll wirkte, so lag doch auch etwas Tröstendes in seinem Geheimnis und etwas Beruhigendes in seiner Fremdartigkeit. Sie erinnerten sich an Onkel Montys Versprechen: Wenn sie sich Zeit nahmen, sich kundig zu machen, dann würde ihnen hier im Reptiliensaal nichts zustoßen. Du und ich, wir erinnern uns allerdings auch daran, dass dieses Versprechen des Onkels nur so strotzte von dramatischer Ironie, und hier und jetzt, im Dämmerlicht des frühen Morgens, sollte diese Ironie ihre Auflösung erfahren, ein Ausdruck, der hier so viel bedeuten soll wie: »Den Baudelaires sollte nun endlich ein Licht aufgehen.« Denn in dem Moment, als die drei Geschwister bei den ersten Büchern angelangt waren, sahen sie in der hintersten Ecke einen großen, dunklen Haufen am Boden liegen. Angstvoll knipste Klaus eine der Leselampen an, um besser sehen zu können. Der dunkle Haufen am Boden war Onkel Monty. Sein Mund stand leicht offen, was ihm einen überraschten Ausdruck verlieh, und seine Augen waren weit aufgerissen, doch er schien die Kinder nicht zu sehen. Sein sonst so rosiges Gesicht war sehr, sehr blass, und unter seinem linken Auge waren zwei winzige Löcher, direkt nebeneinander, wie sie die Zähne einer Schlange zu hinterlassen pflegen.

»Diwo suum?«, fragte Sunny und zog an den Hosenbeinen des Onkels. Onkel Monty rührte sich nicht.

Wie er es ihnen versprochen hatte, war den Baudelaire-Waisen im Reptiliensaal nichts geschehen. Onkel Monty jedoch war etwas Furchtbares zugestoßen.

Kapitel Sieben

Tz, tz, tz, tz, tz«, machte jemand direkt hinter ihnen, und die Baudelaire-Waisen fuhren herum. Dort stand Stefano, in der Hand den schwarzen Koffer mit dem silber glänzenden Schloss, im Gesicht einen Ausdruck geheuchelter Überraschung, der so echt wirkte wie Talmi. *Talmi* ist ein derart seltenes Wort für unechten Schmuck, dass selbst Klaus nicht gewusst hätte, was es bedeutet. Trotzdem musste niemand den Kindern erklären, dass Stefano nur so tat, als wäre er überrascht. »Was für ein schrecklicher Unfall! Sieht ganz nach Schlangenbiss aus. Was für ein Schock für den, der ihn hier findet – wer immer das sein mag!«

»Ihr –«, begann Violet, doch sie spürte ein Würgen in der Kehle, so als wäre die Tatsache, dass Onkel Monty tot war, ein ekelhaft schmeckender Bissen. »Ihr –«, sagte sie noch einmal.

Stefano nahm es nicht zur Kenntnis. »Wenn sie entdecken, dass Dr. Montgomery tot ist, werden sie sich fragen, was wohl aus diesen abstoßenden Waisen geworden ist, die in seinem Haus herumlungerten. Aber die sind bis dahin schon lange nicht mehr da. Apropos – es ist Zeit, aufzubrechen. Die *Prospero* läuft um fünf Uhr vom Nebelhafen aus, und ich wäre gern der erste Passagier an Bord. Auf die Weise hätte ich noch Zeit für ein Fläschchen Wein vor dem Abendessen.«

»Wie konntet Ihr nur?«, flüsterte Klaus heiser. Er vermochte den Blick nicht von Onkel Montys kreidebleichem Gesicht abzuwenden. »Wie konntet Ihr das tun? Wie konntet Ihr ihn ermorden?«

»Aber Klaus, du überraschst mich wirklich«, sagte Stefano und ging zu Onkel Montys Leiche hinüber. »So ein Schlauberger wie du sollte doch in der Lage sein, zu erkennen, dass euer pausbäckiger alter Onkel nicht ermordet wurde, sondern an einem Schlangenbiss gestorben ist. Sieh doch nur dieses kreidebleiche Gesicht. Sieh doch nur diesen starren Blick.«

»Hört auf!«, sagte Violet. *»So dürft Ihr nicht reden!«*

»Du hast ganz recht!«, sagte Stefano. »Wir haben wirklich keine Zeit zum Plaudern. Wir müssen unser Schiff erwischen. Also los!«

»Mit Euch gehen wir nirgendwo hin«, sagte Klaus.

Seine Miene war ganz verkniffen von der Anstrengung, nicht in Tränen auszubrechen, sondern sich auf die Notlage zu konzentrieren, in der sie sich befanden. »Wir bleiben hier, bis die Polizei kommt.«

»Und woher, glaubst du, weiß die Polizei, dass sie herkommen soll?«, fragte Stefano.

»Wir rufen sie an«, sagte Klaus in einem – wie er hoffte – sehr entschlossen klingenden Tonfall und ging auf die Tür zu.

Stefano ließ seinen Koffer fallen. Das silber glänzende Schloss klirrte hell, als es auf den Marmorboden aufschlug. Mit wenigen Schritten war Stefano bei Klaus und versperrte ihm den Weg. Seine Augen waren weit aufgerissen und funkelten rot vor Wut. »Ich bin es so *leid*«, sagte er mit schnarrender Stimme, »dir immer alles *erklären* zu müssen. Du bist doch angeblich so oberschlau, aber *das hier* scheinst du trotzdem immer wieder zu vergessen!« Er griff in seine Tasche und zog das gezackte Messer heraus. »Das hier ist mein Messer. Es ist sehr scharf und ganz wild darauf, euch weh zu tun – fast so wild wie ich. Wenn ihr nicht tut, was ich sage, dann werdet ihr die Folgen am eigenen Körper zu spüren bekommen. War das jetzt deutlich genug? Also, ab mit euch in den verdammten Jeep!«

Wie du weißt, gilt Fluchen als sehr, sehr ungezogen und ist normalerweise auch völlig unnötig, doch die Baudelaire-Waisen waren zu entsetzt, um Stefano darauf hinzuweisen. Nach einem letzten Blick auf ihren armen Onkel Monty folgten die drei Kinder Stefano aus dem Reptiliensaal, um in den verdammten Jeep einzusteigen. Und um das Fass zum Überlaufen zu bringen – ein Ausdruck, der hier so viel bedeutet wie »jemandem eine unangenehme Aufgabe aufzwingen, der bereits in höchstem Maße aus der Fassung geraten ist« –, zwang Stefano Violet, ihm den Koffer aus dem Haus zu tragen. Sie war allerdings zu sehr in Gedanken, als dass es ihr noch viel ausgemacht hätte. Sie dachte an das letzte Mal, als ihre Geschwister und sie mit Onkel Monty gesprochen hatten, und erinnerte sich plötzlich voll heißer Scham, dass es eigentlich gar keine richtige Unterhaltung gewesen war. Du wirst natürlich noch wissen, dass die Kinder auf der Heimfahrt vom Kino, wo sie *Zombies im Schnee* gesehen hatten, so besorgt gewesen waren, dass sie kein Wort zu Onkel Monty gesagt hatten, und dass sie, als der Jeep vor dem Haus hielt, sofort nach oben gerannt waren, um die Lage auseinanderzuklamüsern. Nicht einmal Gute Nacht hatten sie gesagt zu dem Mann, der jetzt tot im Reptiliensaal lag.

Als die drei Kinder beim Jeep angelangt waren, versuchte Violet sich zu entsinnen, ob sie sich wenigstens für den Kinobesuch bedankt hatten, aber ihre Erinnerung an diesen Abend war völlig verschwommen. Vermutlich hatten Klaus, Sunny und sie selbst zumindest »vielen Dank, Onkel Monty« gesagt, als sie miteinander an der Kinokasse standen, aber selbst dessen war sie sich nicht mehr sicher. Stefano öffnete die Autotür, und mit einer Bewegung seines Messers dirigierte er Klaus und Sunny auf den winzigen Rücksitz, während Violet, den schweren schwarzen Koffer auf dem Schoß, sich vorn neben ihn setzen musste. Als Stefano den Zündschlüssel herumdrehte, gaben sich die Waisen einen kurzen Moment lang der Hoffnung hin, der Motor würde nicht anspringen, doch die Hoffnung trog. Onkel Monty hatte seinen Jeep immer gut gepflegt, und so sprang er sofort an.

Violet, Klaus und Sunny schauten zurück, als Stefano an den schlangenförmigen Büschen vorbeifuhr. Beim Anblick des Reptiliensaals, den Onkel Monty so hingebungsvoll mit seinen Fundstücken gefüllt hatte und in dem er selbst jetzt so etwas wie ein Fundstück war, wurde ihre Verzweiflung übermächtig; die Baudelaires begannen leise zu weinen. Mit dem Tod eines geliebten Menschen hat es schon eine eigenartige Bewandtnis: Wir alle wissen, dass unsere Zeit hier auf Erden begrenzt ist und dass wir alle irgendwann unter irgendeinem Laken enden, um nie wieder aufzuwachen. Und doch ist es immer wieder eine Überraschung, wenn es jemandem widerfährt, den wir kennen. Es ist, wie wenn du im Dunkeln die Treppe zu deinem Schlafzimmer hochgehst und eine Stufe mehr erwartest, als tatsächlich da ist. Dein Fuß stürzt durch die Luft in die Tiefe, und in diesem scheußlichen Moment finsterer Überraschung versuchst du dich neu zurechtzufinden. Die Baudelaire-Waisen weinten nicht nur um ihren Onkel Monty, sondern auch um ihre Eltern. Es war dieses dunkle, fremdartige Gefühl, plötzlich abzustürzen, das jeden großen Verlust begleitet.

Was sollte aus ihnen werden? Stefano hatte kaltblütig den Mann ermordet, der doch eigentlich auf die Baudelaires aufpassen sollte, und nun waren sie ganz allein. Was würde Stefano mit ihnen machen? Er hatte ja ursprünglich zurückbleiben sollen, wenn sie nach Peru reisten – stattdessen würde er nun derjenige sein, der mit ihnen an Bord der *Prospero* ging. Und welche schrecklichen Dinge mochten ihnen in Peru zustoßen? Würde Stefano es schaffen, ihr Vermögen an sich zu reißen? Und was würde dann aus ihnen werden? Das sind erschreckende Fragen, und wenn man über solche Dinge nachdenkt, beanspruchen sie die volle Aufmerksamkeit. Die Waisen waren so tief in ihre Gedanken versunken, dass sie gar nicht merkten, dass Stefano im nächsten Augenblick mit einem anderen Auto zusammenstoßen würde, bis es tatsächlich geschah.

Ein grässlicher Ton von klirrendem Glas und schepperndem Metall zerriss die Luft, als ein schwarzer Wagen in Onkel Montys Jeep krachte. Die Kinder landeten mit einem so heftigen Aufprall auf dem Boden des Fahrzeugs, dass es sich anfühlte, als wären ihre Mägen oben auf den Sitzen geblieben. Der schwarze Koffer bohrte sich erst in Violets Schulter und stieß dann gegen die Windschutzscheibe, die sofort an einem Dutzend Stellen zersprang, so dass sie wie ein Spinnennetz aussah. Stefano schrie überrascht auf, drehte das Lenkrad erst hierhin, dann dorthin, aber die beiden Autos waren so ineinander verkeilt, dass sie zusammen von der Straße abkamen und erst nach einem nochmaligen Aufprall in einem Erdwall zum Stehen kamen. Es kommt selten vor, dass man einen Autounfall als Glücksfall bezeichnen kann, aber hier war das ganz sicher so. Noch war die schlangenförmige Hecke hinter ihnen deutlich zu sehen, da war die Reise der Baudelaires zum Nebelhafen auch schon zu Ende.

Stefano schrie noch einmal auf, dieses Mal vor Wut. »Verfluchte Höllenhunde!«, brüllte er, während Violet ihre Schulter befühlte, um sicherzugehen, dass sie nicht ernstlich verletzt war. Klaus und Sunny rappelten sich vorsichtig auf und schauten durch die gesprungene Windschutzscheibe. In dem anderen Fahrzeug schien nur eine Person zu sitzen, aber das war schwer zu sagen, da das Auto wesentlich mehr Schaden genommen hatte als Onkel Montys Jeep. Die gesamte Front war zusammengeschoben und erinnerte an ein Akkordeon, während eine der Radkappen lärmend über das Pflaster der Schaurigen Chaussee eierte, wie eine riesige Münze, die jemand fallen gelassen hatte. Von dem grau gekleideten Fahrer hörten sie als Erstes ein lautes, abgehacktes Geräusch, als er die zerknautschte Tür seines Wagens öffnete und sich hinauskämpfte. Noch einmal ertönte dieses abgehackte Geräusch, als der Mann in die Tasche seines Anzugs griff und ein weißes Taschentuch herauszog.

»Das ist ja Mr Poe!«, schrie Klaus.

Es war tatsächlich Mr Poe, und wie immer hustete er. Die Kinder waren so begeistert, ihn zu sehen, dass sie trotz der schrecklichen Umstände lächelten. »Mr Poe! Mr Poe!«, rief Violet und versuchte mit der Hand um Stefanos Koffer herumzugreifen, um die Beifahrertür zu öffnen.

Stefano streckte einen Arm aus und packte Violet an der schmerzenden Schulter. Langsam drehte er seinen Kopf, so dass jedes der Kinder seine funkelnden Augen sehen konnte. »Das hier ändert überhaupt nichts!«, zischte er. »Ihr habt Glück gehabt, aber das war das letzte Mal. Ihr drei werdet rechtzeitig wieder mit mir im Auto sitzen und zum Nebelhafen fahren, um die *Prospero* zu erwischen – das verspreche ich euch.«

»Das werden wir ja sehen«, antwortete Violet, öffnete die Tür und glitt unter dem Koffer hindurch nach draußen. Auch Klaus öffnete seine Tür und folgte ihr, mit Sunny auf dem Arm. »Mr Poe! Mr Poe!«

»Violet?«, fragte Mr Poe. »Violet Baudelaire? Bist du das?«

»Ja, Mr Poe«, sagte Violet. »Wir sind es, alle drei, und wir sind Ihnen so dankbar, dass Sie mit uns zusammengestoßen sind.«

»Also, so würde ich das nicht sagen«, antwortete Mr Poe. »Das war eindeutig die Schuld des anderen Fahrers. *Ihr* seid mit *mir* zusammengestoßen.«

»Wie können Sie es wagen!«, schnaubte Stefano, stieg selbst aus dem Auto und rümpfte die Nase, als ihn der Meerrettichgeruch traf, von dem die Luft angefüllt war. Er stapfte zu Mr Poe hinüber, doch auf halber Strecke verwandelte sich sein Gesichtsausdruck von nackter Wut in geheuchelte Verwirrung und Traurigkeit. »Es tut mir so leid«, sagte er mit hoher, zitternder Stimme. »Das Ganze ist meine Schuld. Ich bin so betrübt wegen der Ereignisse, dass ich den Regeln des Straßenverkehrs keinerlei Beachtung geschenkt habe. Ich hoffe, Sie sind nicht verletzt, Mr Foe.«

»Poe«, sagte Mr Poe. »Mein Name ist *Poe*. Aber verletzt bin ich nicht. Es sieht so aus, als wäre niemand verletzt. Ich wünschte, dasselbe könnte ich von meinem Wagen auch sagen. Aber wer sind Sie überhaupt, und was machen Sie mit den Baudelaire-Kindern?«

»Ich werde Ihnen sagen, wer er ist«, begann Klaus. »Er ist –«

»Bitte, Klaus«, monierte Mr Poe, »es ist nicht höflich, jemandem ins Wort zu fallen.« Der Ausdruck »monierte« bedeutet hier so viel wie: »Er wies Klaus zurecht, obgleich dieser einen sehr triftigen Grund hatte, ihn zu unterbrechen.«

»Mein Name ist Stefano«, sagte Stefano und schüttelte Mr Poe die Hand. »Ich bin – das heißt, ich war – Dr. Montgomerys Assistent.«

»Was wollen Sie damit sagen – Sie waren es?«, fragte Mr Poe streng. »Hat er Sie gefeuert?«

»Nein. Dr. Montgomery – oh, bitte entschuldigen Sie mich –«. Stefano wandte sich ab und tat so, als wischte er sich über die Augen, zu traurig, um weiterzusprechen. Er stand mit dem Rücken zu Mr Poe und nutzte die Gelegenheit, um die Kinder scharf anzublicken. »Es tut mir leid, aber ich muss Ihnen mitteilen, Mr Doe, dass es einen furchtbaren Unfall gegeben hat. Dr. Montgomery ist tot.«

»Poe«, sagte Mr Poe. »Er ist tot? Das ist ja schrecklich. Was ist denn passiert?«

»Ich weiß es nicht«, sagte Stefano. »Für mich sieht es aus wie ein Schlangenbiss, aber ich verstehe überhaupt nichts von Schlangen. Deswegen war ich auf dem Weg in die Stadt, um einen Arzt zu holen. Die Kinder machten mir einen so aufgewühlten Eindruck, dass ich sie nicht allein lassen wollte.«

»Er fährt gar nicht mit uns zu einem Arzt!«, rief Klaus. »Nach Peru will er mit uns fahren!«

»Sehen Sie?«, sagte Stefano zu Mr Poe und tätschelte Klaus den Kopf. »Die Kinder sind ganz offensichtlich sehr betrübt. Dr. Montgomery wollte sie heute nach Peru mitnehmen.«

»Ja, ich weiß«, sagte Mr Poe. »Deswegen bin ich auch heute Morgen schnell hergekommen, um ihnen endlich ihr Gepäck zu bringen. Klaus, ich weiß, dass du durcheinander bist und dass dieser Unfall dich nur noch mehr verwirrt hat, aber versuche bitte zu begreifen, dass die Expedition, falls Dr. Montgomery tatsächlich tot ist, ohnehin ausfällt.«

»Aber Mr Poe –«, sagte Klaus ärgerlich.

»Bitte«, sagte Mr Poe, »das ist eine Angelegenheit, die die Erwachsenen unter sich besprechen sollten, Klaus. Auf jeden Fall sollten wir zuerst einmal einen Arzt holen.«

»Nun, warum fahren Sie nicht hoch zum Haus«, sagte Stefano, »und ich nehme die Kinder mit und suche einen Arzt.«

»*José!*«, quiekte Sunny, was vermutlich irgend so etwas bedeutete wie: »O nee, kommt gar nicht in Frage!«

»Warum gehen wir nicht alle zusammen ins Haus«, sagte Mr Poe, »und rufen einen Arzt an?«

Stefano zwinkerte heftig, und einen Moment lang nahm sein Gesicht wieder einen zornigen Ausdruck an, bevor es ihm gelang, sich zu beruhigen und gelassen zu antworten: »Aber natürlich, das hätte ich gleich tun sollen. Offensichtlich denke ich nicht so klar wie Sie. Also, Kinder, steigt wieder in den Jeep, Mr Poe fährt hinter uns her.«

»Wir steigen nicht noch einmal in das Auto«, sagte Klaus mit fester Stimme.

»Bitte, Klaus«, sagte Mr Poe. »Nun sei doch vernünftig. Es hat einen ernsten Unfall gegeben. Alle anderen Diskussionen müssen jetzt erst einmal aufgeschoben werden. Das einzige Problem ist, dass ich nicht sicher bin, ob mein Auto anspringen wird. Es sieht arg verbeult aus.«

»Probieren Sie doch mal, ob die Zündung noch geht«, sagte Stefano. Mr Poe nickte und ging zu seinem Auto zurück. Er setzte sich auf den Fahrersitz und drehte den Schlüssel herum. Der Motor machte ein gurgelndes Geräusch – das übrigens ein bisschen wie Mr Poes Hustenanfälle klang –, aber er sprang nicht an.

»Ich fürchte, er ist hinüber«, rief Mr Poe ihnen zu.

»Und nicht mehr lange«, murmelte Stefano an die Kinder gerichtet, »dann seid ihr es auch.«

»Tut mir leid«, rief Mr Poe, »ich habe Sie nicht verstanden.«

Stefano lächelte. »Zu dumm, habe ich gesagt. Dann

sollte ich die Kinder vielleicht nach Hause bringen und Sie kommen zu Fuß nach. Für uns alle ist in meinem Wagen kein Platz.«

Mr Poe runzelte die Stirn. »Aber ich habe die Koffer der Kinder im Auto, und ich würde sie nur ungern unbeaufsichtigt hier lassen. Warum räumen wir nicht das Gepäck in Ihren Wagen und die Kinder und ich laufen zum Haus?«

Stefano runzelte die Stirn. »Dann sollte aber vielleicht eines der Kinder mit mir kommen, damit ich mich nicht verfahre.«

Mr Poe lächelte. »Aber Sie sehen das Haus doch von hier aus. Sie können sich gar nicht verfahren.«

»Stefano möchte nicht, dass wir mit Ihnen allein sind«, meldete sich Violet zu Wort. Sie hatte auf einen geeigneten Moment gewartet, um ihre Argumente vorzutragen. »Er hat Angst, dass wir Ihnen sagen, wer er in Wirklichkeit ist und was er in Wirklichkeit vorhat.«

»Wovon redet sie eigentlich?«, fragte Mr Poe Stefano.

»Ich habe keine Ahnung, Mr Toe«, entgegnete Stefano, schüttelte den Kopf und blickte Violet wütend an.

Violet holte tief Luft. »Dieser Mann ist nicht Stefano«, sagte sie und zeigte auf ihn. »Er ist Graf Olaf, und er ist hier, um uns zu entführen.«

»*Wer* soll ich sein?«, fragte Stefano. »*Was* soll ich vorhaben?«

Mr Poe sah Stefano von oben bis unten an, dann schüttelte er den Kopf. »Sehen Sie es den Kindern nach«, sagte er. »Sie sind sehr erregt. Graf Olaf ist ein schrecklicher Mann, der versucht hat, ihnen ihr Geld zu stehlen, und die drei haben große Angst vor ihm.«

»Sehe ich denn so aus wie dieser Graf Olaf?«, fragte Stefano mit funkelnden Augen.

»Nein, nein«, sagte Mr Poe. »Graf Olaf hat eine lange Augenbraue und ist glatt rasiert. Sie haben einen Bart und, wenn Sie es mir nicht übelnehmen, überhaupt keine Augenbrauen.«

»Er hat sich die Braue rasiert«, sagte Violet, »und den Bart extra stehen lassen. Das sieht doch jeder!«

»Außerdem hat er die Tätowierung!«, schrie Klaus. »Das tätowierte Auge, am Knöchel! Schauen Sie sich die Tätowierung an!«

Mr Poe sah Stefano an und zuckte entschuldigend mit den Schultern. »Es ist mir wirklich unangenehm, Sie darum zu bitten«, sagte er, »doch die Kinder scheinen so aufgeregt, dass ich sie gern beruhigen würde, bevor wir weiterdiskutieren. Würde es Ihnen etwas ausmachen, mir einmal Ihren Knöchel zu zeigen?«

»Aber nur zu gern«, sagte Stefano und lächelte die Kinder zähnebleckend an. »Rechts oder links?«

Klaus schloss die Augen und dachte einen Moment nach. »Links«, sagte er dann.

Stefano stellte seinen linken Fuß auf die Stoßstange von Onkel Montys Jeep. Mit seinen teuflisch funkelnden Augen sah er die Baudelaire-Waisen an, während er langsam sein schmieriges, gestreiftes Hosenbein hochzog. Violet, Klaus, Sunny und Mr Poe wandten kein Auge von Stefanos Knöchel.

Das Hosenbein hob sich wie der Vorhang im Theater. Doch kein tätowiertes Auge war zu sehen. Die Baudelaire-Waisen starrten auf ein Stück glatter Haut, so glatt und bleich wie das Gesicht ihres armen Onkel Monty.

Kapitel Acht

Während der Jeep davonbrauste, trotteten die Baudelaire-Waisen zu Onkel Montys Haus zurück, Meerrettichgeruch in der Nase und ein Gefühl von Frustration im Herzen. Es ist ausgesprochen frustrierend, von jemandem widerlegt zu werden, vor allem dann, wenn man eigentlich im Recht ist und derjenige, der tatsächlich im Unrecht ist, gleichzeitig der ist, der einen widerlegt und sich selbst, völlig zu Unrecht, als denjenigen darstellt, der im Recht ist – stimmt's?

»Ich weiß nicht, wie er seine Tätowierung losgeworden ist«, sagte Klaus unbeirrt zu Mr Poe, der in sein Taschentuch hustete, »aber ich weiß, dass dieser Mensch ganz bestimmt Graf Olaf ist.«

»Klaus«, sagte Mr Poe, »ich finde es ermüdend, dieses Thema immer wieder von neuem erörtern zu müssen. Soeben haben wir Stefanos makellosen Knöchel betrachtet. ›Makellos‹ bedeutet –«

»Wir *wissen,* was ›makellos‹ bedeutet«, sagte Klaus und sah zu, wie Stefano aus Onkel Montys Jeep ausstieg und eilig ins Haus ging. »Ohne Tätowierung. Trotzdem ist es Graf Olaf. Wieso sehen Sie das nicht?«

»Das Einzige, was ich sehe«, sagte Mr Poe, »ist das, was ich vor mir habe. Ich sehe einen Mann ohne Augenbrauen, mit Bart, ohne Tätowierung, und das ist nicht Graf Olaf. Aber wie auch immer: Selbst wenn Stefano euch aus irgendeinem Grund Böses wollte, so hättet ihr trotzdem nichts zu befürchten. Natürlich ist es sehr schockierend, dass Dr. Montgomery verstorben ist, aber deswegen werden wir nicht einfach euch und euer Vermögen seinem Assistenten übergeben. Dieser Mann kann sich ja noch nicht einmal meinen Namen merken!«

Klaus sah seine Geschwister an und seufzte. Es wäre einfacher, so viel war ihnen klar, mit den schlangenförmigen Büschen zu diskutieren als mit Mr Poe, wenn der sich einmal etwas in den Kopf gesetzt hatte. Gerade wollte Violet einen neuen Versuch machen, ihn zu überzeugen, als hinter ihnen eine Hupe ertönte. Die Baudelaires und Mr Poe wichen einem herannahenden Automobil aus, einem kleinen grauen Wagen mit einem sehr mageren Fahrer. Der Wagen hielt vor dem Haus, und der magere Mensch stieg aus. Es war ein hochgewachsener Mann in einem weißen Kittel.

»Können wir Ihnen behilflich sein?«, rief Mr Poe ihm zu, als er und die Kinder näher kamen.

»Ich bin Dr. Lucafont«, sagte der große Mann. »Ich habe einen Anruf erhalten, wonach es in diesem Haus einen schrecklichen Unfall gegeben haben soll, in den anscheinend eine Schlange verwickelt war.«

»Sie sind schon da?«, fragte Mr Poe. »In der kurzen Zeit konnte Stefano doch kaum telefonieren, wie können Sie dann schon hier sein?«

»Geschwindigkeit ist das Wichtigste überhaupt in einem Notfall, finden Sie nicht auch?«, sagte Dr. Lucafont. »Wenn eine Autopsie durchgeführt werden muss, dann sollte das unverzüglich geschehen.«

»Selbstverständlich, selbstverständlich«, beeilte sich Mr Poe zu sagen. »Ich war nur überrascht.«

»Wo befindet sich die Leiche?«, fragte Dr. Lucafont und ging auf den Eingang zu.

»Stefano wird Ihnen den Weg zeigen«, antwortete Mr Poe und öffnete die Tür. Stefano stand in der Eingangshalle, eine Kaffeekanne in der Hand.

»Ich koche erst einmal Kaffee«, sagte er. »Wer möchte einen?«

»Ich trinke gerne eine Tasse«, sagte Dr. Lucafont. »Es geht doch nichts über einen starken Kaffee, bevor man sich an sein Tagewerk macht.«

Mr Poe runzelte die Stirn. »Sollten Sie nicht zuerst einen Blick auf Dr. Montgomery werfen?«

»Oh ja, Dr. Lucafont«, sagte Stefano. »Geschwindigkeit ist das Wichtigste überhaupt in einem Notfall, finden Sie nicht auch?«

»Doch, doch, da haben Sie sicher recht«, sagte Dr. Lucafont.

»Der arme Dr. Montgomery befindet sich im Reptiliensaal«, sagte Stefano und wies mit der Hand dorthin, wo der arme Vormund der Baudelaire-Waisen lag. »Bitte untersuchen Sie ihn ganz gründlich, *anschließend* können Sie einen Schluck Kaffee bekommen.«

»Sie sind der Boss hier«, sagte Dr. Lucafont und öffnete mit einer eigentümlich steifen Handbewegung die Tür zum Reptiliensaal. Stefano führte Mr Poe in die Küche, und die Baudelaires folgten den beiden mit finsterer Miene. Wenn man sich nutzlos fühlt und unfähig, zu helfen, gebraucht man manchmal den Ausdruck »sich wie das fünfte Rad am Wagen fühlen«, denn wenn etwas vier Räder hat, wie ein Karren oder ein Auto, dann ist ein fünftes Rad eigentlich nicht nötig. Während Stefano für die Erwachsenen Kaffee aufbrühte, setzten sich die drei Kinder an den Küchentisch. Wie wenig Zeit war erst vergangen, seit sie mit Onkel Monty hier gesessen und Kokosnusstorte gegessen hatten! Violet, Klaus und Sunny fühlten sich wie das fünfte, sechste und siebte Rad an einem Wagen, der in die verkehrte Richtung fuhr – nämlich zum Nebelhafen, wo die *Prospero* schon darauf wartete, auszulaufen.

»Als ich Dr. Lucafont anrief«, sagte Stefano, »habe ich ihm von Ihrem Unfall erzählt. Sobald er mit der medizinischen Untersuchung fertig ist, wird er Sie in die Stadt mitnehmen, damit Sie eine Werkstatt beauftragen können, sich um Ihren Wagen zu kümmern. Die Waisen können so lange bei mir bleiben.«

»Nein«, sagte Klaus entschieden. »Wir bleiben nicht einen Augenblick lang mit ihm allein.«

Mr Poe lächelte, während Stefano ihm Kaffee einschenkte, und sah dann streng zu Klaus hinüber. »Klaus, mir ist klar, dass du sehr aufgeregt bist, aber das ist keine Entschuldigung dafür, dass du dich Stefano gegenüber derart ungezogen benimmst. Bitte entschuldige dich sofort.«

»Nein!«, brüllte Klaus.

»Schon gut, Mr Yoe«, sagte Stefano besänftigend.

»Die Kinder sind einfach erregt wegen des Mordes an Dr. Montgomery, deswegen erwarte ich gar nicht, dass sie ihr bestes Benehmen an den Tag legen.«

»Mord?«, sagte Violet. Sie wandte sich Stefano zu und gab sich Mühe, einfach nur interessiert zu wirken und nicht aufgebracht. »Warum haben Sie *Mord* gesagt, *Stefano*?«

Stefanos Gesicht verdüsterte sich, und er ballte beide Hände zu Fäusten. Es sah so aus, als würde er Violet am liebsten die Augen auskratzen. »Ich hab mich versprochen«, sagte er schließlich.

»Selbstverständlich«, sagte Mr Poe und nippte an seinem Kaffee. »Aber wenn es den Kindern so angenehmer ist, dann können sie gern mit Dr. Lucafont und mir fahren.«

»Ich bin mir nicht sicher, ob sie alle hineinpassen«, sagte Stefano, und seine Augen funkelten. »Es ist wirklich ein sehr kleines Auto. Wenn es den Kindern so lieber ist, können sie auch mit mir im Jeep fahren, und wir folgen Ihnen und Dr. Lucafont zur Werkstatt.«

Die drei Kinder sahen einander an und dachten angestrengt nach. Es kam ihnen vor, als befänden sie sich mitten in einem Glücksspiel, allerdings in einem mit einem erschreckend hohen Einsatz. Ihre Aufgabe in diesem Spiel war es, auf keinen Fall mit Stefano allein zu bleiben, denn dann würde er sie auf die *Prospero* schleppen. Was nämlich aus ihnen würde, wenn sie erst mit diesem gierigen und verabscheuungswürdigen Menschen ganz allein in Peru wären, daran mochten sie lieber nicht denken. Worüber sie jetzt nachdenken mussten, war, wie sie verhindern konnten, dass es überhaupt dazu kam. Es schien einfach unglaublich, dass ihr ganzes Leben davon abhängen sollte, wer mit wem zusammen im Auto fahren würde, aber im Leben ist es tatsächlich oft so, dass die winzigsten Details sich schließlich als entscheidend herausstellen.

»Warum können wir nicht mit Dr. Lucafont fahren«, begann Violet vorsichtig, »und Mr Poe fährt mit Stefano?«

»Warum das nun wieder?«, fragte Mr Poe.

»Ich wollte schon immer mal das Auto von einem Arzt von innen sehen«, sagte Violet, obschon sie wusste, dass das ein ziemlich schwaches Argument war.

»Oh ja, ich auch«, sagte Klaus. »Bitte, dürfen wir mit Dr. Lucafont fahren?«

»Leider nicht«, sagte Dr. Lucafont zur allgemeinen Überraschung vom Gang her. »Zumindest nicht alle drei. Ich habe Dr. Montgomerys Leiche in meinen Wagen geschafft, so dass nur noch zwei Fahrgäste Platz haben.«

»Sind Sie denn mit Ihrer Untersuchung schon fertig?«, fragte Mr Poe.

»Vorläufig ja«, antwortete Dr. Lucafont. »Ich muss zwar die Leiche noch mitnehmen, um ein paar zusätzliche Tests vorzunehmen, aber auf jeden Fall hat die Autopsie ergeben, dass Dr. Montgomery an einem Schlangenbiss gestorben ist. Es gibt sicher noch Kaffee?«

»Aber selbstverständlich«, entgegnete Stefano und schenkte ihm ein.

»Wie können Sie da so sicher sein?«, fragte Violet den Arzt.

»Wie meinst du das?«, fragte Dr. Lucafont spöttisch.

»Ich bin mir sicher, dass noch Kaffee da ist, weil ich ihn hier vor mir sehe.«

»Ich vermute«, mischte sich Mr Poe ein, »dass Violet wissen wollte, wie Sie so sicher sein können, dass Dr. Montgomery an einem Schlangenbiss gestorben ist.«

»Weil ich in seinen Adern das Gift der Mamba du Mal gefunden habe, einer der gefährlichsten Giftschlangen der Welt.«

»Soll das etwa heißen, dass sich eine Giftschlange hier im Haus auf freiem Fuß befindet?«, fragte Mr Poe.

»Nein, nein«, sagte Dr. Lucafont. »Die Mamba du Mal ist gut verwahrt in ihrem Käfig. Anscheinend ist sie herausgekommen, hat Dr. Montgomery gebissen und sich dann selbst wieder eingeschlossen.«

»Wie bitte??«, fragte Violet. »Das ist ja wohl eine lächerliche Hypothese. Eine Schlange kann unmöglich ein Schloss öffnen oder schließen.«

»Vielleicht haben ihr andere Schlangen geholfen«, sagte Dr. Lucafont gelassen und schlürfte weiter seinen Kaffee. »Gibt es hier irgendwas zu essen? Ich bin Hals über Kopf hergekommen, ohne zu frühstücken.«

»Ihre Geschichte kommt mir in der Tat ein wenig merkwürdig vor«, meinte Mr Poe. Fragend betrachtete er Dr. Lucafont, der einen Schrank öffnete und hineinspähte.

»Schreckliche Unfälle sind oft sehr merkwürdig, das weiß ich aus Erfahrung«, antwortete Dr. Lucafont.

»Es kann kein Unfall gewesen sein«, sagte Violet.

»Onkel Monty ist –«. Sie unterbrach sich. »Onkel Monty war einer der angesehensten Herpetologen der Welt. Nie hätte er eine Giftschlange in einem Käfig gehalten, den sie allein hätte öffnen können.«

»Wenn es kein Unfall war«, sagte Dr. Lucafont, »dann hätte es jemand vorsätzlich tun müssen. Ihr drei Kinder habt ihn ja offensichtlich nicht umgebracht, und der Einzige, der sonst im Haus war, ist Stefano.«

»Und ich«, beeilte sich Stefano zu sagen, »weiß so gut wie nichts über Schlangen. Ich bin ja erst seit zwei Tagen im Haus und habe kaum Zeit gehabt, irgendetwas zu lernen.«

»Es sieht wohl wirklich nach einem Unfall aus«, sagte Mr Poe. »Tut mir leid, Kinder. Ich hatte geglaubt, Dr. Montgomery wäre ein geeigneter Vormund für euch.«

»Er war mehr als das«, sagte Violet leise. »Er war viel, viel mehr als nur ein geeigneter Vormund.«

»He, das ist Onkel Montys Essen!«, brüllte Klaus auf einmal mit wutverzerrter Miene. Er zeigte auf Dr. Lucafont, der sich eine Dose aus dem Schrank genommen hatte. »Lassen Sie sein Essen in Ruhe!«

»Aber ich wollte mir doch bloß ein paar Pfirsiche nehmen«, sagte Dr. Lucafont. Mit einer seiner eigentümlich breiten Hände hielt er eine Dose Pfirsiche hoch, die Onkel Monty erst gestern gekauft hatte.

»Bitte«, sagte Mr Poe sanft zu Dr. Lucafont, »die Kinder sind sehr aufgewühlt. Das werden Sie sicher verstehen. Violet, Klaus, Sunny – warum lasst ihr uns nicht eine Weile allein? Wir haben viel zu besprechen, und ihr seid ganz offensichtlich zu erregt, um euch an unserem Gespräch zu beteiligen. Also, Dr. Lucafont, lassen Sie uns versuchen, zu einer Lösung zu kommen. Sie haben also Platz für drei Passagiere, einschließlich der Leiche Dr. Montgomerys. Sie, Stefano, haben ebenfalls Platz für drei Personen.«

»Dann ist doch alles ganz einfach«, sagte Stefano. »Sie und die Leiche fahren bei Dr. Lucafont mit, und ich fahre mit den Kindern hinterher.«

»Nein«, sagte Klaus entschieden.

»Baudelaires«, sagte Mr Poe ebenso entschieden, »würdet ihr uns jetzt bitte allein lassen?«

»Afuup!«, quiekte Sunny, was vermutlich »nein« bedeuten sollte.

»Aber natürlich«, sagte Violet und warf Klaus und Sunny einen vielsagenden Blick zu. Dann nahm sie die Geschwister an den Händen und führte sie, um nicht zu sagen *schleifte* sie, aus der Küche. Klaus und Sunny sahen zu ihrer großen Schwester auf und merkten, dass sich etwas an ihr verändert hatte. Ihr Gesichtsausdruck zeigte jetzt eher Entschlossenheit als Kummer, und sie lief mit Riesenschritten, so als könnte es schon bald zu spät sein für das, was sie vorhatte.

Ihr erinnert euch natürlich, dass Klaus noch Jahre später, wenn er schlaflos im Bett lag, bereuen sollte, dass er damals den Taxifahrer, mit dem Stefano wieder in ihr Leben getreten war, nicht zurückgerufen hatte. Doch in dieser Hinsicht ging es Violet besser: Anders als Klaus nämlich, der in dem Moment, als er Stefano erkannte, so überrascht war, dass er unfähig war, prompt zu reagieren, erkannte Violet, als die Erwachsenen immer weiter palaverten, dass jetzt der Moment war, um zu handeln.

Ich möchte nicht behaupten, dass Violet in späteren Jahren ruhig schlief, wenn sie auf ihr Leben zurückblickte – jeder der drei Baudelaires hatte zu viel Schlimmes erlebt, um je friedlich zu schlafen –, aber es war schon so, dass sie immer ein bisschen stolz auf sich selbst war, weil sie damals begriffen hatte, dass sie und ihre Geschwister die Chance nutzen sollten, die Küche zu verlassen und sich an einen sinnvolleren Ort zu begeben.

»Was machen wir denn?«, fragte Klaus. »Wo gehen wir hin?« Auch Sunny schaute ihre Schwester fragend an, doch Violet schüttelte als Antwort nur den Kopf und ging noch ein bisschen schneller auf die Tür des Reptiliensaals zu.

Kapitel Neun

Als Violet die gewaltige Tür zum Reptiliensaal öffnete, befanden sich die Reptilien noch immer in ihren Käfigen, standen die Bücher noch immer in den Regalen, strömte die Morgensonne noch immer durch die Glasfenster – und doch war es einfach nicht mehr derselbe Raum. Obschon Dr. Lucafont Onkel Montys Leiche weggeschafft hatte, wirkte der Reptiliensaal nicht mehr so einladend wie sonst. Vermutlich würde er es auch nie mehr sein. Was in einem bestimmten Raum geschehen ist, kann deine Gefühle für diesen Ort ein für alle Mal besudeln, gerade so wie Tinte ein weißes Laken. Du kannst es waschen, so oft du willst, und trotzdem wirst du nie vergessen, was damit passiert ist.

»Ich will da nicht reingehen«, sagte Klaus. »Da ist Onkel Monty gestorben.«

»Ich weiß, dass das nicht schön ist«, sagte Violet, »aber es gibt Arbeit für uns.«

»Arbeit?«, fragte Klaus. »Was für Arbeit denn?«

Violet knirschte mit den Zähnen. »Arbeit, die eigentlich Mr Poe erledigen müsste«, sagte sie. »Aber der ist wie immer wohlmeinend und kein bisschen hilfreich.« Klaus und Sunny stießen beide einen lauten Seufzer aus, weil ihre Schwester damit ein Gefühl in Worte gefasst hatte, das jeder von ihnen im Stillen schon immer gehabt hatte, seit Mr Poe sich um ihre Angelegenheiten kümmerte. »Mr Poe glaubt nicht, dass Stefano und Graf Olaf ein und dieselbe Person sind. Außerdem glaubt er, dass Onkel Montys Tod ein Unfall war. Das heißt, wir müssen ihn in beiden Punkten eines Besseren belehren.«

»Aber Stefano hat keine Tätowierung«, wandte Klaus ein, »und Dr. Lucafont hat das Gift der Mamba du Mal in Montys Blut gefunden.«

»Ich weiß, ich weiß«, sagte Violet ungeduldig. »Wir drei kennen die Wahrheit, aber um die Erwachsenen zu überzeugen, brauchen wir hieb- und stichfeste Beweise für Stefanos Plan.«

»Hätten wir solche hieb- und stichfesten Beweise bloß schon früher gefunden!«, meinte Klaus düster. »Vielleicht hätten wir Onkel Monty dann das Leben retten können.«

»Das werden wir nie wissen«, sagte Violet leise. Sie ließ ihre Blicke durch den Reptiliensaal schweifen, der Onkel Montys Lebenswerk verkörperte. »Wenn wir es aber schaffen, Stefano als Mörder hinter Schloss und Riegel zu bringen, dann können wir zumindest verhindern, dass er noch anderen Menschen Schaden zufügt.«

»Uns selbst eingeschlossen«, meinte Klaus.

»Uns selbst eingeschlossen«, stimmte Violet ihm zu.

»Also Klaus, such alle Bücher heraus, in denen Angaben zur Mamba du Mal stehen. Wenn du was gefunden hast, sag mir Bescheid.«

»Das kann Tage dauern«, sagte Klaus und betrachtete die umfangreiche Bibliothek des Onkels.

»So viel Zeit haben wir aber nicht«, sagte Violet entschieden.

»Wir haben nicht mal Stunden. Um fünf Uhr läuft die *Prospero* vom Nebelhafen aus, und Stefano wird alles tun, was in seiner Macht steht, um uns auf dieses Schiff zu bringen. Und wenn wir erst allein mit ihm in Peru sind –«

»Schon gut, schon gut,«, sagte Klaus. »Also an die Arbeit! Hier, nimm du dieses Buch.«

»Ich nehme überhaupt kein Buch«, sagte Violet.

»Während du in der Bibliothek arbeitest, geh ich rauf in Stefanos Zimmer und schau nach, ob ich irgendwelche Hinweise finde.«

»Allein?«, fragte Klaus. »In seinem Zimmer?«

»Da kann mir absolut nichts passieren«, sagte Violet, obgleich es überhaupt keinen Grund für diese Annahme gab. »Jetzt stürz dich auf die Bücher, Klaus. Sunny, du bewachst die Tür und beißt jeden, der versucht, hier hereinzukommen.«

»Ackroid!«, sagte Sunny, was vermutlich so viel hieß wie *Roger* im Funkverkehr.

Violet ging hinaus, und Sunny setzte sich wie versprochen gleich neben die Tür und bleckte die Zähne. Klaus ging in die Bibliothek am anderen Ende des Saals, wobei er sorgsam den Gang mit den Giftschlangen mied. Nicht einmal einen Blick wollte er auf die Mamba du Mal oder irgendein anderes tödliches Reptil werfen. Natürlich wusste Klaus, dass im Grunde genommen nicht die Schlange die Schuld an Onkel Montys Tod trug, sondern Stefano. Trotzdem konnte er es nicht ertragen, das Tier anzuschauen, das der glücklichen Zeit, die ihm und seinen Schwestern hier vergönnt gewesen war, ein Ende bereitet hatte. Seufzend schlug Klaus ein Buch auf. Wie so oft, wenn der einzige Sohn der Baudelaires nicht über seine Lage nachdenken wollte, stürzte er sich in die Lektüre.

An dieser Stelle lassen wir Klaus und Sunny eine Weile im Reptiliensaal allein – Klaus mit seinen Nachforschungen und Sunny, die mit ihren scharfen Zähnen die Tür bewacht – und machen einen Sprung, um zu schauen, was Violet vorhat. Ich bin sicher, dass dich das interessieren wird.

Violet hatte sich nämlich zur Küchentür geschlichen und versuchte etwas von dem aufzuschnappen, was die Erwachsenen redeten. Wie du sicher weißt, ist es beim Lauschen das Wichtigste überhaupt, dass man sich nicht erwischen lässt. Deswegen bewegte Violet sich auch so leise wie möglich und mied alle knarrenden Bodendielen. An der Küchentür angekommen, nahm sie ihre Haarschleife aus der Tasche und ließ sie zu Boden fallen, damit sie, falls jemand die Tür öffnen sollte, behaupten konnte, sie habe nicht gelauscht, sondern sich nur gebückt, um das Band wieder aufzuheben. Das war ein Trick, den sie schon als kleines Mädchen gelernt hatte, wenn sie an der Schlafzimmertür der Eltern gelauscht hatte, um in Erfahrung zu bringen, was sie zum Geburtstag bekommen würde. Wie alle guten Tricks funktionierte auch dieser noch immer.

»Aber Mr Poe, wenn Stefano mit mir kommt und Sie Dr. Montgomerys Jeep nehmen«, sagte Dr. Lucafont gerade, »wie wollen Sie dann den Weg finden?«

»Ich verstehe«, entgegnete Mr Poe. »Aber ich glaube nicht, dass Sunny bereit sein wird, sich auf Dr. Montgomerys Schoß zu setzen, jetzt, wo er tot ist. Wir müssen eine andere Lösung finden.«

»Ich hab's!«, sagte Stefano. »Ich fahre die Kinder in Dr. Lucafonts Wagen, und Dr. Lucafont fährt mit Ihnen und Dr. Montgomery in Dr. Montgomerys Jeep.«

»Ich fürchte, das wird nicht gehen«, sagte Dr. Lucafont ernst. »Die Gesetze dieser Stadt erlauben es nicht, dass jemand anderer meinen Wagen lenkt.«

»Außerdem haben wir noch gar nicht über das Gepäck der Kinder gesprochen«, meinte Mr Poe.

Violet richtete sich auf. Sie hatte genug gehört, um zu wissen, dass ihr genug Zeit blieb, um in Stefanos Zimmer zu gehen. Auf Zehenspitzen schlich sie die Treppe hoch und den Gang entlang bis zu der Tür, vor der Stefano in jener schrecklichen Nacht mit dem Messer in der Hand gesessen hatte. Hier blieb Violet stehen. Es war schon erstaunlich, dachte sie, wie einem alles, was mit Graf Olaf zusammenhing, Angst machte. Er war ein so furchtbarer Mensch, dass allein schon der Anblick seiner Zimmertür dafür sorgte, dass einem das Herz schneller schlug. Fast hoffte Violet, dass Stefano die Treppe hinaufstürmen und sie abfangen würde, so dass sie nicht die Tür öffnen und sein Schlafzimmer betreten müsste. Doch dann dachte sie, dass es ja um ihr Leben ging und um das ihrer Geschwister. Wenn das Leben bedroht ist, entdeckt man oft einen Mut in sich, von dem man vorher gar nicht wusste, dass man ihn besitzt. So entdeckte auch das älteste der Baudelaire-Kinder, dass es den Mut besaß, die Tür zu öffnen. Sie drehte den Messingknauf, wobei ihr noch immer die Schulter weh tat von dem Zusammenprall der beiden Autos. Dann betrat Violet das Zimmer.

Wie sie schon vermutet hatte, war es verdreckt und chaotisch. Das ungemachte Bett war übersät mit Krümeln und Haaren. Zerlesene Zeitungen und Versandkataloge lagen in unordentlichen Haufen auf dem Boden herum. Auf der Kommode stand eine kleine Batterie halbleerer Weinflaschen. Der Kleiderschrank war offen; Kleiderbügel aus verrostetem Draht schaukelten in der Zugluft. Die Fenstervorhänge waren völlig zerkrumpelt und verklebt, und als Violet näher kam, stellte sie entgeistert fest, dass Graf Olaf sie ganz offensichtlich zum Schnäuzen benutzt hatte.

Aber angetrockneter Rotz, so eklig er auch war, stellte doch nicht die Art Beweis dar, auf die Violet gehofft hatte. Die älteste der Baudelaire-Waisen stand mitten im Zimmer und studierte das Durcheinander. Alles war grässlich, nichts war hilfreich. Violet rieb sich die Schulter und dachte daran, wie es gewesen war, als sie und ihre Geschwister noch bei Graf Olaf lebten und dort im Turmzimmer eingesperrt waren. Auch wenn es erschreckend gewesen war, in seinem Allerheiligsten eingeschlossen zu sein – der Ausdruck »Allerheiligstes« heißt hier so viel wie »verdreckter Raum, in dem böse Pläne ausgeheckt werden« –, so hatte es sich doch als ganz nützlich herausgestellt, weil sie dort wenigstens in der Lage gewesen waren, alles über das Eherecht nachzulesen und so einen Ausweg aus ihrer Notlage zu finden. Hier jedoch, in Stefanos Allerheiligstem in Onkel Montys Haus, konnte Violet nichts finden außer den Anzeichen von Graf Olafs Schlampigkeit. Irgendwo musste er doch eine Spur hinterlassen haben, auf die Violet stoßen und die sie Mr Poe als Beweis präsentieren könnte – aber wo? Entmutigt – und auch voller Angst, dass sie womöglich zu lange in Stefanos Zimmer geblieben war – schlich sie sich leise wieder nach unten.

»Nein, nein, nein«, hörte sie Mr Poe sagen, als sie auch jetzt wieder an der Küchentür stehen blieb, um zu lauschen. »Dr. Montgomery kann unmöglich fahren. Er ist tot. Aber es muss doch eine Lösung geben!«

»Ich habe es doch schon mehrmals gesagt«, entgegnete Stefano. »Das Einfachste ist, wenn ich die drei Kinder mit in die Stadt nehme, während Sie mit Dr. Lucafont und der Leiche folgen. Nichts leichter als das!«

»Vielleicht haben Sie recht«, seufzte Mr Poe, und Violet beeilte sich, in den Reptiliensaal zu kommen. »Klaus, Klaus!«, rief sie. »Bitte sag, dass du was entdeckt hast! Ich war in Stefanos Zimmer und habe überhaupt nichts gefunden, was uns helfen könnte, und es sieht so aus, als würde Stefano es tatsächlich schaffen, dass wir allein mit ihm fahren.«

Klaus lächelte nur und fing an, laut aus einem Buch vorzulesen, das er in der Hand hielt. »Die Mamba du Mal«, begann er, »eine der tödlichsten Schlangen der Hemisphäre, ist bekannt dafür, dass sie ihre Opfer stranguliert, während sie ihnen ihr tödliches Gift inokuliert, was bei diesen aufgrund der Hypoxie eine livide Verfärbung der Haut hervorruft.«

»Strangulieren? Inokuliert? Hypoxie? Livide?«, wiederholte Violet. »Ich verstehe immer nur Bahnhof« –

ein Ausdruck, der bekanntlich nichts mit Zügen zu tun hat, sondern hier nur besagen sollte, dass Violet gar nichts verstand.

»Das ging mir auch so«, gab Klaus zu. »Bis ich ein paar Wörter nachgeschlagen habe. »*Strangulieren* heißt würgen, *inokulieren* bedeutet verabreichen, *Hypoxie* ist dasselbe wie Sauerstoffmangel und *livide* heißt bläulich. Das heißt also, die Mamba du Mal ist bekannt dafür, dass sie Menschen würgt und gleichzeitig beißt, was auf deren Körpern dunkle Flecken hervorruft, die vom Sauerstoffmangel herrühren.«

»Hör auf! Hör auf!«, schrie Violet und hielt sich die Ohren zu. »Ich will nichts mehr davon hören, was mit Onkel Monty passiert ist!«

»Du verstehst mich nicht!«, sagte Klaus sanft. »Das ist es ja gerade *nicht,* was mit Onkel Monty passiert ist. Wenn es so wäre, dann wäre Onkel Montys Körper doch ganz dunkel gewesen. Aber du und ich, wir wissen beide, dass er kreidebleich war.«

Violet wollte etwas sagen, verstummte aber erst einmal, als sie daran dachte, wie leichenblass das Gesicht des Onkels gewesen war, als sie ihn fanden. »Das stimmt«, sagte sie schließlich. »Aber wie ist er dann vergiftet worden?«

»Erinnerst du dich, dass Onkel Monty gesagt hat, dass er von allen Giftschlangen Giftproben in Reagenzgläschen aufbewahrt, um sie untersuchen zu können?«, sagte Klaus. »Ich vermute, Stefano hat das Gift entwendet und es Onkel Monty direkt injiziert.«

»Glaubst du wirklich?« Violet schauderte. »Das ist ja grauenvoll.«

»Okipi!«, schrie Sunny, was offensichtlich Zustimmung bedeutete.

»Wenn wir das Mr Poe erzählen«, sagte Klaus zuversichtlich, »dann wird Stefano verhaftet und ins Gefängnis gesteckt, weil er Onkel Monty ermordet hat. Dann kann er uns nicht mehr nach Peru verschleppen, nicht mehr mit Messern bedrohen, nicht mehr zwingen, seinen Koffer zu tragen, nichts dergleichen.«

Violet sah ihren Bruder mit vor Aufregung weit aufgerissenen Augen an. »Koffer!«, sagte sie. »Sein Koffer!«

»Wovon redest du eigentlich?«, fragte Klaus verwundert, und Violet wollte es ihm gerade erklären, als es an der Tür klopfte.

»Herein!«, rief Violet, und als Mr Poe in der Tür erschien, machte sie Sunny schnell ein Zeichen, dass sie ihn nicht beißen sollte.

»Ich hoffe, ihr habt euch inzwischen ein bisschen beruhigt«, sagte Mr Poe und sah die Kinder der Reihe nach an. »Dann verfolgt ihr vielleicht auch nicht mehr den Gedanken, dass Stefano Graf Olaf sei.« Der Ausdruck »einen Gedanken verfolgen« bedeutet natürlich nicht »ihn jagen« oder »ihm hinterherlaufen«, sondern einfach »denken«.

»Selbst wenn er nicht Graf Olaf ist«, sagte Klaus bedächtig, »so glauben wir doch, dass er für Onkel Montys Tod verantwortlich ist.«

»Unfug!«, rief Mr Poe heftig. »Onkel Montys Tod war ein schrecklicher Unfall, sonst nichts.« Violet sah ihren Bruder an und schüttelte den Kopf.

Klaus hielt das Buch hoch, aus dem er vorgelesen hatte. »Während Sie in der Küche waren, haben wir uns hier über Schlangen informiert und –«

»Über Schlangen?!«, fragte Mr Poe. »Man sollte meinen, nach dem, was Mr Montgomery passiert ist, würdet ihr über alles andere lieber lesen als ausgerechnet über Schlangen.«

»Aber ich habe etwas herausgefunden«, sagte Klaus, »nämlich dass –«

»Es spielt keine Rolle, was du über Schlangen herausgefunden hast«, unterbrach ihn Mr Poe und zog sein Taschentuch heraus. Die Baudelaires warteten, bis er sich ausgehustet und das Tuch wieder in der Tasche verstaut hatte. »Es spielt keine Rolle«, begann er wieder, »was du über Schlangen herausgefunden hast. Stefano versteht nämlich überhaupt nichts von Schlangen. Das hat er uns selbst gesagt.«

»Aber –«, sagte Klaus wieder, brach jedoch ab, als sein Blick auf Violet fiel. Wieder schüttelte sie fast unmerklich den Kopf, was so viel bedeuten sollte wie: Kein Wort mehr zu Mr Poe! Klaus blickte von seiner Schwester zu Mr Poe und machte den Mund wieder zu.

Mr Poe hüstelte in sein Taschentuch, bevor er auf die Uhr sah. »Also gut, das wäre also geklärt, bleibt nur noch die Sache mit unserer Autofahrt. Ich weiß, dass ihr drei schrecklich gern sehen würdet, wie ein Arztwagen von innen aussieht, wir haben es auch lang und breit diskutiert, aber es lässt sich einfach nicht machen. Ihr drei werdet also mit Stefano in die Stadt fahren, während ich Dr. Lucafont und Onkel Monty begleite. Stefano und Dr. Lucafont sind gerade dabei, das ganze Gepäck wieder auszuladen. In ein paar Minuten geht's los. Wenn ihr mich jetzt bitte entschuldigen würdet – ich muss die Herpetologische Gesellschaft anrufen und ihnen die schlimme Nachricht übermitteln.« Er hustete noch einmal in sein Taschentuch und verließ den Reptiliensaal.

»Wieso wolltest du nicht, dass ich Mr Poe sage, was ich gelesen habe?«, fragte Klaus Violet, sobald er sicher war, dass Mr Poe außer Hörweite war. Violet gab keine Antwort. Sie schaute durch die gläsernen Wände des Reptiliensaals und beobachtete Dr. Lucafont und Stefano, die gerade an den schlangenförmigen Büschen vorbei auf Onkel Montys Jeep zugingen. Stefano öffnete die hintere Wagentür, und Dr. Lucafont begann, mit seinen steifen Händen die Koffer auszuladen. »Violet, wieso wolltest du nicht, dass ich Mr Poe erzähle, was ich gelesen habe?«

Violet ging über Klaus' Frage einfach hinweg. »Wenn die Erwachsenen uns holen kommen«, sagte sie nur, »dann sieh zu, dass sie so lange im Reptiliensaal bleiben, bis ich zurück bin.«

»Aber wie soll ich das machen?«, fragte Klaus.

»Lenk sie mit irgendwas ab«, entgegnete Violet ungeduldig, während sie immer noch durch die Fenster zusah, wie draußen der Kofferberg wuchs.

»Wie denn?«, fragte Klaus besorgt. »Womit?«

»Lieber Himmel, Klaus«, antwortete seine ältere Schwester. »Du hast doch Hunderte von Büchern gelesen. Da muss doch irgendwas dabeigewesen sein darüber, wie man jemanden ablenkt.«

Klaus dachte einen Moment lang nach. »Um den Trojanischen Krieg zu gewinnen«, sagte er, »versteckten die alten Griechen Soldaten in einem riesigen hölzernen Pferd. Das war so eine Art Ablenkung. Aber ich hab nicht genug Zeit, um ein hölzernes Pferd zu bauen.«

»Dann musst du dir eben was anderes einfallen lassen«, meinte Violet und ging langsam auf die Tür zu, ließ aber das Fenster dabei nicht aus dem Auge. Klaus und Sunny sahen erst ihre Schwester an, dann folgten sie ihrem Blick mit den Augen. Es ist schon bemerkenswert, dass Menschen, die das Gleiche sehen, dabei ganz unterschiedliche Gedanken haben können. Als zum Beispiel die beiden jüngeren Baudelaires den Kofferberg ansahen, dachten sie nur, dass, wenn ihnen jetzt nicht ganz schnell etwas einfiele, sie gleich allein mit Stefano in Onkel Montys Jeep sitzen würden. Aber so wie Violet dreinschaute, als sie den Reptiliensaal verließ, dachte sie ganz offensichtlich etwas anderes. Klaus und Sunny konnten sich nicht vorstellen, was das sein mochte, aber irgendwie musste ihre Schwester zu einer anderen Schlussfolgerung gekommen sein, als sie ihren eigenen braunen Koffer angeschaut hatte, oder den beigen, in dem sich Klaus' Sachen befanden, den winzigen grauen, der Sunny gehörte, oder auch den großen schwarzen mit dem silber glänzenden Schloss, den Stefano mitgebracht hatte.

Kapitel Zehn

Als du noch ganz klein warst, hat dir vielleicht einmal jemand die Geschichte von dem Hirtenjungen und dem Wolf erzählt. Ein ausgesprochen dummer Junge, vielleicht erinnerst du dich noch, schrie einmal ganz laut »Wolf!«, obwohl gar kein Wolf da war, und als die einfältigen Dörfler herbeigerannt kamen, um ihn zu retten, stellten sie fest, dass das Ganze nur ein Jux war. Als der Junge dann einmal im Ernst »Wolf!« schrie, kamen die Dörfler erst gar nicht. Der Junge wurde gefressen, und das war sein Ende und zum Glück auch das der wirklich nicht sehr originellen Geschichte.

Die Moral der Geschichte sollte natürlich diese sein: »Zieh niemals irgendwohin, wo Wölfe frei herumlaufen!«, aber wer immer es war, von dem du sie gehört hast, hat dir bestimmt erzählt, dass die Moral von der Geschichte die sei, dass man nicht lügen soll. Das ist natürlich eine völlig absurde Moral, denn du und ich, wir wissen beide, dass es manchmal nicht nur gut ist zu lügen, sondern dass es sogar notwendig sein kann. Zum Beispiel war es absolut richtig, dass Sunny, sobald Violet den Reptiliensaal verlassen hatte, hinüberkrabbelte zu dem Käfig, in dem die Unglaublich Tödliche Viper lebte, den Riegel aufschob und zu brüllen anfing, so laut sie konnte, obwohl eigentlich gar nichts passiert war.

Eine andere Geschichte, in der auch ein Wolf vorkommt und die dir ganz bestimmt jemand vorgelesen hat, ist genauso absurd. Ich spreche von Rotkäppchen, einem außerordentlich unangenehmen kleinen Mädchen, das es sich, genauso wie der Hirtenjunge, in den Kopf gesetzt hatte, ein Gelände zu betreten, auf dem gefährliche Tiere lebten. Du erinnerst dich sicher, dass der Wolf, nachdem Rotkäppchen sehr unhöflich zu ihm war, die Großmutter des kleinen Mädchens gefressen und zur Tarnung ihre Kleider angezogen hat. Dieser Teil der Geschichte ist der albernste, denn man sollte doch meinen, dass selbst ein so dümmliches Kind wie Rotkäppchen in der Lage wäre, zwischen ihrer Großmutter und einem Wolf im Nachthemd und mit Plüschpantoffeln zu unterscheiden. Wenn du jemanden sehr gut kennst, wie beispielsweise deine Großmutter oder deine kleine Schwester, dann weißt du genau, was echt ist und was nur gespielt. So kam es auch, dass Violet und Klaus, als Sunny zu brüllen anfing, sofort wussten, dass dieses Gebrüll nur gespielt war.

»Dieses Gebrüll ist nur gespielt«, sagte sich Klaus, der am anderen Ende des Reptiliensaals saß.

»Dieses Gebrüll ist nur gespielt«, sagte sich Violet, die gerade die Treppe hinaufging.

»Um Gottes willen! Etwas Schreckliches ist passiert!«, sagte sich Mr Poe, der gerade in der Küche stand und telefonierte. »Auf Wiederhören!«, rief er noch schnell in den Hörer, legte auf und rannte aus der Küche, um nachzusehen, was passiert war.

»Was ist passiert?«, fragte Mr Poe Stefano und Dr. Lucafont, die mit dem Ausladen des Gepäcks fertig waren und soeben wieder das Haus betraten. »Ich habe Schreie aus dem Reptiliensaal gehört.«

»Es ist bestimmt nichts Ernstes«, sagte Stefano.

»Sie wissen doch, wie Kinder sind«, sagte Dr. Lucafont.

»Bitte nicht noch so eine Tragödie!«, sagte Mr Poe und rannte auf die gewaltige Tür des Reptiliensaals zu. »Kinder! Kinder!«

»Hierher!«, antwortete Klaus. »Schnell!« Seine Stimme war rau und leise, und jeder, der Klaus nicht kannte, hätte geglaubt, dass er Angst hatte. Wenn man Klaus jedoch kannte, dann wusste man, dass seine Stimme, wenn er wirklich Angst hatte, ganz hoch und schrill wurde, so wie in dem Augenblick, als er Onkel Montys Leiche entdeckte. Rau und leise wurde seine Stimme dann, wenn er sich das Lachen verbeißen musste. Es war aber ausgesprochen gut, dass Klaus es schaffte, nicht zu lachen, als Mr Poe, Stefano und Dr. Lucafont den Reptiliensaal betraten, denn sonst hätte er alles verdorben.

Sunny lag auf dem Marmorboden und strampelte wild mit Armen und Beinen, als ob sie schwimmen wollte. Worüber Klaus am liebsten laut gelacht hätte, war ihr Gesichtsausdruck. Sunnys Mund stand sperrangelweit offen, so dass man ihre vier scharfen Zähne sah, und sie zwinkerte heftig. Sie versuchte so auszusehen, als wäre sie ganz furchtbar erschrocken, und jeder, der Sunny nicht kannte, musste das für echt halten. Aber Klaus kannte Sunny sehr genau und wusste, dass ihr Gesicht, wenn sie wirklich Angst hatte, ganz spitz und verschlossen aussah, so wie damals, als Stefano gedroht hatte, ihr eine Zehe abzuschneiden. Für jeden außer Klaus jedoch sah es so aus, als hätte Sunny schreckliche Angst, vor allem deswegen, weil sie nicht allein dalag. Um Sunnys schmalen Körper hatte sich eine Schlange gewunden, eine Schlange so schwarz wie ein Kohlenschacht und so dick wie ein Abflussrohr. Sie sah Sunny mit ihren funkelnden grünen Augen an und riss das Maul so weit auf, als wollte sie sie jeden Moment beißen.

»Die Unglaublich Tödliche Viper!«, rief Klaus. »Sie wird sie beißen!« Sunny öffnete ihren Mund und ihre Augen noch weiter, damit es so aussah, als hätte sie noch mehr Angst. Auch Dr. Lucafont machte den Mund auf, und Klaus sah, dass er etwas sagen wollte, aber keine Worte fand. Stefano, dem Sunnys Wohlergehen natürlich völlig gleichgültig war, sah immerhin überrascht aus. Mr Poe jedoch war in völliger Panik.

Grundsätzlich kann man bei Panikzuständen zwei Typen unterscheiden: Der eine steht ganz still da und sagt kein Wort, der andere springt wie besessen herum und redet ununterbrochen, was ihm gerade in den Sinn kommt. Mr Poe gehörte zu dem zweiten Typus. Noch nie zuvor hatten Klaus und Sunny den Bankier sich so schnell bewegen sehen oder mit so hoher Stimme sprechen hören. »Himmelswillen!«, schrie er und »Herrgott! Allah segne uns! Zeus und Hera! Jesus und Maria! Charles Dickens! Rührt sie bloß nicht an! Packt sie! Näher! Rennt weg! Keine Bewegung! Tötet die Schlange!

Lasst sie in Ruhe! Gebt ihr zu fressen! Passt auf, dass sie sie nicht beißt! Lockt sie weg! Komm her, mein Tierchen! Kommkommkomm, mein Schlängelchen!«

Die Unglaublich Tödliche Viper hörte sich geduldig Mr Poes Geplapper an, ohne Sunny auch nur einen Moment aus den Augen zu lassen, und als Mr Poe eine Pause machte, um in sein Taschentuch zu husten, reckte sie den Kopf vor und biss Sunny ins Kinn, genau dort, wo sie sie gebissen hatte, als die Freundschaft der beiden begann.

Klaus bemühte sich, nicht zu grinsen, aber Dr. Lucafont schnappte nach Luft, Stefano riss die Augen weit auf und Mr Poe sprang aufs Neue wirr plappernd herum.

»Sie hat sie gebissen!«, schrie er. »Sie hat sie gebissen! Sie hat sie gebissen! Beruhigt euch! Los, tut was! Ruft den Krankenwagen! Ruft die Polizei! Ruft einen Zoologen! Ruft meine Frau an! Das ist ja grässlich! Grausig! Grauenvoll! Gespenstisch! Gr–«

»Grund zur Beunruhigung ist das nicht«, unterbrach Stefano ihn gelassen.

»Was wollen Sie damit sagen?«, fragte Mr Poe ungläubig.

»Sunny ist gerade gebissen worden, und zwar von einer – wie heißt diese Schlange noch, Klaus?«

»Die Unglaublich Tödliche Viper«, antwortete Klaus prompt.

»Die Unglaublich Tödliche Viper!«, wiederholte Mr Poe und wies auf die Schlange, die ihre Zähne immer noch auf Sunnys Kinn richtete. Wieder stieß Sunny einen gespielten Angstschrei aus. »Wie können Sie da sagen, es gäbe keinen Grund zur Beunruhigung?«

»Weil die Unglaublich Tödliche Viper absolut harmlos ist«, sagte Stefano. »Beruhigen Sie sich, Poe. Der Name der Schlange ist eine Fälschung, die Dr. Montgomery sich ausgedacht hat, weil er sich einen Spaß erlauben wollte.«

»Sind Sie sicher?«, fragte Mr Poe. Seine Stimme wurde ein wenig leiser, und auch seine Bewegungen wurden etwas weniger hektisch, als er sich langsam beruhigte.

»Natürlich bin ich sicher«, sagte Stefano, und Klaus erkannte in seinem Gesicht einen Ausdruck wieder, an den er sich noch aus der Zeit erinnerte, als sie bei Graf Olaf gelebt hatten. Es war ein Ausdruck schierer Eitelkeit, der verriet, dass Graf Olaf sich für den unglaublichsten Menschen hielt, der je gelebt hatte. Als die Baudelaire-Waisen noch unter der Obhut Graf Olafs lebten, hatten sie ihn oft an ihm gesehen. Immer war er nur zu glücklich gewesen, seine Talente vorzuführen, ob er nun mit seiner abscheulichen Theatertruppe auf der Bühne stand oder ob er im Turmzimmer seine üblen Machenschaften ausheckte. Lächelnd sprach Stefano weiter, begierig, vor Mr Poe prahlen zu können. »Diese Schlange ist absolut harmlos, regelrecht freundlich. Ich habe alles über die Unglaublich Tödliche Schlange, wie übrigens auch über viele andere, nachgelesen, sowohl hier in der Bibliothek als auch in den privaten Unterlagen von Dr. Montgomery.«

Dr. Lucafont räusperte sich. »Ööh, Boss –«, begann er.

»Unterbrechen Sie mich nicht, Dr. Lucafont«, sagte Stefano. »Ich habe mich durch Bücher über alle wichtigen Spezies durchgearbeitet. Ich habe mir alle Skizzen und Diagramme ganz genau angesehen. Ich habe sorgfältig Aufzeichnungen gemacht und sie jeden Abend vor dem Schlafengehen noch einmal durchgesehen. Wenn ich so sagen darf, so betrachte ich mich durchaus als einen Experten, was Schlangen angeht.«

»Aha!«, schrie Sunny und wand sich aus der Umarmung der Unglaublich Tödlichen Viper.

»Sunny! Du lebst ja noch!«, rief Mr Poe.

»Aha!«, schrie Sunny noch einmal und zeigte auf Stefano. Die Unglaublich Tödliche Viper zwinkerte triumphierend mit ihren grünen Augen.

Mr Poe sah Klaus verwirrt an. »Was meint deine Schwester damit?«, fragte er.

Klaus seufzte. Manchmal kam es ihm so vor, als hätte er sein halbes Leben damit verbracht, Mr Poe irgendetwas zu erklären.

»Mit *Aha* meint Sunny«, begann er, »dass Stefano in einem Moment behauptet, er wisse nichts über Schlangen, und sich dann im nächsten Augenblick als Experten bezeichnet. Mit *Aha* meint sie, dass Stefano uns angelogen hat. Mit *Aha* meint sie, dass es uns endlich gelungen ist, Ihnen zu beweisen, wie verlogen er ist. Mit *Aha* meint sie ›Aha!‹«

Kapitel Elf

An dieser Stelle machen wir noch einmal einen Sprung und kehren zu Violet zurück, die sich derweil im oberen Stockwerk befand und ihr eigenes Zimmer prüfend betrachtete. Sie holte tief Luft und band sich dann das Haar mit einem Band zusammen, damit es ihr nicht in die Augen fiel. Wie du und ich wissen – und auch jeder andere, der Violet näher kennt –, tut sie dies immer dann, wenn sie etwas erfinden muss. Und in diesem Moment musste sie blitzschnell etwas erfinden.

Als ihr Bruder nämlich davon sprach, wie Stefano sie gezwungen hatte, seinen Koffer ins Haus zu tragen, da war es Violet plötzlich klargeworden, dass sich das Beweisstück, nach dem sie suchte, zweifellos in eben jenem Koffer befand. Und jetzt, während ihre Geschwister dabei waren, die Erwachsenen im Reptiliensaal abzulenken, war die einzige Gelegenheit, den Koffer zu öffnen und den Beweis für Stefanos üble Machenschaften sicherzustellen. Doch ihre schmerzende Schulter erinnerte sie daran, dass sie den Koffer nicht einfach aufmachen konnte – er war verschlossen, und zwar mit einem Schloss, das ebenso funkelte wie Stefanos verschlagen dreinblickende Augen. Wäre ich selbst an Violets Stelle, mit nur wenigen Minuten Zeit, um einen verschlossenen Koffer zu durchsuchen, und nicht auf der Yacht meines Freundes Bela, wo ich gerade an Deck sitze und dies niederschreibe – ich muss gestehen, ich hätte vermutlich alle Hoffnung aufgegeben. Ich wäre auf dem Fußboden zusammengesunken, hätte mit den Fäusten auf den Teppich getrommelt und mich gefragt, warum um alles in der Welt das Leben so ungerecht und voller Unannehmlichkeiten sein muss.

Zum Glück für die Baudelaires war Violet jedoch aus härterem Holz geschnitzt, und so sah sie sich gründlich in ihrem Zimmer um auf der Suche nach etwas, das ihr helfen mochte. Viel gab es da nicht von dem, was ein Erfinder so braucht. Violet sehnte sich nach einem geeigneten Raum, in dem sie an ihren Erfindungen arbeiten konnte, einem Raum voller Drähte und Schalter und der ganzen Ausrüstung, die man einfach braucht, um erstklassige Apparate zu erfinden. Onkel Monty besaß zwar durchaus eine ganze Menge solcher Dinge, aber zu Violets großer Enttäuschung befanden sie sich alle im Reptiliensaal. Sie betrachtete die großen Bögen Pergamentpapier, die sie an die Wand geheftet hatte, weil sie hoffte, dort ihre Erfindungen skizzieren zu können, solange sie in Onkel Montys Haus lebte. Doch die Probleme hatten sie so schnell eingeholt, dass auf den Bögen nicht mehr zu sehen war als ein paar Notizen, die sie im Licht der Stehlampe in ihrer allerersten Nacht hier gemacht hatte. Beim Gedanken daran wanderten Violets Augen zur Stehlampe, und als ihr Blick bei der Steckdose angelangt war, kam ihr eine Idee.

Wir alle wissen natürlich, dass wir nie,

nie, nie, nie, nie, nie, nie, nie, nie, nie, nie, nie, nie, nie,
nie, nie, nie, nie, nie, nie, nie, nie, nie, nie, nie, nie, nie,
nie, nie, nie, nie, nie, nie, nie, nie, nie, nie, nie, nie, nie,
nie, nie, nie, nie, nie, nie, nie, nie, nie, nie, nie, nie, nie,
nie, nie, nie, nie, nie, nie, nie, nie, nie, nie, nie, nie, nie,
nie, nie, nie, nie, nie, nie, nie, nie, nie, nie, nie, nie, nie,
nie, nie, nie, nie, nie, nie, nie, nie, nie, nie, nie, nie, nie,
nie, nie, nie, nie, nie, nie, nie, nie, nie, nie, nie, nie, nie,
nie, nie, nie, nie, nie, nie, nie, nie, nie, nie, nie, nie, nie,
nie, nie, nie, nie, nie, nie, nie, nie, nie, nie, nie, nie, nie,
nie, nie, nie, nie, nie, nie, nie, nie, nie, nie, nie, nie, nie,
nie, nie, nie, nie, nie, nie, nie, nie, nie, nie, nie, nie, nie,
nie, nie, nie, nie, nie, nie, nie, nie, nie, nie, nie, nie, nie,
nie, nie, nie, nie, nie, nie, nie, nie, nie, nie, nie, nie, nie,
nie, nie, nie, nie, nie, nie, nie, nie, nie, nie, nie, nie, nie,
nie, nie, nie, nie, nie, nie, nie, nie, nie, nie, nie, nie, nie,
nie, nie, nie, nie, nie, nie, nie, nie, nie, nie, nie, nie, nie,
nie, nie, nie, nie, nie, nie, nie, nie, nie, nie, nie, nie, nie,
nie, nie, nie, nie, nie, nie, nie, nie, nie, nie, nie, nie, nie,
nie, nie, nie, nie, nie, nie, nie, nie, nie, nie, nie, nie, nie,
nie, nie, nie, nie, nie, nie, nie, nie, nie, nie, nie, nie, nie,
nie, nie, nie, nie, nie, nie, nie, nie, nie, nie, nie, nie, nie,
nie, nie, nie, nie, nie, nie, nie, nie, nie, nie, nie, nie, nie,
nie, nie, nie, nie, nie, nie, nie, nie, nie, nie, nie, nie, nie,

nie, nie, nie, nie, nie, nie, nie, nie, nie, nie, nie, nie, nie, nie, nie, nie, nie, nie, nie, nie, nie, nie, nie, nie, nie, nie, nie, nie, nie, nie, nie, nie, nie, nie, nie, nie, nie, nie, nie, nie, nie, nie, nie, nie, nie, nie, nie, nie, nie, nie, nie, nie, nie, nie, nie, nie, nie, nie, nie, nie, wirklich *niemals* an elektrischen Vorrichtungen herumfummeln dürfen. *Unter gar keinen Umständen.* Dafür gibt es zwei Gründe: Der eine ist, dass du einen Stromschlag bekommen kannst, was nicht nur tödlich ist, sondern auch äußerst unangenehm. Der zweite Grund ist der, dass du nicht Violet Baudelaire bist, einer der ganz wenigen Menschen auf dieser Welt, die wissen, wie man mit solchen Dingen umzugehen hat. Selbst Violet war äußerst nervös, als sie vorsichtig den Stecker aus der Dose zog und ihn lange betrachtete. Es könnte klappen.

In der Hoffnung, dass Klaus und Sunny es schafften, die Erwachsenen weiter im Reptiliensaal festzuhalten, wackelte Violet so lange an den beiden Stiften des Steckers, bis sie sich aus der Plastikummantelung lösten. Dann nahm sie einen der Reißnägel von der Wand, mit denen die Pergamentpapierbögen befestigt waren, woraufhin die eine Ecke des Papiers schlaff herunterhing. Mit dem spitzen Ende des Reißnagels bearbeitete Violet die beiden Metallstifte so lange, bis sich der eine um den anderen biegen ließ. Damit die beiden Teile nicht verrutschen konnten, klemmte sie den Reißnagel dazwischen. Das Ergebnis war ein Metallstückchen, das du vielleicht gar nicht bemerken würdest, wenn du es auf der Straße liegen sähest, aber was Violet da gemacht hatte, war tatsächlich ein Dietrich. Dietrich ist, wie du weißt, nicht nur ein männlicher Vorname. Auch ein Drahthaken, der wie ein Schlüssel funktioniert und normalerweise von bösen Menschen benutzt wird, um in Häuser ein- oder aus Gefängnissen auszubrechen, heißt Dietrich. Wir haben es hier jedoch mit einem der wenigen Fälle zu tun, in denen ein Dietrich von einem guten Menschen benutzt wurde, nämlich von Violet Baudelaire.

Violet lief leise wieder nach unten. In der einen Hand hielt sie den Dietrich, mit der anderen drückte sie sich selbst den Daumen. Während sie auf Zehenspitzen an der gewaltigen Tür des Reptiliensaals vorbei aus dem Haus schlich, hoffte sie, dass ihre Abwesenheit nicht bemerkt würde. Den Blick fest abgewendet von Dr. Lucafonts Auto, um auch nicht das kleinste bisschen von Onkel Montys Leiche sehen zu müssen, ging das älteste der Baudelaire-Kinder auf den Kofferberg zu.

Zuerst betrachtete sie die alten Koffer, die den Baudelaires gehörten. Sie enthielten lauter hässliche, kratzige Kleidung, die Mrs Poe ihnen kurz nach dem Tod der Eltern Baudelaire gekauft hatte. Einige Augenblicke lang konnte Violet nicht anders, als daran zu denken, wie mühelos ihr Leben gewesen war, bevor all dieser Kummer über sie gekommen war, und dass sie sich nun so völlig unerwartet in einer so elenden Lage befanden. Für dich und mich ist es vielleicht nicht mehr so überraschend, weil wir wissen, wie katastrophal das Leben der Baudelaire-Waisen ist, doch Violet selbst staunte immer wieder aufs Neue über ihr Missgeschick, und so kam es, dass sie eine volle Minute brauchte, bis es ihr gelang, den Gedanken an ihre Lage aus ihrem Kopf zu verdrängen und sich auf das zu konzentrieren, was sie tun musste.

Sie kniete sich hin, um besser an Stefanos Koffer heranzukommen, nahm das silber glänzende Schloss in die eine Hand, holte tief Luft und steckte den Dietrich in das Schlüsselloch. Er ging hinein, aber als Violet ihn drehen wollte, bewegte er sich kaum von der Stelle, sondern kratzte nur ganz leicht an der Innenseite des Schlüssellochs. Er musste sich reibungsloser bewegen lassen, sonst würde der Trick nicht funktionieren. Violet zog ihren Dietrich heraus und nahm ihn kurz in den

Mund, um ihn anzufeuchten. Das Metall schmeckte so scheußlich, dass sie das Gesicht verzog. Dann steckte sie den Dietrich noch einmal in das Schlüsselloch und versuchte ihn umzudrehen. Einen Moment lang schien es, als ließe er sich bewegen, doch dann rührte er sich nicht weiter.

Violet nahm den Dietrich wieder heraus und überlegte angestrengt, während sie ihr Haar wieder zusammenband. In dem Moment, als sie sich das Haar aus dem Gesicht strich, spürte sie plötzlich ein Prickeln auf der Haut, das ihr ebenso unangenehm wie vertraut war. Sie hatte das Gefühl, beobachtet zu werden. Sie blickte rasch hinter sich, doch außer den schlangenförmigen Büschen war auf dem Rasen nichts zu sehen. Sie schaute zur Seite, sah aber nichts als den Weg, der zur Schaurigen Chaussee hinunterführte. Dann blickte sie geradeaus, durch die gläsernen Wände des Reptiliensaals hindurch.

Es war ihr bis dahin nie klar gewesen, dass man von außen genauso gut in den Reptiliensaal hineinschauen konnte wie von innen hinaus, doch als Violet jetzt aufsah, erkannte sie zwischen den Reptilienkäfigen Mr Poe, der aufgeregt auf und ab hüpfte. Du und ich, wir wissen natürlich, dass Mr Poe in Panik geraten war wegen

Sunny und der Unglaublich Tödlichen Viper, aber Violet wusste nur, dass die List, die ihre Geschwister ausgeheckt hatten, noch funktionierte. Warum sie allerdings dieses Prickeln auf der Haut verspürte, begriff sie erst, als sie etwas näher hinsah und gleich rechts von Mr Poe Stefano sah, der ihr seinerseits direkt ins Gesicht blickte.

Vor Überraschung und Schrecken klappte ihr der Unterkiefer hinunter. Jeden Augenblick, das wusste sie, konnte Stefano eine Ausrede erfinden, um den Reptiliensaal zu verlassen und zu ihr herauszukommen, und sie hatte doch den Koffer noch nicht einmal geöffnet. In null Komma nichts musste sie jetzt herausfinden, wie dieser Dietrich funktionieren könnte. Sie schaute hinunter auf den feuchten Kies, mit dem die Auffahrt bedeckt war, dann hoch zur gelblichen Nachmittagssonne. Schließlich schaute sie auf ihre Hände, die noch ganz eingestaubt waren, seit sie den Stecker auseinandergenommen hatte.

In diesem Moment kam ihr eine Idee.

Sie sprang auf und raste zum Haus zurück, geradeso, als wäre Stefano schon hinter ihr her, und stieß die Tür zur Küche auf. Vor lauter Eile warf sie einen Stuhl um, als sie zum Waschbecken lief und sich die tropfnasse Seife schnappte. Vorsichtig rieb sie mit dem schmierigen Zeug über den Dietrich, bis ihre ganze Erfindung mit einer feinen, glatten Schicht überzogen war.

Laut pochte ihr Herz in der Brust, als Violet wieder nach draußen rannte. Ein flüchtiger Blick durch die Wände des Reptiliensaals zeigte ihr, dass Stefano gerade etwas zu Mr Poe sagte. Er war dabei, mit seinem großen Wissen über Schlangen zu prahlen, aber das konnte Violet ja nicht ahnen. Sie kniete sich wieder vor den Koffer und beeilte sich, den Dietrich von neuem ins Schloss zu stecken. Im Nu ließ er sich herumdrehen, bevor er in ihrer Hand in zwei Teile zerbrach. Mit einem dumpfen Geräusch fiel die eine Hälfte ins Gras, während die andere aus dem Schlüsselloch herausragte wie ein abgebrochener Zahn. Violets Dietrich war kaputt.

Verzweifelt schloss Violet einen Moment lang die Augen, bevor sie wieder aufsprang und sich dabei auf den Koffer stützte. Im selben Moment jedoch, als sie eine Hand auf den Koffer legte, sprang erst das Schloss auf und dann der Koffer, und sein Inhalt verteilte sich auf der Erde. Vor Überraschung setzte sich Violet hin. Irgendwie musste sie das Schloss geöffnet haben, als sie den Dietrich umdrehte. Selbst im trostlosesten Leben kann es dann und wann so einen Glücksmoment geben.

Wie uns die Experten bestätigt haben, ist es äußerst

schwierig, eine Nadel in einem Heuhaufen zu finden, weswegen der Ausdruck »wie eine Nadel im Heuhaufen« eine ziemlich abgedroschene Redewendung geworden ist, die so viel bedeutet wie: »Etwas ist schwer zu finden.« Der Grund, weshalb es so schwierig ist, eine Nadel in einem Heuhaufen zu finden, ist natürlich der, dass von all den Dingen, die man in einem Heuhaufen finden kann, die Nadel nur eines ist. Wenn du allerdings einfach irgendetwas suchst in einem Heuhaufen, dann wäre das gar kein Problem, denn sobald man erst einmal anfängt, einen Heuhaufen zu durchsuchen, dann findet man mit großer Wahrscheinlichkeit auf Anhieb etwas: Heu natürlich, aber auch Erde, Käfer, Werkzeuge, vielleicht sogar einen Mann, der aus dem Gefängnis entflohen ist und sich dort versteckt hält.

Als Violet nun den Inhalt von Stefanos Koffer durchsuchte, war das eher so, wie wenn man einen Heuhaufen nach *irgendetwas* durchsucht. Sie wusste ja nicht einmal genau, was sie zu finden hoffte. Folglich war es auch relativ einfach, nützliche Beweisstücke zu finden: ein Glasröhrchen mit einer versiegelten Gummikappe, wie man sie vielleicht in einem wissenschaftlichen Laboratorium sieht, eine Spritze mit einer spitzen Nadel, wie sie der Arzt benutzt, um dich zu impfen, ein kleines

Bündel gefalteter Papiere, ein in Plastik eingeschweißtes Kärtchen, eine Puderquaste und einen kleinen Taschenspiegel.

Obschon sie wusste, dass ihr nur noch wenige Augenblicke Zeit blieben, legte Violet all diese Gegenstände beiseite, getrennt von den stinkenden Kleidungsstücken und der Weinflasche, die sich ebenfalls in dem Koffer befunden hatten, und betrachtete sie gründlich. Sie konzentrierte sich auf jedes ihrer Beweisstücke, so als wären es lauter kleine Teile, aus denen sie einen Apparat bauen wollte. In gewisser Weise war es auch so: Violet Baudelaire musste diese Beweisstücke irgendwie zusammenfügen, um Stefanos bösen Plan zu durchkreuzen und um endlich wieder Frieden und Gerechtigkeit in das Leben der Baudelaire-Waisen einziehen zu lassen – zum ersten Mal, seit ihre Eltern bei jenem schrecklichen Feuer ums Leben gekommen waren.

Violet starrte jedes einzelne Beweisstück an und dachte angestrengt nach, und es dauerte nicht lange, bis sich ihre Miene aufhellte, so wie es immer geschah, wenn sich die Teile von irgendetwas lückenlos zusammenfügten und ein Apparat so funktionierte, wie er sollte.

Kapitel Zwölf

An dieser Stelle machen wir zum letzten Mal in dieser Geschichte einen Sprung. Wir verlassen Violet Baudelaire und kehren in den Reptiliensaal zurück, wo Klaus soeben Mr Poe erklärt hat, was Sunny damit meinte, als sie laut »Aha!« rief. Alles starrte auf Stefano. Sunny schaute triumphierend drein, Klaus trotzig, Mr Poe wütend und Dr. Lucafont besorgt. Wie die Unglaublich Tödliche Viper schaute, war nicht zu sagen, weil der Gesichtsausdruck von Schlangen ganz allgemein schwer zu deuten ist.

Stefano schwieg. Sein Gesicht zuckte, so als könnte er sich nicht entscheiden, ob er auspacken sollte, ein Ausdruck, der hier so viel bedeuten soll wie »zugeben, dass er tatsächlich Graf Olaf war und Böses im Schilde führte«, oder ob er weiter an seinem Lügengespinst weben sollte, ein Ausdruck, der hier so viel heißt wie »lügen, lügen, lügen«.

»Stefano«, sagte Mr Poe und hustete in sein Taschentuch. Klaus und Sunny warteten ungeduldig darauf, dass er weitersprach. »Stefano, ich denke, Sie schulden uns eine Erklärung. Soeben haben Sie sich als Experten für Schlangen bezeichnet. Vorhin jedoch haben Sie uns gesagt, dass Sie überhaupt keine Ahnung hätten von Schlangen, weswegen Sie mit dem Tod von Dr. Montgomery nichts zu tun haben könnten. Was wird hier eigentlich gespielt?«

»Wenn ich zuvor sagte, dass ich keine Ahnung hätte von Schlangen«, antwortete Stefano, »so war das nur Ausdruck meiner Bescheidenheit. Wenn Sie mich nun bitte entschuldigen würden, ich müsste kurz hinaus, um –«

»Das war nicht Bescheidenheit!«, rief Klaus empört. »Das war eine Lüge! Auch jetzt lügt Ihr. Ein Lügner und ein Mörder seid Ihr, nichts weiter!«

Stefano riss die Augen auf, und sein Gesicht lief dunkelrot an vor Zorn. »Dafür hast du keinen Beweis«, sagte er.

»Und ob wir das haben!«, sagte eine Stimme. Alles fuhr herum, und da stand Violet in der Tür, ein Lächeln im Gesicht und ihre Beweisstücke in den Händen. Triumphierend schritt sie durch den ganzen Reptiliensaal hindurch, bis dorthin, wo die Bücher über die Mamba du Mal, die Klaus gelesen hatte, noch immer aufgestapelt lagen. Die anderen folgten ihr zwischen den Reptilienkäfigen hindurch. Schweigend stellte Violet sämtliche Gegenstände in einer Reihe auf den Tisch: das Glasröhrchen mit der versiegelten Gummikappe, die Spritze mit der Nadel, das kleine Bündel gefalteter Papiere, ein eingeschweißtes Kärtchen, die Puderquaste und den kleinen Taschenspiegel.

»Was soll das sein?«, fragte Mr Poe und wies auf das Arrangement.

»Das«, sagte Violet, »sind Beweisstücke, die ich in Stefanos Koffer gefunden habe.«

»Mein Koffer«, sagte Stefano, »gehört zu meinen persönlichen Gegenständen, und du hast kein Recht, dir daran zu schaffen zu machen. Es ist ausgesprochen unhöflich von dir, und außerdem war der Koffer verschlossen.«

»Es handelte sich um einen Notfall«, sagte Violet gelassen, »deswegen habe ich das Schloss geknackt.«

»Wie hast du das denn geschafft?«, fragte Mr Poe. »Ein gut erzogenes Mädchen sollte gar nicht wissen, wie so etwas geht.«

»Meine Schwester ist ein gut erzogenes Mädchen«,

sagte Klaus, »*und* sie kennt sich mit allen möglichen Sachen aus.«

»Rufik!«, stimmte Sunny ihm zu.

»Nun, darüber reden wir später«, sagte Mr Poe. »Jetzt sprich erst einmal weiter.«

»Als Onkel Monty starb«, begann Violet, »waren meine Geschwister und ich sehr traurig, aber gleichzeitig auch sehr misstrauisch.«

»Wir waren nicht misstrauisch!«, rief Klaus dazwischen. »Wenn jemand misstrauisch ist, dann heißt das, dass er sich nicht sicher ist. Aber wir waren uns absolut sicher, dass Stefano ihn umgebracht hat!«

»Unsinn!«, sagte Dr. Lucafont. »Ich sagte doch schon, der Tod von Dr. Montgomery war ein Unfall. Die Mamba du Mal ist aus ihrem Käfig entwischt und hat ihn gebissen, das war alles.«

»Verzeihung«, sagte Violet, »aber das war nicht alles. Klaus hat nachgeschlagen, was hier über die Mamba du Mal steht, und hat herausgefunden, wie sie ihre Opfer tötet.«

Klaus ging hinüber zu seinem Bücherstapel und schlug den obersten Band auf. Er hatte die Stelle mit einem Papierstreifen markiert, so dass er auf Anhieb fand, was er suchte. »Die Mamba du Mal«, las er laut vor, »eine der tödlichsten Schlangen der Hemisphäre, ist bekannt dafür, dass sie ihre Opfer stranguliert, während sie ihnen ihr tödliches Gift inokuliert, was bei diesen aufgrund der Hypoxie eine livide Verfärbung der Haut hervorruft.« Er legte das Buch weg und wandte sich an Mr Poe. »Also, *strangulieren* bedeutet –«

»Wir wissen, was das Wort bedeutet«, brüllte Stefano.

»Dann müsstet Ihr auch wissen«, sagte Klaus eisig, »dass die Mamba du Mal Onkel Monty nicht getötet haben kann. Sein Körper wies keinerlei livide Verfärbung auf. Er war vollkommen bleich.«

»Das stimmt«, sagte Mr Poe, »aber es beweist noch nicht, dass Dr. Montgomery ermordet wurde.«

»Genau«, sagte Dr. Lucafont. »Vielleicht hatte die Schlange zufällig dieses Mal keine Lust, ihr Opfer zu würgen.«

»Wahrscheinlicher ist«, sagte Violet, »dass Onkel Monty mit Hilfe dieser Gegenstände getötet wurde.« Sie hielt das versiegelte Glasröhrchen hoch. »Auf dem Etikett steht *Venum du Mal,* und es stammt ganz offensichtlich aus Onkel Montys Schränkchen mit den Giftproben.« Dann hielt sie die Spritze mit der spitzen Nadel hoch. »Stefano – beziehungsweise Graf Olaf – hat diese Spritze genommen und Onkel Monty das Gift injiziert.

Anschließend hat er ein zweites Mal in die Haut gestochen, damit es so aussah, als hätte die Schlange Onkel Monty gebissen.«

»Aber ich habe Dr. Montgomery geliebt«, sagte Stefano. »Sein Tod hätte mir doch gar nichts gebracht.«

Wenn jemand derart dreist lügt, dann ist es manchmal das Beste, man geht einfach darüber hinweg.

»Wenn ich achtzehn werde«, fuhr Violet fort, ohne Stefano überhaupt zu beachten, »werde ich, wie wir alle wissen, das Vermögen der Baudelaires erben, und Stefano hatte die Absicht, dieses Vermögen an sich zu reißen. Das wäre natürlich einfacher an einem Ort, an dem seine Spur nicht so leicht zu verfolgen ist, zum Beispiel in Peru.« Violet hielt das kleine Bündel gefalteter Papiere hoch. »Dies sind die Fahrkarten für die *Prospero,* die heute um fünf mit Kurs auf Peru vom Nebelhafen ausläuft. Dahin war Stefano mit uns unterwegs, Mr Poe, als wir mit Ihnen zusammenstießen.«

»Aber Onkel Monty hat Stefanos Fahrkarte doch zerrissen«, sagte Klaus, der ganz verwirrt aussah. »Ich hab es selbst gesehen.«

»Das stimmt«, sagte Violet. »Deswegen musste er Onkel Monty auch aus dem Weg schaffen. Er hat Onkel Monty ermordet –«, Violet schauderte es, und sie schwieg einen Moment, bevor sie fortfuhr. »Er hat Onkel Monty ermordet und ihm dieses eingeschweißte Kärtchen weggenommen. Es ist Montys Mitgliedsausweis von der Herpetologischen Gesellschaft. Stefano hatte vor, als Onkel Monty an Bord der *Prospero* zu gehen und uns so nach Peru zu entführen.«

»Aber was ich nicht verstehe«, warf Mr Poe ein, »ist, woher Stefano überhaupt von eurem Vermögen wusste.«

»Weil er in Wirklichkeit Graf Olaf ist«, sagte Violet entnervt, weil sie ihm etwas erklären musste, was ihr und ihren Geschwistern und dir und mir im selben Moment klar war, als Stefano ankam. »Er hat sich vielleicht den Kopf kahl geschoren und seine eine Augenbraue entfernt, aber die Tätowierung an seinem linken Knöchel konnte er nur mit dieser Puderquaste und dem Taschenspiegel loswerden. Sein linker Knöchel ist dick überschminkt, damit man das Auge nicht mehr sieht. Ich wette, wenn wir mit einem Tuch darüberreiben, kommt die Tätowierung zum Vorschein.«

»Das ist doch absurd!«, rief Stefano.

»Das werden wir ja sehen«, entgegnete Mr Poe. »Nun, wer hat ein Tuch?«

»Ich nicht«, sagte Klaus.

»Ich nicht«, sagte Violet.

»Guwiil«, sagte Sunny.

»Tja, wenn keiner ein Tuch hat, dann können wir die Sache ebensogut vergessen«, sagte Dr. Lucafont, doch Mr Poe streckte einen Finger hoch, um ihn zu unterbrechen. Zur Erleichterung der Baudelaire-Waisen griff er in seine Tasche und zog sein Taschentuch heraus.

»Ihren linken Knöchel, bitte!«, sagte er streng zu Stefano.

»Da sind aber Krankheitserreger dran!«, jammerte Stefano. »Sie haben den ganzen Tag hineingehustet.«

»Wenn Sie tatsächlich der sind, für den die Kinder Sie halten«, antwortete Mr Poe, »dann sind Krankheitserreger Ihr geringstes Problem. Den linken Knöchel, bitte.«

Stefano – und dies ist zum Glück das letzte Mal, dass wir ihn bei diesem erfundenen Namen nennen müssen – maulte erst, zog aber schließlich das linke Hosenbein hoch, damit man seinen Knöchel sah. Mr Poe kniete sich hin und rieb ein paar Mal darüber.

Zuerst schien sich gar nichts zu tun, doch dann, so wie die Sonne nach einem gewaltigen Regenguss wieder durch die Wolken bricht, zeigten sich die feinen Umrisse eines Auges. Nach und nach wurde es immer deutlicher, bis es so schwarz war wie damals, als die Kinder es zuerst erblickten – damals, als sie bei Graf Olaf einzogen.

Violet, Klaus und Sunny starrten das Auge an, und das Auge starrte zurück. Zum ersten Mal in ihrem Leben waren die Baudelaire-Waisen glücklich bei seinem Anblick.

Kapitel Dreizehn

Wenn dies ein Buch wäre, das zur Unterhaltung kleiner Kinder geschrieben wurde, dann wüsstest du, was als Nächstes passieren würde. Nachdem der Bösewicht entlarvt und seine üblen Machenschaften aufgedeckt sind, würde die Polizei am Tatort eintreffen und ihn für den Rest seines Lebens hinter Gitter bringen, während die heldenhaften Kinder Pizza essen gehen und glücklich und in Freuden leben. Doch dieses Buch handelt von den Baudelaire-Waisen, und du und ich wissen, dass die Wahrscheinlichkeit, dass diese drei Kinder glücklich und in Freuden leben, ungefähr so groß ist wie die, dass Onkel Monty wieder zum Leben erwacht. Den Baudelaire-Waisen schien es allerdings, als die Tätowierung zum Vorschein kam und Graf Olafs Lug und Trug ein für alle Mal bewiesen war, dass wenigstens ein kleines bisschen von Onkel Monty wieder bei ihnen war.

»Das ist in der Tat das Auge«, sagte Mr Poe und hörte

zu reiben auf. »Ihr seid ganz eindeutig Graf Olaf, und Ihr steht ganz eindeutig unter Arrest.«

»Und ich bin ganz eindeutig schockiert«, sagte Dr. Lucafont und schlug seine seltsam massiven Hände über dem Kopf zusammen.

»Das bin ich auch«, sagte Mr Poe und packte Graf Olaf am Arm für den Fall, dass er versuchen sollte, wegzulaufen. »Verzeiht mir, dass ich euch nicht eher geglaubt habe. Es schien mir zu weit hergeholt, dass er euch ausfindig gemacht, sich als Assistent eines Wissenschaftlers verkleidet und einen raffinierten Plan ausgeheckt haben sollte, um euch euer Vermögen zu stehlen.«

»Was ist wohl mit Gustav passiert, Onkel Montys richtigem Assistenten?«, fragte sich Klaus laut. »Wenn Gustav nicht gekündigt hätte, dann hätte Onkel Monty Graf Olaf doch niemals angestellt.«

Graf Olaf hatte kein Wort gesagt, seit die Tätowierung deutlich sichtbar geworden war. Seine funkelnden Augen schossen hierhin und dorthin und beobachteten jeden genau, so wie ein Löwe eine Antilopenherde beobachtet, während er überlegt, welches Tier er wohl am besten töten und fressen sollte. Doch bei der Erwähnung von Gustav horchte er auf.

»Gustav hat nicht gekündigt«, sagte er mit seiner

pfeifenden Stimme. »Gustav ist tot! Eines Tages, als er gerade Wildblumen sammelte, habe ich ihn im Meuchelmoor ertränkt. Dann habe ich ein Schreiben gefälscht, in dem er seine Kündigung mitteilte.« Graf Olaf sah die drei Kinder an, als wollte er sich jeden Moment auf sie stürzen und sie erwürgen, doch stattdessen stand er vollkommen still da, was irgendwie sogar noch gruseliger war. »Aber das ist noch gar nichts verglichen mit dem, was ich mit euch machen werde, Waisen. Diese Runde des Spiels habt ihr gewonnen, aber ich komme zurück, und dann krieg ich euer Vermögen – und euch geht's an den feinen Kragen.«

»Das hier ist kein Spiel, Ihr schrecklicher Mensch«, widersprach Mr Poe. »Domino ist ein Spiel. Oder Wasserpolo. Mord jedoch ist ein Verbrechen, und dafür kommt Ihr hinter Gitter. Ich fahre Euch jetzt gleich zur Polizeiwache. Oh, verflixt, das geht ja gar nicht. Mein Auto ist doch kaputt! Nun gut, dann bringe ich Euch eben in Dr. Montgomerys Jeep dorthin. Kinder, ihr könnt mit Dr. Lucafont nachkommen. Es sieht so aus, als hättet ihr doch noch Gelegenheit, ein Arztauto von innen zu sehen.«

»Es wäre wohl einfacher«, warf Dr. Lucafont ein, »wenn Stefano bei mir mitfährt und die Kinder nachkommen. Schließlich ist Dr. Montgomerys Leiche in meinem Wagen, so dass sowieso nicht Platz genug ist für alle drei.«

»Also«, meinte Mr Poe, »ich würde die Kinder nur ungern enttäuschen, nach allem, was sie durchgemacht haben. Wir könnten Dr. Montgomerys Leiche in den Jeep schaffen und –«

»Es interessiert uns absolut nicht, wie es im Auto eines Arztes aussieht«, unterbrach ihn Violet ungeduldig. »Das haben wir uns nur ausgedacht, weil wir nicht mit Graf Olaf allein sein wollten.«

»Es ist nicht schön von euch, zu lügen, Kinder«, sagte Graf Olaf.

»Ich glaube kaum, dass es Euch zusteht, den Moralapostel zu spielen, Graf Olaf«, sagte Mr Poe.

»Nun gut, Dr. Lucafont – dann nehmen Sie ihn eben mit.«

Dr. Lucafont packte Graf Olaf mit einer seiner seltsam steifen Hände an der Schulter und führte ihn aus dem Reptiliensaal hinaus auf die Eingangstür zu. Dort blieb er noch einmal stehen und nickte Mr Poe und den drei Kindern mit einem dünnen Lächeln zu.

»Sagt den drei Waisen Adieu, Graf Olaf«, sagte Dr. Lucafont.

»Adieu«, sagte Graf Olaf.

»Adieu«, sagte Violet.

»Adieu«, sagte Klaus.

Mr Poe hustete in sein Taschentuch und machte nur eine flüchtige, fast wie angeekelt wirkende Handbewegung in die Richtung von Graf Olaf. Sunny sagte gar nichts. Violet und Klaus sahen zu ihr hinunter, erstaunt, dass sie weder *Jiit!* noch *Libo!* gesagt hatte, oder was sie sonst zum Abschied zu sagen pflegte. Doch Sunny starrte Dr. Lucafont wild entschlossen an, und im nächsten Augenblick machte sie einen Satz und biss ihn ins Handgelenk.

»Sunny!«, sagte Violet und wollte sich gerade entschuldigen, als sie sah, wie sich die ganze Hand von Dr. Lucafonts Arm löste und zu Boden fiel. Sunnys vier scharfe Zähne schlugen hinein, und es gab ein krachendes Geräusch, das sich eher nach zerbrechendem Holz oder Plastik anhörte als nach Haut und Knochen. Und als Violet dorthin schaute, wo Dr. Lucafonts Hand gewesen war, sah sie da kein Blut und keine Wunde, sondern nur einen glänzenden Haken. Auch Dr. Lucafont sah auf den Haken, bevor er zu Violet hinüberblickte und ein fürchterliches Grinsen auf seinem Gesicht erschien. Graf Olaf grinste ebenfalls, und im nächsten Augenblick waren die beiden pfeilschnell zur Tür hinaus.

»Der Hakenmann!«, brüllte Violet. »Das ist gar kein Arzt! Das ist einer von Graf Olafs Spießgesellen!«

Instinktiv streckte Violet die Hand dorthin aus, wo die beiden Männer gestanden hatten, aber sie waren nicht mehr da, und Violet griff ins Leere. Sie riss die Haustür weit auf und sah die beiden eben noch zwischen den schlangenförmigen Büschen hindurchsprinten.

»Ihnen nach!«, rief Klaus, und alle drei Baudelaires wollten schon los. Doch Mr Poe stellte sich vor sie und schnitt ihnen den Weg ab.

»Nein!«, schrie er.

»Aber das ist der Hakenmann!«, schrie Violet. »Er und Olaf hauen ab!«

»Ich kann nicht erlauben, dass ihr zwei gefährlichen Verbrechern hinterherrennt«, entgegnete Mr Poe. »Schließlich bin ich für eure Sicherheit verantwortlich, und ich lasse nicht zu, dass euch irgendetwas Böses geschieht.«

»Dann laufen Sie ihnen doch selbst nach«, rief Klaus.

»Aber schnell!«

Mr Poe trat zur Tür hinaus, blieb aber gleich wieder

stehen, als er das Aufheulen eines Motors hörte. Die beiden Schurken – ein Wort, das hier so viel bedeutet wie »schreckliche Menschen« – hatten Dr. Lucafonts Auto erreicht und fuhren soeben davon.

»Los, in den Jeep mit Ihnen!«, schrie Violet. »Folgen Sie den beiden!«

»Ein erwachsener Mann«, sagte Mr Poe streng, »lässt sich nicht auf eine Verfolgungsjagd ein. Das gehört zu den Aufgaben der Polizei. Ich rufe jetzt sofort dort an, vielleicht können sie Straßensperren errichten.«

Die Baudelaires sahen zu, wie Mr Poe die Tür schloss und zum Telefon spurtete, und sie verloren jede Hoffnung. Sie wussten, es war zwecklos. Bis Mr Poe der Polizei die Lage erklärt hätte, wären Graf Olaf und der Hakenmann längst über alle Berge. In plötzlicher Erschöpfung gingen Violet, Klaus und Sunny zu Onkel Montys ausladender Treppe hinüber und setzten sich auf die unterste Stufe. In einiger Entfernung hörten sie Mr Poe telefonieren. So viel war ihnen klar: Die Suche nach Graf Olaf und dem Hakenmann, vor allem im Dunkeln, wäre so etwas wie die Suche nach einer Nadel im Heuhaufen.

Trotz ihrer Angst wegen Graf Olafs Flucht mussten die drei Waisen ein paar Stunden geschlafen haben, denn als sie wieder zu sich kamen, war es Nacht. Sie hockten noch immer auf der untersten Stufe, aber jemand hatte eine Decke über sie gebreitet. Während sie sich reckten und streckten, sahen sie drei Männer in Overalls und mit Käfigen in den Händen aus dem Reptiliensaal herauskommen. Ihnen folgte ein rundlicher Mann in einem groß karierten Anzug. Als er sah, dass die Kinder wach waren, blieb er stehen.

»Hallo, Kinder«, sagte er mit dröhnender Stimme. »Tut mir leid, wenn wir euch geweckt haben, aber meine Leute müssen ein bisschen schnell machen.«

»Wer sind Sie?«, fragte Violet. Es ist verwirrend, wenn man tagsüber einschläft und erst wieder aufwacht, wenn es schon Nacht ist.

»Was machen Sie mit Onkel Montys Reptilien?«, fragte Klaus. Es ist ebenso verwirrend, wenn man feststellt, dass man auf einer Treppenstufe geschlafen hat und nicht in einem Bett oder in einem Schlafsack.

»Dixnik?«, fragte Sunny. Es ist immer verwirrend, wenn man darüber nachdenkt, was jemanden dazu bringt, einen karierten Anzug zu tragen.

»Ich heiße Bruce«, sagte Bruce. »Ich bin der Marketingdirektor der Herpetologischen Gesellschaft. Euer Freund, Mr Poe, hat mich angerufen und gebeten, die

Schlangen abzuholen und irgendwo zu deponieren. ›Deponieren‹ bedeutet ›unterbringen‹.«

»Wir wissen, was das Wort ›deponieren‹ bedeutet«, sagte Klaus, »aber warum bringen Sie sie weg? Und wohin?«

»Also, ihr seid doch sicher die drei Waisenkinder, nicht wahr? Euch bringt man schließlich auch zu irgendeinem Verwandten, der euch hoffentlich nicht gleich wegstirbt wie Montgomery. Na ja, und genauso müssen diese Schlangen versorgt werden, also geben wir sie weiter an Wissenschaftler, Zoos oder Altersheime. Diejenigen, für die wir keinen Platz finden, schläfern wir ein.«

»Aber es ist Onkel Montys Sammlung!«, rief Klaus empört. »Er hat Jahre gebraucht, bis er all diese Reptilien beisammen hatte! Sie können sie doch nicht in alle Winde zerstreuen!«

»Anders geht es nicht«, sagte Bruce ungerührt. Er sprach noch immer furchtbar laut, ohne ersichtlichen Grund.

»Viper«, rief Sunny und fing an, auf den Reptiliensaal zuzukrabbeln.

»Meine Schwester will sagen«, erklärte Violet, »dass sie mit einer der Schlangen sehr eng befreundet ist.

Könnten wir nicht wenigstens eine mitnehmen – die Unglaublich Tödliche Viper?«

»Erstens«, antwortete Bruce, »hat dieser Poe gesagt, dass alle Schlangen uns gehören. Zweitens täuscht ihr euch gewaltig, wenn ihr glaubt, dass ich kleine Kinder auch nur in die Nähe der Unglaublich Tödlichen Viper lassen würde.«

»Aber die Unglaublich Tödliche Viper ist völlig harmlos«, sagte Violet. »Der Name ist sozusagen das Gegenteil von einem Euphemismus.«

Bruce kratzte sich am Kopf. »Wie bitte?«

»Das soll heißen, dass der Name eine Irreführung ist«, erklärte Klaus. »Onkel Monty hat die Schlange entdeckt, und deswegen musste er ihr einen Namen geben. Er hat ihr allerdings einen falschen Namen gegeben.«

»Aber dieser Typ galt doch allgemein als brillant«, sagte Bruce. Er griff in die Tasche seines karierten Jacketts und zog eine Zigarre heraus. »Einer Schlange einen falschen Namen zu geben scheint mir nicht gerade ein Zeichen von Brillanz. Eher ein Zeichen von Schwachsinn. Andererseits – was kann man schon erwarten von einem Mann, der selbst Montgomery Montgomery heißt?«

»Es ist nicht nett«, sagte Klaus, »einen Menschen wegen seines Namens zu verunglimpfen.«

»Ich habe jetzt keine Zeit zu fragen, was du mit *verunglimpfen* meinst«, sagte Bruce, »aber wenn das Baby hier der Unglaublich Tödlichen Viper noch einmal zuwinken will zum Abschied, dann sollte es das schnell tun. Sie ist schon draußen.«

Sunny krabbelte gleich auf die Haustür zu, aber Klaus war noch nicht fertig mit Bruce. »Unser Onkel Monty *war* brillant«, sagte er mit fester Stimme.

»Ein brillanter Mann«, stimmte Violet ihm zu, »und als solchen werden wir ihn immer in Erinnerung behalten.«

»Brillant«, quiekte Sunny, während sie weiterkrabbelte, und ihre Geschwister sahen lächelnd zu ihr hinunter, überrascht, dass sie ein Wort gesagt hatte, das jeder verstehen konnte.

Bruce zündete sich seine Zigarre an und blies Rauchwölkchen in die Luft. Dann zuckte er mit den Achseln. »Ist ja schön, wenn ihr das glaubt, Kinder«, sagte er. »Ich wünsche euch viel Glück, wo immer sie euch hinstecken.« Er blickte auf eine mit funkelnden Steinen besetzte Uhr an seinem Handgelenk, dann wandte er sich den Männern in den Overalls zu. »Wir sollten mal los.

In fünf Minuten müssen wir auf dieser Straße sein, die so nach Ingwer stinkt.«

»Meerrettich«, korrigierte ihn Violet, aber Bruce war schon weitergegangen. Violet und Klaus sahen einander an und gingen dann hinter Sunny her, um ihren Reptilienfreunden zum Abschied zuzuwinken. Doch als sie gerade bei der Tür waren, kam Mr Poe und schloss sie vor ihrer Nase.

»Wie ich sehe, seid ihr aufgewacht«, sagte er. »Dann geht jetzt nach oben und legt euch ins Bett. Wir müssen morgen sehr früh aufstehen.«

»Wir wollen uns nur noch von den Schlangen verabschieden«, sagte Klaus, doch Mr Poe schüttelte den Kopf.

»Ihr wärt Bruce nur im Weg«, sagte er. »Außerdem würde ich meinen, dass ihr drei im Leben keine Schlange mehr sehen wollt.«

Seufzend schauten die Baudelaire-Kinder einander an. Alles in der Welt schien verkehrt zu sein. Es war verkehrt, dass Onkel Monty tot war. Es war verkehrt, dass Graf Olaf und der Hakenmann entwischt waren. Es war verkehrt, dass Onkel Monty für Bruce nichts weiter war als ein Mann mit einem albernen Namen und nicht ein brillanter Wissenschaftler. Und es war verkehrt, anzunehmen, dass die Kinder nie wieder eine Schlange sehen wollten. Die Schlangen, wie übrigens auch alles andere im Reptiliensaal, waren für die Kinder die letzten Erinnerungen an die wenigen glücklichen Tage, die sie in diesem Haus verbracht hatten – die wenigen glücklichen Tage, die sie überhaupt erlebt hatten, seit ihre Eltern umgekommen waren. Auch wenn sie verstehen konnten, dass Mr Poe sie nicht allein mit den Schlangen in diesem Haus leben lassen wollte, so war es doch absolut verkehrt, dass sie sie nie wieder sehen sollten und sich nicht einmal von ihnen verabschieden durften.

Ohne sich weiter um Mr Poes Anweisungen zu kümmern, sausten Violet, Klaus und Sunny zur Tür hinaus, dorthin, wo die Männer in ihren Overalls dabei waren, die Käfige in einen Lieferwagen einzuladen, auf dessen Heck die Aufschrift »Herpetologische Gesellschaft« stand. Es war Vollmond, und in den gläsernen Wänden des Reptiliensaals spiegelte sich das Mondlicht, als wäre der ganze Raum ein riesiges funkelndes Schmuckstück, ein Brillant sozusagen. So wie Bruce im Zusammenhang mit Onkel Monty den Ausdruck »brillant« benutzte, bedeutete er so viel wie »anerkanntermaßen klug oder intelligent«. Als aber die Kinder das Wort gebrauchten – und daran mussten sie jetzt denken, als sie zum Reptiliensaal hochblickten, der im Mondlicht glänzte –, da hatte es viel mehr bedeutet. Es sollte bedeuten, dass selbst unter den dunklen Umständen ihrer momentanen Lage, selbst während all der unseligen Ereignisse, die sie im Laufe ihres Lebens noch erwarteten, Onkel Monty und seine Freundlichkeit ihnen wie ein heller Glanz im Gedächtnis bleiben würden. Onkel Monty war wirklich brillant gewesen, und dieser Glanz fiel auch auf ihre Zeit bei ihm. Bruce und seine Leute von der Herpetologischen Gesellschaft konnten ihnen vielleicht Onkel Montys Reptiliensammlung nehmen, aber niemand würde ihnen je ihre Erinnerungen an ihn nehmen können.

»Auf Wiedersehen, auf Wiedersehen!«, riefen die Baudelaire-Waisen, als die Unglaublich Tödliche Viper in den Wagen verladen wurde. »Auf Wiedersehen, auf Wiedersehen!«, riefen sie, und obwohl die Viper eigentlich Sunnys spezielle Freundin war, weinten Violet und Klaus mit ihrer Schwester, und als die Unglaublich Tödliche Viper zu ihnen aufsah, da sahen die Kinder, dass auch sie weinte. Winzige glänzende Tränen tropften aus ihren grünen Augen. Auch die Viper war brillant, und als die Kinder einander anschauten, sahen sie glänzende Tränen in den Augen der Geschwister.

»Du bist brillant«, sagte Violet leise zu Klaus. »Wenn du nicht alles über die Mamba du Mal nachgelesen hättest …«

»*Du* bist brillant«, antwortete Klaus ebenso leise. »Wenn du nicht die Beweisstücke aus Stefanos Koffer geholt hättest …«

»Brillant!«, sagte Sunny noch einmal, und Violet und Klaus umarmten ihre kleine Schwester. Selbst das jüngste der Baudelaire-Kinder war brillant, weil es mit der Unglaublich Tödlichen Viper die Erwachsenen abgelenkt hatte.

»Auf Wiedersehen, auf Wiedersehen!«, riefen die brillanten Baudelaires noch einmal und winkten Onkel Montys Reptilien nach. Zusammen standen sie im Mondlicht und winkten immer weiter. Sie winkten, als Bruce die Türen des Wagens schloss, sie winkten, als der Lieferwagen an den schlangenförmigen Büschen vorbei zur Schaurigen Chaussee fuhr, und sie winkten noch immer, als das Auto um die Ecke bog und im Dunkeln verschwand.

ENDE

Verehrter Verleger,

ich schreibe Ihnen von den Ufern des Seufzersees, wohin ich gereist bin, um die Überreste von Tante Josephines Haus zu untersuchen. Ich verspreche mir davon einen besseren Einblick in all das, was den Baudelaire-Waisen zugestoßen ist, während sie sich hier aufhielten.

Bitte begeben Sie sich am kommenden Mittwoch um vier Uhr nachmittags in das Café Kafka und bestellen Sie dort beim größten diensthabenden Kellner eine Kanne Jasmintee. Vorausgesetzt, dass meine Feinde nicht triumphiert haben, wird er Ihnen statt des Tees einen großen Briefumschlag bringen. In diesem Umschlag finden Sie unter dem Titel DER SEUFZERSEE meine Niederschrift der entsetzlichen Ereignisse sowie eine Skizze der Grauen Grotte, eine kleine Tüte mit Glasscherben sowie die Speisekarte des Restaurants »Zum bangen Clown«.

Bedenken Sie, dass auf Ihnen meine letzte Hoffnung ruht, die Erlebnisse der Baudelaire-Waisen schließlich doch noch einem größeren Publikum bekannt machen zu können.

Mit vorzüglicher Hochachtung

Lemony Snicket

Komm mit auf die Burg Grottenow!

Zusammengeschustert und zum Leben erweckt von einem verrückten Professor, ist Stichkopf der netteste nahezu lebendige Bewohner von Brug Grottenow. Leider hat ihn der Professor ziemlich bald nach der Erweckung zum Fast-Leben wieder vergessen. Doch dann findet Stichkopf einen viel besseren Freund als den schusseligen Professor. Er ist ... größer! Lauter! Dreiarmiger! Kurz: der best-est-e Freund der Welt! Und sie erleben das Abenteuer ihres Fast-Lebens!

Guy Bass
Stichkopf und der Scheusalfinder
Aus dem Englischen von
Salah Naoura
Mit Bildern von
Pete Williamson
Band 81178

Das gesamte Programm gibt es unter
www.fischerverlage.de

fi 81178 / 1